D0696350

Dai Sijie

Le complexe de Di

Gallimard

Écrivain et cinéaste, Dai Sijie, d'origine chinoise, vit en France depuis les années quatre-vingt. Il a réalisé trois longs métrages, dont *Chine ma douleur*. *Balzac et la Petite Tailleuse chinoise*, son premier roman, a connu un immense succès international.

PREMIÈRE PARTIE

TRAJECTOIRE
DE L'ESPRIT CHEVALERESQUE

Un disciple de Freud

Une chaîne de fer recouverte de plastique translucide rose se reflète, tel un serpent luisant, dans la vitre d'un wagon derrière laquelle des feux de signalisation se rétrécissent en des points émeraude et rubis et sont engloutis par la brume d'une chaude nuit de juillet.

(Il y a quelques minutes encore, dans le restaurant crasseux d'une petite gare des environs de la montagne Jaune, dans le sud de la Chine, cette même chaîne attachait au pied d'une table en faux acajou une valise « Delsey » bleu clair à roulettes, munie d'une canne pliable en métal chromé, appartenant à M. Muo, apprenti psychanalyste d'origine chinoise, récemment rentré de France.)

Pour un homme si dépourvu de charme et de beauté, avec son mètre soixante-trois, sa maigreur mal charpentée, ses yeux globuleux, légèrement exorbités, que les verres épais de ses lunettes fixent en une immobilité toute « muosienne », ses cheveux hirsutes et fourchus, M. Muo affiche une assurance surprenante : il ôte ses chaussures de fabrication française, dévoilant des chaussettes rouges dont le bout troué laisse passer un orteil osseux, d'une blancheur de lait écrémé, grimpe sur un banc de bois (une espèce de banquette nue, sans rembourrage) pour mettre sa Delsey dans le porte-bagages, y attache la chaîne, passe l'arceau d'un petit cadenas dans deux des maillons, et se hausse sur la pointe des pieds pour vérifier que la serrure est bien fermée.

Après avoir repris sa place sur le banc, il aligne ses souliers sous le siège, enfile une paire de tongs blanches, essuie les verres de ses lunettes, allume un petit cigare, dévisse le capuchon de son stylo, et se met à « travailler », c'est-à-dire à noter des rêves sur un carnet d'écolier acheté en France, tâche qu'il s'impose comme un devoir d'apprenti psychanalyste. Autour de lui, le désordre s'empare de ce wagon à sièges durs (le seul pour lequel des billets sont encore disponibles) : à peine embarquées, des paysannes, de grosses corbeilles au bras ou des paniers en bambou sur le dos, font leurs petites affaires avant de descendre à la gare suivante. En titubant dans le couloir, certaines vendent des œufs durs ou des brioches à la vapeur, d'autres des fruits, des cigarettes, des cannettes de Coca, des bouteilles d'eau minérale chinoise et même d'eau d'Évian. Des employées en uniforme des chemins de fer se frayent un passage dans l'unique couloir du wagon encombré et, poussant des chariots en file indienne, proposent des pattes de canards pimentées, des travers de porc grillés et épicés, des journaux et des magazines à scandales. Assis par terre, un garçonnet d'une dizaine d'années, l'air espiègle, étale soigneusement du cirage sur les chaussures à talons aiguilles d'une passagère d'âge mûr, qui se distingue dans ce train de nuit par ses lunettes de soleil bleu marine, trop grandes pour son visage. Personne ne remarque ni M. Muo ni la vigilance de maniaque qu'il affiche vis-à-vis de sa Delsey modèle 2000. (Quelques jours auparavant, dans un train de jour — également dans un wagon à sièges durs —, alors qu'il terminait la rédaction de ses notes quotidiennes par une citation percutante de Lacan, il avait levé la tête de son cahier d'écolier et vu, comme dans un film muet tourné au ralenti, des passagers intrigués par les mesures de sécurité qu'il prenait pour protéger sa valise grimper sur le banc pour la flairer, la palper, la frapper de leurs mains aux ongles noirs et ébréchés.)

Apparemment, rien ne peut ébranler sa concentration, lorsqu'il est plongé dans ses notes. Sur le banc à trois places, son voisin de droite, brave quinquagénaire à dos rond et long visage tanné, jette, d'abord furtivement puis avec insistance, des regards curieux sur son cahier.

— Monsieur le binoclard, vous écrivez en

13

anglais ? lui demande-t-il avec un respect quasi servile. Je peux vous demander un conseil ? Mon fils, qui est au lycée, est vraiment nul, nul, nul en anglais.

— Certainement, lui répond Muo d'un ton sérieux, sans marquer le moindre mécontentement d'avoir été surnommé « binoclard ». Je vais vous raconter une histoire à propos de Voltaire, un philosophe français du XVIIIe siècle. Un jour, Boswell lui demanda : « Parlez-vous anglais ? », et Voltaire lui répondit : « Pour parler anglais, il faut se mordre le bout de la langue avec les dents. Moi, je suis trop âgé, j'ai perdu les miennes. » Vous avez compris ? Il faisait allusion à la prononciation du *th*. Moi non plus, comme ce vieux Voltaire, je n'ai pas les dents assez longues pour pratiquer cette langue de la mondialisation, bien que j'adore quelques écrivains anglais et un ou deux américains. Ce que j'écris, monsieur, c'est du français.

D'abord surpris par une si longue réponse et dépassé par ce discours, l'homme, après avoir repris ses esprits, fixe son voisin d'un regard haineux. Comme tous les travailleurs de l'époque révolutionnaire, il déteste les gens qui possèdent des connaissances qu'il n'a pas et qui, de par leur savoir, symbolisent un énorme pouvoir. Décidé à lui donner une leçon de modestie, il sort de son sac un jeu d'échecs chinois et l'invite à jouer.

— Désolé, dit Muo, toujours sérieux. Je ne

joue pas, bien que je connaisse parfaitement l'origine de ce jeu. Je sais d'où il vient et de quand il date...

Complètement déconcerté, le voisin lui demande avant de s'endormir :

— C'est vrai, vous écrivez en français ?

— Oui.

— Oh, en français ! répète-t-il plusieurs fois, et ce mot résonne dans le wagon de nuit comme un faible écho, une ombre, une réminiscence du glorieux mot « anglais », tandis qu'une expression de désarroi envahit son visage de bon père de famille.

Depuis onze ans, à Paris, dans une chambre de bonne convertie en studette, au septième étage sans ascenseur (un tapis rouge couvre l'escalier jusqu'au sixième), endroit humide avec de grosses lézardes au plafond et sur les murs, Muo passe toutes ses nuits, de 11 heures du soir à 6 heures du matin, à noter des rêves, les siens d'abord, mais aussi ceux des autres. Il rédige ses notes en français, consultant un dictionnaire Larousse pour vérifier chaque mot qui veut lui barrer la route. Oh ! combien de cahiers n'a-t-il pas gribouillés ! Il les a tous conservés dans des boîtes à chaussures entourées d'élastiques, haut perchées sur une étagère murale à structure métallique, des boîtes couvertes de poussière, semblables à celles dans lesquelles les Français stockent et stockeront toujours leurs factures d'E.D.F. et de France

Telecom, leurs bulletins de salaire, leurs feuilles d'impôts, leurs relevés de comptes bancaires, leurs quittances d'assurances, leurs décomptes de crédits pour le financement de meubles, de voitures ou de travaux... Bref, les boîtes du bilan d'une vie. Depuis 1989, année de son arrivée à Paris, et durant plus d'une décennie (aujourd'hui, il vient de franchir le seuil de la quarantaine — l'âge de la lucidité, selon le vieux sage Confucius), ces notes rédigées dans un français arraché mot à mot au Larousse l'ont transformé, de même que ses lunettes rondes en verre blanc, cerclées d'une fine monture à la manière de celles du dernier empereur dans le film de Bertolucci, se sont abîmées avec le temps, noircies de sueur, tachetées de graisse jaune, avec des branches si déformées qu'elles ne rentrent plus dans aucun étui. « La forme de mon crâne aurait-elle tant changé ? » avait-il noté dans son cahier, après la fête du nouvel an chinois 2000. Ce jour-là, un tablier noué autour de la taille, les manches retroussées, il avait décidé de mettre de l'ordre dans sa studette. Mais il n'avait pas fini de laver la vaisselle sale qui s'entassait depuis longtemps dans l'évier (une fâcheuse manie de célibataire) en une masse sombre émergeant de l'eau comme un iceberg, que ses lunettes avaient glissé de son nez et, plouf, étaient tombées en un plongeon capricieux dans le bain de bulles à la surface duquel flottaient feuilles de thé et débris de nourriture, pour couler entre des îlots de bols et des écueils d'assiettes. La vue brouillée, il avait été obligé de tâtonner sous la mousse, de sortir de l'évier des baguettes dégoulinantes, des casseroles rouillées au fond desquelles du riz avait collé, des tasses à thé, un cendrier en verre, des écorces de melon et de pastèque, des bols crasseux, des assiettes ébréchées, des cuillers et quelques fourchettes si graisseuses qu'elles avaient glissé de ses mains et étaient tombées sur le sol en tintant. Il avait fini par repêcher ses lunettes. Doucement, il les avait nettoyées, essuyées, et les avait contemplées : les verres s'étaient enrichis de nouvelles rayures, comme de fines cicatrices, et les branches, toujours de travers, avaient pris un tour encore plus fantaisiste.

À présent, dans ce train de nuit chinois à la marche inexorable, ni l'inconfort du siège ni la présence du voisinage ne peuvent le troubler. Il ne se laisse pas même distraire par la jolie dame à lunettes de soleil (une starlette du show-biz voyageant incognito ?) qui, assise près de la fenêtre, à côté d'un jeune couple et face à trois femmes âgées, tourne gracieusement la tête vers lui, un coude appuyé sur la table pliante. Non. Notre M. Muo ne se trouve pas dans un wagon, mais au milieu d'une ligne d'écriture, dans la langue d'un lointain pays, et surtout au milieu de ses rêves, qu'il note et analyse avec tant de conscience professionnelle, tant de zèle, ou plutôt tant d'amour.

Par moments, le plaisir qu'il y prend se reflète

sur son visage, surtout lorsqu'il se souvient, récite ou applique à ses rêves quelques phrases ou un paragraphe entier de Freud ou Lacan, deux maîtres auxquels il voue une adoration inconditionnelle. Alors, comme s'il reconnaissait un vieil ami, il sourit et remue les lèvres avec une volupté enfantine. Ses traits, si durs tout à l'heure, s'amollissent comme un sol desséché sous la pluie, son visage, de minute en minute, perd son contour, ses yeux deviennent humides et diaphanes. Libérée d'une calligraphie besogneuse, son écriture devient un griffonnage radieux, aux traits de plus en plus longs, aux boucles tantôt vertigineuses, tantôt douces, ondoyantes, harmonieuses. C'est le signe qu'il est entré dans un autre monde, toujours palpitant, toujours passionnant, toujours nouveau.

Parfois, un changement dans la vitesse du train interrompt le cours de sa rédaction, il lève la tête (celle d'un vrai Chinois perpétuellement sur ses gardes) et vérifie d'un regard méfiant que sa valise est toujours attachée au porte-bagages. Dans un même réflexe, et toujours en état d'alerte, il porte la main à la poche intérieure de sa veste, pourvue d'une fermeture Éclair, pour s'assurer que son passeport chinois, sa carte de résident français et sa carte de crédit y sont toujours. Ensuite, plus discrètement, il glisse sa main vers son postérieur et, du bout des doigts, palpe la boursouflure que forme la poche secrète dissimulée dans son slip, où il garde en sécurité dans la chaleur de son corps une somme non négligeable d'une dizaine de milliers de dollars en liquide.

Vers minuit, les tubes fluorescents s'éteignent. Dans le wagon plein à craquer, tout le monde dort, excepté trois ou quatre joueurs de cartes insomniaques qui, assis sur le sol près de la porte qui mène aux W.-C., s'adonnent au jeu et se livrent à de fiévreux paris — les billets ne cessent de changer de mains —, sous l'ampoule nue de la veilleuse, dont la faible lumière bleue distille des ombres violettes sur leur visage et les cartes déployées en éventail contre leur poitrine, mais aussi sur une cannette de bière vide qui roule çà et là et ne va nulle part. Muo revisse le capuchon de son stylo, pose son cahier sur la table pliante et regarde la jolie dame qui, assise dans la semi-obscurité, a enfin ôté ses lunettes de soleil panoramiques et applique sur son visage une couche de crème bleutée, peut-être un masque hydratant ou revitalisant. « Quelle coquette, se dit-il, et comme la Chine a changé ! » À intervalles réguliers, la dame s'approche de la vitre, y examine son reflet, retire la couche de crème bleutée puis en remet une autre. Il faut dire que le masque lui va bien. Devenue plus mystérieuse, presque femme fatale, elle scrute longuement son visage dans la vitre. Soudain, le croisement avec un autre train projette une succession de lueurs sur la fenêtre et Muo découvre qu'elle pleure en silence. Les larmes coulent le long de ses narines, sillonnent l'épaisse couche bleutée de son masque et y dessinent d'admirables sinuosités.

Au fil des minutes, les silhouettes découpées et compactes des montagnes et les tunnels sans fin laissent place à des rizières sombres et des villages endormis, dispersés dans une immense plaine. Tout à coup, une tour en briques, sans porte ni fenêtre (peut-être un hangar ou un donjon en ruine), apparaît dans un terrain vague éclairé par des lampadaires. Dans une solitude théâtrale, elle s'avance majestueusement vers M. Muo, avec, tracée sur son mur aveugle, blanchi au lait de chaux, une publicité annonçant en quelques idéogrammes énormes et noirs : « Guérison garantie des bègues. » (Qui s'en porte garant ? Où les bègues se feront-ils soigner et comment ? Dans la tour ?) L'étrangeté du slogan mural est soulignée par une ligne verticale — une échelle en fer rouillé, qui s'élève le long de la paroi, au milieu de l'inscription, zébrant les briques jusqu'au sommet de la tour. Au fur et à mesure que le train se rapproche, les idéogrammes s'agrandissent jusqu'à ce que l'un d'eux remplisse la fenêtre du wagon, comme pour y pénétrer, et alors peu s'en faut, semble-t-il, que l'échelle rouillée ne frôle au passage le nez de M. Muo, échelle qui, rendons-lui cette justice, aux yeux de tout analyste et au-delà des dangers inhérents à sa hauteur et aux limites de la gravité, exerce une sombre fascination sexuelle purement freudienne.

20

À cet instant, dans son wagon à sièges durs, Muo est pris du même vertige qu'il a ressenti vingt ans plus tôt (le 15 février 1980, précisément) dans une chambre de six mètres carrés, à lits superposés, que se partageaient huit étudiants, une chambre humide, froide, baignant dans une odeur de détritus, d'eau grasse et de nouilles instantanées qui piquait les yeux et qu'on retrouve aujourd'hui encore dans tous les dortoirs des universités chinoises. Ce jour-là, après minuit (l'extinction des feux était fixée à 23 heures, selon les strictes consignes de la direction), les dortoirs, soit trois immeubles identiques de neuf étages pour les garçons et deux immeubles pour les filles, étaient plongés dans une obscurité disciplinée et silencieuse. Pour la première fois de sa vie, le jeune Muo, alors âgé de vingt ans, étudiant en littérature classique chinoise, avait dans la main un livre de Freud intitulé *L'interprétation des rêves*. (Il lui avait été offert par un historien canadien à tête chenue, pour lequel il avait, durant ses vacances d'hiver, traduit en mandarin contemporain les inscriptions d'anciennes stèles, sans recevoir un sou pour son travail.) Il lisait, allongé sur la couchette supérieure de sa rangée de lits superposés, caché sous une couverture ouatée. La lueur jaune de sa torche électrique poursuivait nerveusement les mots venus d'ailleurs, se déplaçait d'une ligne à l'autre, ralentissait parfois l'allure pour s'arrêter sur un concept opaque et abstrait, et se perdait de nouveau dans les longs, très longs sentiers d'un labyrinthe fuyant, avant d'atteindre un point ou seulement une virgule. Tout à coup, un commentaire de Freud sur un escalier qui avait visité ses rêves percuta, comme une brique jetée sur une vitre, le cerveau de Muo. Enveloppé dans sa couverture imprégnée de sueur et autres vestiges de ses activités nocturnes, il essaya de discerner s'il s'agissait d'un rêve personnel de Freud, ou si ce dernier avait pénétré dans les méandres de son cerveau pour y assister à un de ses rêves à répétition, ou encore si ce n'était pas simplement lui, Muo, qui avait rêvé ce que Freud avait rêvé avant lui, en d'autres lieux... Oh, il n'y a pas de limite à la grâce qu'un jeune homme peut recevoir d'un livre. Cette nuit-là, Freud alluma littéralement une flambée de bonheur dans l'esprit de son futur disciple qui jeta par terre sa pauvre couverture, alluma une lampe au-dessus de sa tête en dépit des protestations de ses condisciples et, dans la béatitude produite par son contact avec un dieu vivant, lut à voix haute, lut et relut, se laissa emporter jusqu'à ce que le gardien du dortoir, un borgne au corps replet, surgît sur le seuil, l'injuriât, le menaçât et finît par lui confisquer le livre. Depuis, le surnom de « Freudmuo », donné par ses camarades, lui colle à la peau.

Il se rappelle les lits superposés et l'énorme idéogramme qu'il traça à l'encre sur le mur badigeonné de chaux, à côté de sa couchette, à l'issue de cette nuit de révélation : « Rêve ». Aujourd'hui, il se demande ce qu'est devenu ce graffiti de sa jeunesse. Il ne l'avait pas écrit dans la forme simplifiée du chinois contemporain, non plus dans celle, compliquée, du chinois classique, mais dans cette écriture primitive sur carapace de tortue, vieille de trois mille six cents ans, où l'idéogramme « rêve » se compose de deux parties : un lit, pour la partie gauche, représenté en plan graphique, puis, pour la droite, un trait épuré dont l'harmonie n'a rien à envier à celui de Cocteau, symbolisant un œil endormi exprimé par trois crochets inclinés — les cils — avec, au-dessous, une main humaine qui le désigne du doigt, comme pour dire : même endormi, l'œil continue de voir, méfiez-vous !

Au début des années 90, Muo arriva à Paris, après avoir brillamment réussi, en Chine, un concours cruellement difficile et obtenu une bourse du gouvernement français pour mener à bien une thèse de doctorat sur une des nombreuses langues alphabétiques des civilisations de la Route de la Soie, englouties par les sables du Takla-Makan, le désert de la Mort. Cette bourse, quantitativement assez mesquine (deux mille francs par mois), lui fut versée pendant quatre ans durant lesquels il se rendit trois fois par semaine (le lundi, le mercredi et le samedi matin) chez Michel Nivat, un psychanalyste lacanien, où il s'étendait sur un divan en acajou, le regard fixé, lors de ses longues séances de confession, sur un élégant escalier à rampe de fer forgé qui s'élevait au milieu de la pièce et menait au bureau et à l'appartement de son Mentor.

M. Nivat, était l'oncle d'un étudiant que Muo avait connu dans un amphithéâtre de la Sorbonne. Ni beau ni laid, ni corpulent ni maigre, il avait atteint un tel niveau d'asexualité que, lorsque Muo lui présenta sa lettre de créance, il resta longtemps sans pouvoir lui attribuer un sexe. Il contempla son abondante chevelure à laquelle la lumière du contre-jour donnait des reflets de givre et qui se détachait sur le fond d'un tableau abstrait accroché au mur, fait de traits et de points presque monochromes. Ses vêtements sans âge ne traduisaient pas son identité sexuelle, et sa voix, un soupçon trop rude pour être celle d'une femme, restait indéfinissable.

Le Mentor arpentait la pièce d'un pas agité et claudicant, et sa claudication évoquait celle d'une autre personne appartenant à une époque et un pays différents : la grand-mère de Muo. À titre gracieux (compte tenu de la modeste bourse de Muo), et durant quatre ans, M. Nivat le reçut avec le calme et la patience d'un missionnaire chrétien écoutant avec clémence les fantasmes et secrets intimes d'un nouveau converti touché par la grâce de Dieu.

La naissance du premier psychanalyste chinois se fit dans la douleur, mais, à l'occasion, elle tournait au comique. Au début, comme Muo ne maîtrisait pas le français, il parlait en chinois, langue dont son psychanalyste ne comprenait un traître mot ; il s'agissait d'ailleurs d'un dialecte, celui de la province du Sichuan, dont Muo est originaire. Parfois, au milieu d'un long monologue, Muo, emporté par son Surmoi, se replongeait dans des souvenirs de la Révolution culturelle, et il riait, riait, jusqu'à ce que les larmes dévalassent le long de ses joues et qu'il fût obligé d'ôter ses lunettes pour les essuyer sous les yeux du Mentor qui ne l'interrompait pas mais le soupçonnait, en son for intérieur, de se moquer de lui.

À l'extérieur du train, la pluie, qui n'a cessé de tomber depuis le départ, tombe toujours. Muo s'est endormi et, dans son sommeil, se mêlent la réminiscence de son passé parisien, le bruit étouffé d'une petite toux, un air de feuilleton télévisé chantonné par un joueur de cartes chanceux, et la précieuse présence de sa valise haut perchée sur le porte-bagages, attachée par la chaîne de fer... Un filet de bave aux commissures des lèvres, la tête de son voisin, le père du piètre élève en anglais, s'incline, se redresse, s'incline de nouveau, et finit par atterrir sur l'épaule de Muo à l'instant où le train franchit un pont au-dessus d'un fleuve sombre. Un instant, Muo a la sensation d'être embrassé par une succession de lumières qui viennent à tour de rôle scruter son visage, jusqu'à ce que l'une d'elles se pose sur lui, immobile. Il ouvre les yeux.

Sans lunettes, il ne voit pas grand-chose, mais

croit discerner vaguement un bâton ou une tige qui oscille devant son visage, d'abord d'arrière en avant, puis de gauche à droite, dans un continuel mouvement de va-et-vient.

Enfin, il sort de sa torpeur et constate que ce bâton est un long manche à balai tenu par une fille dont il ne perçoit que la silhouette floue et remuante penchée près de lui et qui nettoie le sol sous son banc avec de grands mouvements de bras rythmés.

Le train redémarre et s'arrête de nouveau après quelques mètres. Dans la secousse, un objet tombe de la table pliante que heurte la petite balayeuse. Ce sont les lunettes de Muo, aux branches tordues et déformées. Elle essaie de les rattraper mais il se précipite en même temps qu'elle et reçoit sur la tempe un coup de manche à balai. Dans le furtif contact de leurs corps, lorsqu'elle ramasse ses lunettes et les repose sur la table, il sent, sans voir très nettement la jeune fille, l'odeur familière du savon Aigle, un savon bon marché à la bergamote, qui se dégage de ses cheveux. À leur époque, sa mère et sa grand-mère lavaient déjà les leurs avec, dans la cour de leur immeuble. Lui, le petit Muo, tirait de l'eau froide au robinet commun et la mélangeait à l'eau chaude d'une Thermos pour arroser la chevelure d'ébène soyeuse et abondante de sa mère (et parfois les cheveux argentés de sa grand-mère) de jets d'eau vaporeux comme une cascade, avec une tasse en émail sur laquelle figu-

26

rait un portrait de Mao auréolé de rayons rouges. Accroupie devant une cuvette posée sur le sol (en émail, elle aussi, mais décorée de grandes pivoines rouges, symbolisant le grand, très grand printemps révolutionnaire), sa mère se frictionnait la tête avec un morceau de savon Aigle à l'agréable odeur de bergamote, une odeur de pauvreté digne, dont les bulles transparentes, irisées, glissaient entre ses doigts mousseux, s'échappaient, flottaient et s'envolaient dans l'air.

— Dites-moi, ma petite, pourquoi balayez-vous le sol à cette heure ? demande Muo. C'est votre travail ?

Elle ricane et continue son ménage. Elle porte un corsage que, avec l'aide de ses lunettes, Muo identifie comme étant un maillot d'homme. Une chose est certaine : elle n'est pas employée des chemins de fer. Elle sent la misère, avec son short trop large qui lui arrive au-dessus des genoux, ses chaussures en caoutchouc bon marché, crottées de terre, et son sac poussiéreux, rapiécé, dont la bandoulière souligne crûment le plat de sa poitrine. Muo remarque les fins poils noirs de ses aisselles, dont l'odeur de sueur aigre se mêle aux senteurs de bergamote de ses cheveux.

— Monsieur, lui dit-elle, je peux déplacer vos chaussures ?

— Bien sûr.

Elle se baisse et, du bout des doigts, prend les chaussures de Muo avec respect et délicatesse.

— Oh! Des pompes occidentales! Même les semelles, elles sont belles. J'ai jamais vu des semelles pareilles!

— Comment reconnaissez-vous qu'elles sont occidentales? Je les croyais pourtant discrètes, mes pauvres chaussures, gentiment ordinaires, sans rien de signifiant.

— Mon père était cireur de godasses, lui répond-elle avec un sourire.

Puis elle pose les chaussures par terre et les place dans un coin, sous le banc, contre la paroi du wagon.

— Il nous disait tout le temps, ajoute-t-elle, que les chaussures occidentales résistent au temps et qu'elles ne se déforment jamais.

— Vous venez de laver vos cheveux, je le sens à leur odeur. C'est celle de la bergamote, un arbre sud-américain, probablement brésilien, importé en Chine au XVIIe siècle, presque en même temps que le tabac.

— J'ai lavé mes cheveux, parce que je rentre chez moi. Ça fait un an que je suis partie et que je bosse comme une malheureuse à Pingxiang, une ville de merde, à deux stations de là.

— Vous faites quoi, comme travail?

— Vendeuse de fringues. Le magasin vient de faire faillite. Ça me donne l'occasion d'aller fêter l'anniversaire de mon père.

— Quel cadeau lui apportez-vous? Excusez-moi, je vous parais sans doute curieux mais, pour être franc, mon métier consiste principalement à étudier les rapports que les filles ou les fils entretiennent avec leurs parents. Je suis psychanalyste.

— C'est quoi ça, psychanalyste ? Un métier ?

— Bien sûr. Il s'agit d'analyser... Comment vous expliquer ? Je ne travaille pas dans un hôpital, mais bientôt, j'aurai un cabinet privé.

— Vous êtes médecin ?

— Non. J'interprète les rêves. Des gens qui souffrent me racontent leurs rêves et j'essaie de les aider à les comprendre.

— Mon Dieu, ça ne se voit pas que vous êtes diseur de bonne aventure !

— Qu'est-ce que vous dites ?

— Vous êtes diseur de bonne aventure ! répète-t-elle.

Et, avant que Muo ne récuse cette définition populaire de la psychanalyse, elle continue en lui montrant du doigt un carton sur le porte-bagages :

— C'est un cadeau... Un téléviseur chinois de vingt-huit centimètres, un « Arc-en-ciel ». Mon père en voulait un plus grand, japonais, à cause de sa foutue cataracte, mais c'est trop cher.

Pendant que Muo contemple, en contre-plongée respectueuse, le carton du téléviseur, cette preuve d'amour qui vacille sur le porte-bagages au rythme des secousses du train, la fille jette son balai, sort une natte en bambou de son sac, l'étale sous le banc où il est assis, bâille sans politesse, enlève ses chaussures en caoutchouc, les place à côté de celles de Muo, s'accroupit et, dans un mouvement lent, gracieux, félin, elle glisse sous le siège et disparaît. (Elle doit se recroqueviller pour que ses pieds ne dépassent pas du banc. Elle doit aussi, compte tenu du silence qui s'abat aussitôt dans l'obscurité, s'être endormie tout de suite après avoir posé la tête sur son sac qui lui sert d'oreiller.)

Cette couchette ingénieuse laisse Muo bouche bée. Il souffre pour elle, compatit, est presque amoureux d'elle, aveuglé par une bouffée de pitié qu'il connaît par cœur et qui, jaillissant de ses yeux myopes, dépose sur les verres de ses lunettes une sorte de brume à travers laquelle il voit les pieds nus de la fille s'étendre en débordant du siège. Quel spectacle hypnotique que ces deux pieds qui se croisent, se frottent languissamment lorsque d'invisibles moustiques se posent dessus. La minceur des chevilles, constate-t-il, ne manque pas de charme, de même que le soupçon de vernis corail sur les ongles des gros orteils, vestige de sa coquetterie. L'instant d'après, dans un mouvement de repli de ses jambes, les pieds sales de la balayeuse se dérobent à la vue de Muo, mais leur empreinte reste fixée dans son cerveau, y tournoie et s'y attarde jusqu'à ce qu'il parvienne à compléter les parties manquantes de l'image de la fille allongée dans l'obscurité : les genoux écorchés, le short tire-bouchonné, le maillot d'homme trempé de sueur, la poussière qui colle à la peau luisante de son dos, dessine sur sa nuque une mélancolique collerette, encercle sa bouche et plaque un trait charbonneux au-dessous de ses cils collés par la transpiration.

Il se lève et, après s'être excusé auprès de ses voisins endormis et frayé un chemin au milieu des passagers assis dans le couloir, il se dirige vers les W.-C. À son retour, sa précieuse place, minuscule paradis fait d'un tiers de siège, a été prise d'assaut par son voisin, père du piètre élève en anglais, dont la tête repose sur la table pliante, dans une position si figée qu'on croirait qu'il a reçu deux balles à bout portant. Un autre usurpateur qui, un filet de bave aux commissures des lèvres, laisse sa tête reposer sur l'épaule du père de famille, occupe le reste du siège. Au bout, à côté du couloir, est assise une paysanne. La chemise ouverte, elle allaite son bébé en pressant son sein gauche durement gonflé. Amer et grognon, Muo accepte sa dégradation et s'assied par terre, à côté d'elle.

L'ampoule de la veilleuse qui luit sur les torses nus et les joueurs de cartes dépose un faible rai de lumière sur le bonnet rouge du bébé. « Pourquoi porte-t-il ça sur la tête, dans cette chaleur d'enfer ? se demande Muo. Est-il malade ? Sa mère ne sait-elle pas qu'un psychanalyste de renom a dit, en parlant d'une fée de légende européenne : son bonnet rouge n'est pas autre chose que le symbole de ses menstrues ? »

À cet instant, le bonnet rouge ou le mot de menstrues allume un feu qui enflamme immédiatement son cerveau.

« Est-ce que la fille serait encore vierge ? »

Soudain, un tonnerre gronde et résonne dans sa tête. Son stylo tombe de la table pliante, rebondit et, comme pris d'une crise de nerfs, s'élance vers l'autre bout du couloir, où Muo, sans aucune réaction, le voit rouler, rouler, dans un mouvement aussi impétueux que celui du train. Son regard est toujours fixé sur le bonnet rouge du bébé. Il s'entend répéter cette phrase, dans sa tête : « C'est vrai, ça change tout, si elle est vierge. »

Plissant les yeux, ouvrant tout grand sa bouche maculée de lait, l'enfant se met à crier.

Muo a horreur des pleurs d'enfants. Il détourne les yeux. Il contemple les ombres qui se déplacent d'un visage à l'autre dans le wagon, les lumières palpitantes qui défilent au-dehors, une station d'essence vide, une rue bordée de magasins aux vitrines aveugles, des immeubles inachevés, avec les traits verticaux de leurs échafaudages en bambou qui vont s'effilant.

Le bébé au bonnet rouge, qui a fini de pleurer, s'incline vers Muo et le frappe au visage de son poing capricieux et innocent ; sa mère, épuisée et somnolente, le laisse faire. Muo reçoit les coups sans tenter de les esquiver, et son regard s'attarde sur la cannette de bière vide qui roulait tout à l'heure autour des joueurs de cartes et traverse à présent le wagon, franchit une flaque d'eau ou de pipi d'enfant, contourne un épais crachat et fait une pause devant lui, si près qu'il peut discerner, sous le faible éclairage, une ébréchure sur le goulot. Un souffle tiède chatouille son cou, il tourne la tête : se dégageant des bras maternels, le bébé s'approche de lui et plonge son petit nez sur sa nuque, reniflant comme s'il y cherchait quelque odeur. Puis il lui jette un coup d'œil méfiant, presque hostile, plisse ses minuscules narines et reprend son inspection olfactive. Quelle horreur ! Il éternue et se remet à pleurer.

Cette fois, il pleure pour de bon, épuisant l'air de ses poumons, avec des cris affreusement perçants. Tout à coup, un frisson sans nom parcourt l'échine de Muo, une angoisse le saisit lorsque son regard croise celui du bébé, sévère, accusateur, comme s'il comprenait ce qui se cache au fond de son cerveau, ce projet étrange, ou plutôt ce délire étrange de trouver une fille vierge pour servir le but auquel il se consacre, et qui pourrait un jour provoquer la stupéfaction générale.

Dans un mouvement brusque, Muo lui tourne le dos pour chasser ces idées qui risquent de le désorienter et d'ébranler sa détermination de médecin des Âmes.

Escorté par les pleurs du bébé, il se glisse à quatre pattes sous le siège dur, plongé dans une obscurité compacte. Aussitôt, il a la sensation d'être frappé de cécité. Des effluves répugnants le submergent, et il serait asphyxié s'il ne se bouchait le nez. En quelques secondes, il se remémore des odeurs connues il y a longtemps, dans son enfance, au début de la Révolution culturelle, alors qu'il descendait dans une cave où étaient enfermés son grand-père, un pasteur chrétien (pas étonnant que le sang du Sauveur coule dans ses veines), et d'autres prisonniers : des odeurs d'urine, de merde, de sueur aigre, de saleté, d'humidité, de renfermé et aussi de putréfaction de cadavres de rats étendus sur les marches étroites de l'escalier contre lesquels il ne cessait de buter. À présent, il comprend pourquoi l'ex-vendeuse de Pingxiang a si bien balayé sous le banc, avant de s'y engager, et il n'ose imaginer l'odeur qui y aurait régné, sans cette préparation minutieuse.

Géographiquement parlant, le microcosme *underground* n'est pas aussi petit qu'il l'imaginait. En dépit du manque de hauteur, l'espace est celui de deux bancs : celui de Muo et des deux usurpateurs, et celui de derrière, fixé dos à dos avec le premier par un dossier médian. L'éclairage, à gauche et à droite, est pâle, vague, cent fois plus faible qu'au-dessus, insuffisant pour y voir clairement, mais il sent instinctivement la présence du corps de la belle dormeuse étendu sur le sol comme un tas de chiffons ou de feuilles.

Il ne regrette pas d'avoir oublié ses allumettes sur

la table pliante, ni son briquet dans la valise attachée sur le porte-bagages. Il se passera d'éclairage sans grand dommage. L'obscurité qui l'environne lui semble mystérieuse, accueillante, romantique, un rien sensuelle. Il a la sensation amusante d'être un aventurier qui tâtonne dans un passage secret, sous une pyramide, ou dans un égout romain tari, menant à des trésors.

Par habitude, avant de s'y engouffrer totalement, il vérifie d'un geste mécanique que son argent est toujours dans son slip et sa carte de résident français dans la poche intérieure de sa veste.

Centimètre par centimètre, il progresse en rampant à l'oblique, avec cette cécité temporaire qu'il croit pouvoir tourner à son profit, infirmité qui pourrait devenir un avantage. Soudain, avec un bruit mat, un coup — sans doute le genou osseux de la fille — l'atteint au visage et enfonce ses lunettes dans l'os de son nez. Une douleur affreuse lui arrache un cri et lui fait paraître l'obscur monde *underground* bien plus obscur encore.

Le cri du Sauveur romantique ne provoque nulle réaction chez la belle dormeuse.

— Écoutez-moi, jeune fille. (Sa voix basse, sincère, de petit-fils de pasteur résonne dans le noir.) N'ayez pas peur. Je suis le psychanalyste avec qui vous avez conversé tout à l'heure. Vous m'intéressez. Je voudrais que vous me racontiez un de vos rêves, si vous vous en souvenez. Sinon, vous me dessinerez un arbre — n'importe lequel, grand ou petit, avec ou sans feuilles... J'interpréterai votre dessin et vous dirai si vous avez perdu ou non votre virginité.

Toujours à quatre pattes, il marque une pause et attend la réaction de la fille tout en ruminant ce qu'il vient de dire. Il est assez satisfait du ton péremptoire qu'il a utilisé pour lui parler de sa virginité, et croit avoir assez bien masqué sa propre inexpérience sexuelle.

Elle ne dit toujours pas un mot. Dans le noir, il sent ses doigts entrer en contact avec l'un des pieds nus de la fille, et son cœur se met à battre à grands coups. Il couve ce pied invisible d'un regard affectueux.

— Je sais que vous m'écoutez, continue-t-il, bien que vous ne me répondiez pas. Je suppose que je vous ai perturbée avec ma proposition. Je vous comprends, et une explication s'impose : l'interprétation d'un dessin n'est ni une facétie de charlatan ni une invention personnelle. Je l'ai apprise en France, à Paris, dans une conférence pour éducateurs d'enfants traumatisés. Une conférence organisée par le ministère français de l'Éducation. Je me souviens encore de ces arbres gribouillés par un garçon et deux filles plus jeunes que vous, victimes d'agression sexuelle. Des arbres sombres, humides, énormes, d'une violence inouïe, comme des bras menaçants, poilus, dressés dans une sorte de no man's land.

Tout en parlant, il sent son pire ennemi — son propre inconscient ou son Surmoi, deux conceptions inventées par Freud — surgir de façon débridée pour ravager sa tête. Il caresse ce pied invisible, froid, mais soyeux. Ses doigts explorent le relief délicat, palpent l'arête osseuse qui semble frémir à ce contact. Enfin, il pose sa main sur la cheville si mince, si fragile, et sent la délicate vibration d'un petit os, tandis que son sexe durcit.

Dans l'obscurité quasi totale, ce pied qu'il ne voit pas prend une autre dimension. Plus il le touche, plus sa substance se transforme et, peu à peu, son essence, sa nature se substitue à celle d'un autre pied que le Sauveur Muo a rencontré vingt ans plus tôt, comme il l'a tant de fois confessé à son psychanalyste (mais ce dernier eut le tort de négliger cette piste, privilégiant celle de l'enfance).

C'était par un jour de printemps, au début des années 80. Décor : la cantine sombre et bruyante d'une université chinoise, grouillant de milliers d'étudiants qui portaient chacun un bol en émail et une paire de baguettes à la main. Le haut-parleur hurlait des poèmes à la gloire de la nouvelle politique du gouvernement. On faisait la queue. Devant chacun des vingt guichets crasseux, une longue et interminable colonne de têtes noires se bousculait dans une brume vaporeuse et une ambiance bon enfant. Après un coup d'œil furtif autour de lui pour s'assurer que personne ne lui prêtait attention, Muo fit tomber un ticket-repas, noir de taches de sauce de soja, de graisse et de gouttes de soupe. Dans le brouhaha général, le ticket s'envola et atterrit « par hasard » près des chaussures d'une étudiante, sur lesquelles le soleil, filtrant par les vitres cassées d'une fenêtre grillagée, projetait ses flèches. Les chaussures en velours noir, aux semelles plates comme des feuilles de papier, dévoilaient l'arête du pied et des socquettes blanches. Le cœur battant comme celui d'un voleur, Muo s'accroupit près de ces pieds à moitié cachés par les vapeurs épicées de la cuisine et tendit la main vers le ticket. En le ramassant, il effleura du bout des doigts les chaussures en velours et vibra de sentir une douce chaleur à travers les socquettes blanches.

Puis il leva la tête et, dans le brouillard de la cantine, vit l'étudiante qui jetait sur lui un regard sans curiosité ni surprise. Elle lui souriait, avec un consentement troublant.

C'était elle, H. C., sa camarade de classe, spécialisée elle aussi dans l'étude des textes classiques. (H. est son nom de famille, composé d'un idéogramme dont la partie gauche signifie « ancien » ou « vieux », et la partie droite « lune ». Quant à son prénom, C., il est également constitué de deux parties, dont la gauche veut dire « feu » et la droite « montagne ». Jamais nom ne fut plus porteur de solitude : « Volcan de la Vieille Lune », mais jamais non plus il ne le fut de tant de beauté graphique et de magie sonore. Jusqu'à aujourd'hui, Muo se dissout sitôt que sa bouche articule ces deux mots.)

De nouveau, il laissa échapper le ticket, qui tomba par terre, au même endroit que la fois précédente. Et de nouveau, en le ramassant, il sentit au bout de ses doigts les orteils longs et mobiles, dissimulés par le velours noir.

Dans l'obscurité, le grincement du plancher s'adoucit, le grondement des roues du train se calme, à l'instant où se produit chez lui une réaction qui lui arrache un gémissement, moitié d'extase, moitié de souffrance et de honte : un jet brûlant jaillit de son bas-ventre et mouille son slip et son pantalon, épargnant heureusement la bourse où est précieusement caché son argent.

Le train s'arrête. Depuis le quai, des faisceaux de lumière frissonnante illuminent le wagon et pénètrent en partie sous le banc. Alors, Muo est stupéfait de voir que le pied qu'il ne cesse de caresser, l'objet de son humiliation, n'est autre que le manche à balai abandonné dans le noir.

Les yeux fermés, le visage dans les mains, il s'allonge sur le dos et prie pour que le train reparte vite et que l'obscurité revienne couvrir les traces de sa honte, mais un silence étouffant règne au-dedans et au-dehors. Le train ne bouge pas. Soudain, une voix masculine résonne sous le banc :

— On est où ?

Dans un sursaut, Muo se tourne et s'allonge sur le ventre pour dissimuler la souillure de son pantalon. La brutalité de son mouvement fait tomber ses lunettes.

— Qui êtes-vous ? Et où est la fille de Pingxiang, la vendeuse de vêtements ?

— Elle est partie. Elle m'a cédé sa place pour trois yuans.

Muo se rend compte que pendant le court instant où il s'est absenté, le temps d'aller aux toilettes, la composition du dessous de banc s'est modifiée en sa défaveur. Serait-elle partie à ce moment ? Soucieux d'en savoir plus, il s'approche de l'homme qui s'est rendormi, et constate que les chaussures en caoutchouc de la fille ne sont plus là. Mais il lui faut quelques minutes pour s'apercevoir que ses propres chaussures (occidentales, résistantes et indéformables) ont elles aussi disparu.

Les vêtements couverts de poussière, le pantalon mouillé, le visage noirci, il est pris d'un violent vertige en levant les yeux vers le porte-bagages : il ne reste qu'un bout de la chaîne de fer, coupée on ne sait quand ni par qui, oscillant dans le vide, sous le reflet lumineux des lampadaires.

Hagard, éperdu, il se précipite vers la porte du wagon. Il descend. Au-dehors, la bruine qui flotte dans l'air enveloppe la gare dans un nuage de vapeur si dense qu'il croit, un instant, avoir perdu la vue. D'un bout à l'autre du quai, il court en

criant, mais son cri se perd le long des voies lui-
santes, parmi les passagers qui montent ou descendent et les employés des chemins de fer, dont
certains bavardent devant les portes du wagon
pendant que d'autres mangent des nouilles instantanées, accroupis sur le quai, ou jouent au
billard dans le bureau du chef de gare, récemment converti en salle de karaoké éclairée par des
tubes couleur de foudre, à la manière d'un décor
de scène. Bien entendu, personne n'a remarqué la
voleuse de la valise bleu clair à roulettes, de
marque Delsey.

« Le train s'était déjà éloigné, quand je suis allé
me renseigner auprès d'un policier », note Muo
(sur un nouveau carnet à couverture gris perle,
qu'il a acheté le lendemain matin. Il s'est aussi
racheté une valise carrée, noire, sans roulettes, une
chaîne de fer plus grosse, avec des maillons plus
solides que la précédente, et un téléphone portable). « J'ai couru derrière le train, mais n'ai pu le
rattraper. Longtemps, j'ai marché sous la pluie, le
long des voies ferrées qui s'étendaient à perte de
vue, j'ai crié le nom de H. C., Volcan de la Vieille
Lune, incarnation de la beauté et de la sagesse, et
je l'ai priée de m'aider. »

Après avoir rédigé ces notes, dans la chambre
d'un petit hôtel, il dresse un inventaire de plusieurs pages dans lequel il énumère, article par

article, avec la mention du prix en francs et en monnaie chinoise, le contenu de sa valise perdue, sans oublier ses chaussures, ses cahiers, sa Thermos de voyage, etc., dans l'intention d'adresser une réclamation à la direction des chemins de fer. Mais bientôt, il éclate de rire.

« On dirait que tu ne connais plus ta grande patrie. »

Il déchire la feuille, en éparpille les morceaux par la fenêtre de sa chambre et se contente de rire.

2

Le drame prénuptial d'une embaumeuse

— Dis-moi, quand as-tu su, pour la première fois, qu'il existait des homosexuels ?

— C'était — attends que je compte — je crois que j'avais vingt-cinq ans.

— Tu es sûre ? Vingt-cinq ans ? Si tard que ça ?

— Tu n'as pas changé, Muo. Toujours cette vilaine manie de mettre le doigt sur la plaie des autres. Je suis fragile, tu sais, comme toutes les femmes de quarante ans.

— Je crois pouvoir au moins calmer la douleur, si la plaie n'est pas encore cicatrisée. À présent, si tu veux bien, considère notre conversation téléphonique, à presque mille kilomètres de distance, comme une séance de psychanalyse gratuite.

— Je t'arrête tout de suite, Muo. Tu m'appelles pour me souhaiter un bon anniversaire, d'accord, je suis très touchée. Je te remercie. Mais ne fais pas l'idiot. On n'est plus des camarades d'école. Je suis veuve et, qui plus est, embaumeuse de cadavres.

— Quel mot magnifique ! « Embaumeuse. »

Bien que je ne connaisse rien de ce métier, je l'adore déjà. C'est comme certains films qu'on aime avant même de les avoir vus.

— Et alors ?

— Pourquoi es-tu tellement sur la défensive ? Tu sais, de toute façon, que je garderai pour moi tout ce que tu me diras. Un psychanalyste, c'est comme un prêtre, ça ne révèle jamais les secrets qu'on lui confesse. Question de conscience professionnelle. Fais-moi confiance, parler ne peut que te faire du bien. Essaie.

— La première fois que j'ai su que ça existait ?

— Oui, les homosexuels. On dirait que tu as peur du mot.

— Avant l'âge de vingt-cinq ans, je ne l'avais jamais entendu prononcer.

— Tu te souviens de la première fois ?

— Oui... C'était environ deux ans avant mon mariage, mais Jian et moi étions déjà fiancés. Il travaillait comme professeur d'anglais dans un lycée. C'était un samedi ; à l'époque, on travaillait le samedi. Il est venu me chercher à la morgue, vers 6 heures du soir. Je suis montée à l'arrière de son vélo, sur le porte-bagages, comme d'habitude. Il pédalait...

(Il pédalait. Pédale. Au bout de la ligne, Muo songe à cette expression française. Il l'avait souvent vu, à l'époque, ce grand garçon voûté,

44

aux longs cheveux impeccablement peignés, propre comme un sou neuf, avec son long visage émacié de lettré, qui pédalait sur sa bicyclette. Lorsqu'il arrivait en bas de l'immeuble en béton gris où habitaient la famille de l'Embaumeuse et celle de Muo, il freinait et restait immobile sur son vélo pendant de longues secondes, tel un équilibriste, avant de poser les pieds sur le sol, dans un mouvement lent, presque nonchalant. Il laissait toujours son vélo assez loin, comme s'il craignait qu'il ne fût confondu avec la masse sombre des autres bicyclettes garées sens dessus dessous devant l'entrée de l'immeuble.)

— Comme d'habitude, on est passés devant le conservatoire de musique, puis devant l'usine de bonbons et celle de pneus.

— À propos, j'ai une petite question indiscrète, mais très signifiante pour le psychanalyste freudien que je suis. La cheminée de l'usine de pneus a-t-elle déjà visité tes rêves ? Tu sais, cette haute, très haute cheminée, qui dresse vers le ciel son immense conduit en forme de sexe.

— Non. Jamais. Je déteste cette cheminée qui crache tous les jours sa fumée noire dans le ciel. De la suie et des saletés retombent partout dans les rues, sur les maisons, sur les arbres. Et surtout, chaque fois qu'il va pleuvoir, alors que la chaleur est déjà insupportable, la fumée épaisse flotte au-dessus de ta tête ou t'arrive en pleine face, étouffante. Une horreur. Moi, ce que j'aime, c'est quand on passe devant la fabrique de bonbons. Qu'est-ce que ça sent bon! Tu t'en souviens?

— Bien sûr. Quand on était petits, dans les années 60, c'était une odeur de bonbons au lait, avec de la vanille, un bonbon que j'adorais et n'ai retrouvé nulle part ailleurs. Vas-y, continue. Vous étiez à vélo, dans la fumée noire de l'usine de pneus.

— Si tu veux. À la porte de l'opéra du Sichuan, comme il commençait à faire nuit, Jian a pris un raccourci.

— Je vois de quoi tu parles : une allée de terre étroite, qui longe un égout à ciel ouvert, toujours empli de boue puante. Une allée pleine de creux et de bosses. Je suppose que c'était désagréable pour toi qui étais assise sur le porte-bagages.

— Justement, à cause de son mauvais état, peu de monde prenait ce chemin. Tu te souviens, au milieu de l'allée, il y avait une espèce de cabane.

— Tu veux parler des toilettes publiques pour hommes.

— Des toilettes? Tu rigoles! Tout juste des latrines.

— C'est vrai. C'était une cabane en brique, sombre et humide, à moitié écroulée, avec un toit de tuiles constellé de trous par lesquels la lumière pénétrait. Il y avait toujours un essaim de mouches qui dansaient. Aucun éclairage électrique.

46

Des flaques d'eau partout. Le sol n'était jamais sec, même quand il faisait beau. Tu imagines quand il pleuvait : impossible d'y mettre les pieds. Tout le monde pissait depuis la porte d'entrée. Parfois, on faisait des compétitions, nos jeux Olympiques à nous, pour voir qui pisserait le plus loin.

— Ce jour-là, les toilettes publiques, comme tu dis, étaient encerclées par des policiers. Au début, de loin, j'ai seulement distingué des ombres autour de la cabane. Ça m'a étonnée. Après, quand on s'est approchés, j'ai vu des canons de fusils qui brillaient sous la lumière du lampadaire. Des policiers en uniforme. L'allée était silencieuse. Ils étaient nombreux. Ils ont arrêté une dizaine d'hommes, jeunes et moins jeunes. Je n'arrivais pas à voir leur visage, ils sortaient de la cabane en file indienne, le corps incliné. L'allée était barrée par les policiers. On est descendus du vélo et on a avancé à pied. J'ai demandé à mon futur mari qui étaient ces malheureux. Il m'a répondu : « Des homosexuels. » C'était la première fois de ma vie, à vingt-cinq ans, que j'entendais ce mot.

— Qu'est-ce qu'ils faisaient dans la cabane ?

— Jian m'a expliqué que c'était leur lieu de rendez-vous. Ils sont passés devant nous, le dos courbé, escortés par les policiers, et ils se sont dirigés vers un fourgon blindé et grillagé. Tu sais, avec leur attitude honteuse de criminels, ils ressemblaient à des bêtes dont on avait cassé les vertèbres. Même les policiers les regardaient bizarrement, avec curiosité. Le silence était impressionnant. On entendait le bourdonnement des fils télégraphiques résonner dans le vent. À côté, l'eau de l'égout ruisselait contre les cailloux, et j'entendais mon ventre vide gargouiller. Jian avait la tête baissée, les yeux fixés sur la roue avant de sa bicyclette, couverte de boue. C'est seulement quand on est remontés à vélo et que j'ai posé ma joue contre son dos que j'ai senti, à travers sa chemise, qu'il était trempé de sueur froide. Je lui ai parlé. Mais il ne m'a pas répondu. Après, on n'a jamais plus repris ce raccourci.

— Il venait souvent te chercher au travail?

— Oui. Presque tous les jours, il me ramenait chez moi à bicyclette.

— C'était gentil de sa part. Moi, même amoureux, je n'aurais jamais eu tant de courage. J'ai peur des morts.

— Jian, il n'en avait pas peur.

— Tu ne vas pas me dire que la mort le fascinait, l'attirait? Si? Alors, il avait une psychologie très proche de celle des Occidentaux. Il m'intéresse, ton type. Je regrette de ne l'avoir pas psychanalysé.

— Tu sais où on s'est connus, Jian et moi? Dans le funérarium. Dans la pièce où je travaille encore aujourd'hui.

— Je t'écoute.

— C'était au début des années 80. Il y a presque vingt ans, tu vois. Je ne me souviens même plus quels vêtements il portait, ce jour-là.

— Réfléchis un peu, ça va te revenir.

— Non, j'ai sommeil. On continuera demain, d'accord?

— Je veux savoir comment vous vous êtes connus, je t'en prie.

— Demain.

— À demain, au téléphone.

— C'était vers 5 heures du soir. Mon chef de service et mes collègues étaient partis disputer un match amical de basket contre les pompiers. En arrivant dans la salle de cérémonie, j'ai trouvé Jian devant un corps de femme étendu sur une table à roulettes. Je me rappelle ses longs cheveux, soigneusement peignés, qui tombaient sur ses épaules. Je me rappelle son visage triste et fermé, son regard ravagé, et surtout son parfum. Tu te souviens, à l'époque, au début des années 80, c'était rarissime, le parfum! Même pour les riches. Dès que j'ai mis les pieds dans la salle, j'ai reconnu un vrai parfum. Avec une touche de rose et beaucoup de géranium; une senteur raffinée, musquée, exotique. À la main, il tenait un long collier de perles qui accentuait grossièrement sa féminité et qu'il n'arrêtait pas de faire glisser mécaniquement entre ses doigts, à la manière des religieux qui égrènent des chapelets. Il avait les doigts courts, rudes (longtemps après, j'ai su que cela venait de sa rééducation dans un village de haute montagne, pendant la Révolution culturelle), et sa main droite était vilainement balafrée à deux endroits.

— Tu étais habillée comment, ce jour-là?

— Je portais une blouse et des gants.

— Une blouse blanche?

— Oui. Comme une infirmière. J'ai toujours une blouse impeccable, qui sent la lessive. Ce n'est pas comme mes collègues. Si tu voyais leurs blouses! Ils ne les lavent jamais avant que la saleté n'y ait formé une épaisse couche de graisse noire et huileuse, un peu brillante.

— Je vois. Jian, lui, il aimait les gens proprement habillés.

— Il ne m'a même pas regardée. Il avait les yeux fixés sur une tache bleue, près d'une oreille de sa mère. Le premier signe de décomposition d'un cadavre. Il a sorti de sa poche un petit mot du directeur du funérarium qu'il avait obtenu par je ne sais quel moyen et qui l'autorisait exceptionnellement à assister à l'embaumement, en tant qu'observateur discret. À l'époque, je n'étais pas encore embaumeuse. Le diable sait quel délire m'a prise, je ne lui ai pas dit que j'étais une simple coiffeuse et qu'il fallait attendre le chef de service pour les soins à proprement parler.

— Il y a souvent ce genre d'observateurs?

— Non, c'est très rare.

— Tu sais, en t'écoutant, je commence à m'identifier à ce pauvre gars. Je parie que le parfum qu'il portait était celui de sa mère, et le collier de perles aussi.

— Bravo, mon psychanalyste français ! Tu n'es pas bête du tout. Mais dis-moi, pourquoi tu n'es pas encore marié ? Tu es toujours amoureux de ton ancienne copine d'université, celle qui se fichait complètement de toi ? Comment elle s'appelle, déjà ? Ce n'est pas Volcan de quelque chose ?

— Volcan de la Vieille Lune. Mais je ne te permets pas de parler d'elle sur ce ton moqueur. Allons, trêve de plaisanterie, raconte.

— On en était où ?

— Tu devais embaumer sa mère.

(Soudain, dans son hôtel bon marché, des bruits provenant de la chambre voisine détournent l'attention de notre psychanalyste. De l'eau gargouille dans les tuyaux, un homme chante sous la douche, une chasse d'eau gronde comme une cascade tombée d'une falaise, juste au-dessus de sa tête, avec un fracas tel qu'au plafond de vieilles lézardes tremblent, s'agrandissent et se transforment en plaies béantes d'où s'envolent des miettes de chaux qui apportent une note de drôlerie à cette séance de psychanalyse. Puis c'est le chuintement ruisselant, calme, doux, de la chasse d'eau qui se remplit, auquel se mêle un bruit de machine à laver, ce qui renvoie Muo à un lointain dimanche de printemps, vingt ans auparavant, un dimanche dont les bruits lui reviennent à l'esprit comme une vieille chanson. Il revoit l'Embaumeuse et son fiancé entourés de tous les habitants de la cour devant le robinet d'eau commun, à côté d'une machine à laver flambant neuve, achetée avant leur mariage. C'était leur premier investissement conjugal. La regarder se remplir d'eau suffisait à les combler de béatitude. Muo se souvient qu'à cette époque, il n'y avait pas encore de taxis dans cette ville de huit millions d'habitants, et que le couple était rentré à pied, lui tenant le guidon de sa bicyclette et elle poussant derrière, gonflée de bonheur. Sur le porte-bagages, se dressait une machine à laver de marque « Vent d'Est » — un produit local sorti d'une usine du même nom —, attachée au vélo par des cordes en paille tressée. Un véritable événement, digne d'entrer dans les annales de cette cour où vivaient plusieurs centaines de familles de médecins et d'infirmières. Quelle ovation ! Quand ils arrivèrent, une foule d'enfants, d'adultes et de médecins, dont quelques vieux pontes, se groupa autour de la machine. Certains criaient d'étonnement, d'autres les harcelaient de questions sur son prix ou son fonctionnement. À la demande générale, le couple accepta de faire une démonstration publique. L'Embaumeuse monta chercher son linge sale, pendant que Jian, son fiancé, installait la machine devant le robinet d'eau. Muo était là, lui aussi, et avait l'impression d'assister à la cérémonie de lancement d'un vaisseau spatial. Lorsque Jian enfonça son pouce sur le bouton de démarrage, des lumières rouges et vertes clignotèrent au-dessus du hublot derrière lequel les vêtements se mouillèrent et culbutèrent dans le flux et le reflux de l'eau, avec un chuchotis de rivière et une infinité de bulles sur lesquelles un soleil de printemps explosait en étoiles multicolores. Accrochée au bras de Jian, l'Embaumeuse faisait le tour de la machine, l'inspectait, la touchait, poussait des exclamations, tandis que le châssis blanc vibrait de plus en plus fort et était parfois secoué d'un bruit d'avion au décollage.

Après quelques minutes de convulsions, la démonstration se termina par l'ouverture du hublot sous les yeux de la foule ; à genoux devant la machine, le couple sortit avec vénération les vêtements lavés : ils étaient méconnaissables, entièrement déchirés et réduits à l'état de chiffons par l'impitoyable Vent d'Est.)

— Sa mère n'était pas belle à voir, je t'assure. J'ai eu un choc en m'approchant d'elle. Ce n'est pas l'absence de couleur qui m'a choquée, ça, j'en avais l'habitude, mais ses traits étaient si déformés qu'on l'aurait dite morte dans les convulsions d'une haine féroce, les muscles de son visage étaient figés dans un hurlement de colère ou de je ne sais quoi, c'était vraiment étrange! Les yeux écarquillés, la bouche tordue, les gencives découvertes comme un cheval atteint par un éclat d'obus, hennissant dans un monde gris, noir et blanc. Elle était linguiste, m'a expliqué Jian d'une voix étouffée par les sanglots, à peine audible : elle était morte à la frontière sino-birmane alors qu'elle faisait une enquête sur une langue parlée par une tribu primitive et matriarcale. Elle voulait prouver que la plupart des mots de cette langue venaient de l'ancien chinois de l'époque des Royaumes combattants, avant le premier empereur. Il paraît que dans le délire de son agonie, à l'hôpital local, elle criait des mots de cette langue inconnue. Ce n'étaient même pas des mots, mais des racines de mots, une succession de syllabes étranges et insolites, de voyelles isolées, de consonnes explosives.

— Mis à part ces considérations linguistiques, que disait le rapport d'autopsie?

— Il hésitait, en des termes spécialisés, entre une obscure maladie tropicale et une intoxication alimentaire due à une plante ou un champignon vénéneux, parce que son foie était tombé en miettes sous les doigts du médecin légiste. Jian avait l'air perdu, dépassé par ce malheur et aussi par les préparatifs des funérailles. Il était tout seul, le pauvre.

— Et son père ? Il paraît qu'il est linguiste, lui aussi.

— Son père, il travaille à Pékin. Ses parents ont divorcé à la fin des années 60. Sa mère l'a élevé seule. Il voulait, quel qu'en soit le prix, qu'elle soit belle dans la mort, avec un air digne d'une grande linguiste et non pas cette grimace démoniaque. Mais le corps avait été rapatrié par avion et, comme je te l'ai dit, il avait commencé à s'abîmer. Quand je lui ai fermé les yeux — c'était mon premier réflexe professionnel —, j'ai vu des taches bleuâtres sur ses tempes et son cou. J'ai dit à Jian que chaque minute était importante. Puisque les employés qui s'occupaient du transport des cadavres étaient partis avec le chef de service et que les cages des ascenseurs réservés à ce genre de chargement étaient fermées à l'aide d'une chaîne et d'un cadenas, nous avons dû nous-mêmes porter sa mère jusqu'au premier étage, pour l'installer sur un lit de glace, dans la salle d'embaumement. On a soulevé son corps, enveloppé dans une couverture. Il était raide. Je l'ai pris par les épaules, Jian par les pieds et, en boitillant, on s'est dirigés vers l'escalier. Jian ne parlait pas. Il avait le masque de qui ne pense plus. Il marchait d'un pas incertain, comme s'il avait eu des jambes de bois. Il souffrait. Pour avoir une meilleure prise, il a passé le collier de perles autour de son cou, et j'ai vu ses larmes couler. L'escalier n'était pas loin, mais à chaque pas le corps me paraissait s'alourdir et glisser de plus en plus vers le sol. Une ou deux fois pendant le trajet, on a dû s'arrêter pour que je reprenne mon souffle. Je sentais son parfum. Alors qu'on faisait une pause, je me suis accroupie, haletante, le dos contre un mur, et j'ai posé la tête de sa mère sur mes genoux. J'ai fermé les yeux, je ne bougeais plus. Jian était là, tout près de moi, mais je ne le voyais pas, je n'entendais ni sa respiration ni sa voix, je humais seulement son parfum aux senteurs de géranium, de géranium grillé, avec une nuance de rose et de musc moins prononcée qu'au début, me semblait-il. Qu'est-ce que tu en dis? Subjectif? Peut-être. Cette odeur que je buvais avec avidité entrait dans mon corps, me submergeait. Comme dans un rêve, j'étais là, la tête de sa mère sur mes genoux, et, les yeux fermés, je me gavais jusqu'à l'étouffement de cette odeur de géranium, au point d'avoir l'impression de me changer moi-même en son fruit long et exquis. Tu n'as jamais vu le fruit du géranium? Comment te le décrire? Il ressemble au bec de la grue blanche, il a la même élégance.

— Comment avez-vous monté l'escalier? À deux?

— Non. C'était un escalier en béton, abrupt, mais surtout étroit. En arrivant en bas, il m'a dit qu'il valait mieux qu'il monte tout seul, que ce serait plus simple. Il a d'abord essayé de porter sa mère dans ses bras, un peu comme on le voit faire au cinéma, tu sais, quand un homme, le soir de ses noces, porte dans ses bras sa jeune épouse enchantée et grimpe l'escalier à grandes enjambées. Mais il n'y est pas parvenu. Visiblement, quelque chose le gênait. Il n'arrivait pas à lever les pieds. Il m'a demandé de l'aider à installer sa mère sur son dos. J'ai alors vu que les joues de la morte étaient encore plus creuses et sa peau encore plus grise. J'ai compris que le relâchement général des muscles avait commencé, que bientôt la mâchoire inférieure allait s'affaisser et que j'aurais d'immenses difficultés, plus tard, à réaliser le masque mortuaire. J'ai essayé de fixer ses mâchoires en nouant une serviette autour de son crâne. À la lueur de l'ampoule nue de la cage d'escalier, j'ai vu qu'elle avait de nouveau les yeux ouverts ; ils regardaient devant eux, mais avaient changé d'expression ; ils exprimaient moins de colère, moins de haine, mais une telle tristesse, un tel désespoir, que j'ai ressenti un malaise et ai détourné le regard. Quelle escalade ! J'avais l'impression que rien ne pouvait être plus lourd que le corps de sa propre mère. Marche après marche, Jian grimpait. Ses mollets tremblaient, les os de ses chevilles semblaient prêts à lui trouer la peau. Mais il a continué. Soudain, le collier accroché à son cou s'est cassé et, l'une après l'autre, les perles sont tombées sur les marches étroites, percutant durement le béton, rebondissant, retombant à nouveau et rebondissant de plus belle dans un bruit d'une pureté cristalline. Comme je le suivais quelques marches en arrière, j'ai tendu les mains et j'ai rattrapé des poignées de perles dans leur chute libre. Un grand rire a éclaté au-dessus de moi, qui m'a fait sursauter. Jian a tourné son visage vers moi, par-dessus la tête de sa mère, et, tout en riant, il s'est excusé pour ce fou rire. Puis il a repris son ascension en clopinant et, à chaque pas, d'autres perles coincées dans ses cheveux ou accrochées à son pull-over dégringolaient vers moi, dansaient autour de moi et m'offraient leur joli spectacle.

(Un murmure d'eau, moins cristallin qu'un bruit de perles sur du béton, résonne dans la tête de Muo. Le bruit de l'eau qui glougloutait dans une machine à laver, pour la plus grande joie de l'Embaumeuse, de son fiancé Jian et de toute une cour de spectateurs, le dimanche suivant le dramatique incident du premier essai. Le couple avait rapporté la machine Vent d'Est, le bourreau du linge sale, à l'usine du Vent d'Est. Sept jours plus tard, ils revinrent avec une autre machine à laver sur le porte-bagages de la bicyclette dont l'un tenait le guidon et que l'autre poussait par-derrière. Malgré la nuit tombée, leur arrivée provoqua dans la cour encore plus de remous et de passion que la fois précédente. Un médecin qui habitait au rez-de-chaussée, connu pour son avarice et ses tics nerveux, au nombre de cinq à six mille par jour, disait-on, sortit une rallonge par sa fenêtre et fournit gratuitement l'électricité pour alimenter une ampoule de cinq cents watts que l'on suspendit au-dessus du robinet commun à côté duquel trônait la nouvelle Vent d'Est. La démonstration fut suivie non seulement par la foule pleine d'ardeur qui grouillait autour de la machine, mais aussi par des curieux penchés aux fenêtres de leurs appartements comme des spectateurs au balcon d'un théâtre. Des garçons jetèrent des pétards sur les jeunes filles qui étaient exceptionnellement sorties de chez elles et qui, un bol à la main, finissaient de dîner en picorant les unes dans le bol des autres. Ce n'étaient que rires, cris, flirts, discussions, une vraie ambiance de fête. Comme l'Embaumeuse avait sacrifié tout son linge sale au premier essai, elle fut obligée d'emplir la machine de vêtements propres, ce qu'elle fit sous les yeux de tous avec une générosité souriante. Main dans la main, le jeune couple regarda amoureusement à travers le hublot des vestes bleues culbuter dans un bain de mousse en compagnie de chemises à fleurs, de jupes en popeline imprimée, de corsages, d'un jean, d'un pantalon à pattes d'éléphant qu'on ne lui avait jamais vu porter, et de plusieurs tee-shirts blancs imprimés de slogans, offerts en prime par le funérarium.

Peu à peu, telle la fin du dernier mouvement d'une œuvre musicale, le temps prévu pour une lessive approcha de son point d'orgue. Chacun était nerveux : tous se souvenaient comme d'un cauchemar du bruit diabolique de moteur d'avion qui avait précédé le dénouement fatal de la dernière démonstration. Secouée par la brise, l'ampoule nue se balançait en cadence et, au gré de ses oscillations, un jeu d'ombres parait le visage des spectateurs de reflets jaunes, cramoisis ou gris. Afin d'éviter les regards qui convergeaient sur eux, les deux propriétaires de la Vent d'Est, inquiets mais armés de courage, gardaient les yeux fixés sur le hublot couvert de buée et de gouttes d'eau. Rien d'anormal pour le moment. La machine continuait à tourner avec un bruit régulier, mécanique et bien huilé, au timbre profond de baryton. Un soulagement général s'empara de la foule.

Mais à nouveau, la Vent d'Est frappa, là où on ne l'attendait pas. La durée prévue pour une lessive étant écoulée, la machine, têtue comme un âne, refusa de s'arrêter. Dix minutes passèrent, puis vingt, certains commencèrent à partir, d'autres exprimèrent leur mécontentement. Brusquement, sur le ton de la plaisanterie, quelqu'un dit que l'usine leur avait vendu non pas une machine à laver mais un robot pour les morts vivants, et tout le monde s'esclaffa. Muo vit que la jeune fille faisait semblant de rire avec les autres, sans y parvenir, et qu'elle rougissait. Comme un flot, les moqueries fusèrent de toutes parts et submergèrent les oreilles de l'Embaumeuse et de son fiancé qui courbaient l'échine, tandis qu'une fine pluie dansait dans la lumière jaune.

Quelques minutes plus tard, la cour était vide. Fidèle à sa réputation de pingre, le médecin du rez-de-chaussée récupéra son ampoule, en regrettant de l'avoir utilisée, et il demanda à l'Embaumeuse de lui payer son électricité, avec des tics nerveux qui lui tordirent les lèvres et l'œil gauche.

Sous la pluie persistante qui fouettait son châssis, la machine tournait de plus belle dans la semi-obscurité, comme désireuse de prolonger son odieux plaisir solitaire. Sous l'auvent de l'immeuble d'en face, Muo voyait, à travers le brouillard pluvieux, le chatoiement spectral, rubis et émeraude, des boutons allumés. C'était un monstre froid, dur, inexorable, qui se débridait en chantant sous la pluie ; le baryton se transformait en ténor énergique, viril, mégalomaniaque.

Soudain, des bribes de conversation fusèrent des fenêtres voisines et se changèrent bientôt en protestations, cris mauvais, démonstrations de jalousie à l'encontre de l'Embaumeuse et de son fiancé, debout près du robinet commun sous un parapluie noir que tenait Jian, les yeux fixés sur la pluie, sur la machine obstinée et la cour inondée.

Quel coup cruel ! Lorsqu'ils ouvrirent le hublot, dans un déclic mécanique, et sortirent les vêtements à la lumière hésitante et tremblante d'une torche électrique, ils étaient une fois de plus et sans exception réduits à un tas de guenilles.)

— Tu te souviens, je t'ai dit qu'à cette époque, je n'étais pas encore embaumeuse mais coiffeuse de cadavres. Jusqu'alors, je n'avais jamais préparé les corps à proprement parler, ni réalisé de travaux esthétiques. Ce jour-là, le fait d'avoir dissimulé ma véritable identité professionnelle m'a mise dans un terrible embarras, comme tu peux l'imaginer. Après avoir installé sa mère sur une table frigorifique, j'ai commencé à la peigner avec minutie, très lentement, dans l'espoir que mon chef de service et mes collègues ne tarderaient pas à revenir de leur match de basket. Elle avait des cheveux magnifiques malgré son âge, pas très abondants, légèrement grisonnants, mais soyeux. Je les ai lavés, séchés et lissés, mèche par mèche, puis les ai relevés en chignon. Jian m'avait dit qu'elle s'en faisait de temps en temps, pour les événements importants, anniversaire, fête, nouvel an... Elle aimait regarder dans le miroir son long cou élégant à la peau lisse et jeune. J'ai terminé le chignon, je dois avouer qu'il lui allait bien, il lui donnait l'air d'une intellectuelle, et même de la noblesse. Bien sûr, cette coiffure ne pouvait changer l'expression de son visage. Comment t'expliquer ? C'était très pénible de la voir allongée là, déformée, je me souviens, on aurait dit qu'elle souffrait, qu'elle subissait une torture sans fin. Le chef de service et les autres ne revenaient toujours pas, et j'ai décidé de jouer la

comédie jusqu'au bout. Il me fallait franchir le cap
Je n'avais pas le choix.

— Tu avais eu un coup de foudre pour lui?

— Je ne le nie pas. Tu ne veux pas qu'on
s'arrête pour aujourd'hui?

— Non. Raconte-moi ce que tu as fait à sa
mère. Rapidement. Juste un petit secret professionnel.

— Je ne l'avais encore jamais fait, mais je
savais théoriquement comment il fallait procéder :
injecter, dans les veines de la défunte, un mélange
à base de formol. C'est très différent d'une trans-
fusion sanguine. Il s'agit de faire une incision dans
une jambe pour y poser un cathéter par lequel,
grâce à une pompe qu'on active, le produit entre
dans le corps et en ressort. C'était toujours le chef
de service qui pratiquait l'incision, et personne
d'autre. Je me trouvais parfois à côté de lui, pour
l'aider à la toilette des défunts ou lui passer les
instruments, mais je ne sais pas pourquoi, c'était
physique, je détournais toujours la tête, c'était
plus fort que moi. Quelque chose me répugnait.
Ce n'était pas le corps des morts. Ça, je m'y étais
habituée. C'est le chef qui ne me plaisait pas. Il
avait les mains si blanches, si pâles, ah! affreux!
Si tu avais vu ses ongles, toujours très longs,
presque pointus, on se serait cru dans un film
d'horreur. Mais ce n'est pas ça qui me répugnait.
C'était son odeur. Son haleine sentait toujours
l'alcool. Je ne déteste pas spécialement l'alcool.

De temps en temps, j'en bois un peu, lors d'un bon repas ou pendant les fêtes. Mais l'embaumement de son cadavre, tu sais, c'est la dernière bonne chose, le dernier bon moment qu'un être connaît sur terre. Et l'odeur, même légère, de l'haleine du chef me donnait la nausée. Mais à ce moment-là, alors que c'était moi qui devais pratiquer ma première incision, j'ai regretté de ne l'avoir jamais bien observé. J'avais peur de commettre une erreur, ç'aurait été très grave. J'y pensais avec une terreur profonde et je frémissais en préparant les instruments, le produit et la pompe qui était un peu rouillée mais fonctionnait encore. J'ai retroussé jusqu'au genou la jambe gauche de son pantalon, son mollet était mince, glacé, mais déformé, sans doute parce qu'elle était restée trop longtemps allongée. J'ai tracé une croix en deux coups de bistouri hésitants et maladroits, et un liquide épais s'en est écoulé, on aurait dit de la purée mêlée de sang. Jian, qui était déjà pâle, a fermé les yeux, comme pris d'un malaise. Tout à coup, j'ai eu l'impression d'entendre un bruit de pas, au rez-de-chaussée. J'ai cru que c'étaient les chaussures du chef, mon sauveur, qui résonnaient dans le couloir et allaient monter l'escalier. Je me suis précipitée à sa rencontre. J'étais soulagée. J'avais tellement peur de commettre une erreur que je préférais avouer au chef mon intrusion dans son domaine, quitte à me faire disputer ou punir. Je suis descen-

due par l'escalier et j'ai marché jusqu'à la porte
d'entrée. Le couloir était sombre et la porte, faiblement éclairée, était fermée. Il n'y avait personne. Bientôt, la nuit allait tomber et tout serait
encore plus sombre. Une brise nocturne soufflait,
aussi glaciale que le mollet de la mère de Jian ; le
bruit de mes pas sur les marches de l'escalier ou
sur le faux marbre du hall, les ombres muettes qui
se dressaient çà et là, et même mon propre reflet
me firent frémir de nouveau. Dans un brusque
élan, j'ai failli ouvrir la porte, pour disparaître
sans un mot, ou aller chercher en pleurant mon
chef alcoolique sur le terrain de basket. Mais j'ai
remonté l'escalier, sans savoir quoi faire. De
retour dans la salle d'embaumement, j'ai dit à
Jian qu'il n'y avait personne et qu'on allait continuer s'il voulait bien m'aider à soulever le corps
pour le changer de position, après quoi on pose-
rait le cathéter. Il m'a demandé si je lui permet-
tais de réciter un poème en anglais pour sa mère
qui lui avait appris cette langue dans son enfance ;
à cette époque, il était étudiant en anglais et, du
matin au soir, le jour et la nuit, il était absorbé
par cette langue qui représentait pour lui non
seulement une occupation mais aussi un diver-
tissement et sa seule passion. Il m'a dit cela avec
tant de timidité que je n'ai pu dire non. Il a
commencé à réciter à voix haute, sa voix n'avait
rien d'extraordinaire, mais elle était agréable,
légèrement efféminée. Tu sais que je ne comprends

pas un mot d'anglais, mais le poème était beau à entendre. Beau et triste. Ma main ne frémissait plus, elle m'obéissait, le bistouri incisait où je le voulais et l'intervention s'est déroulée sans difficulté, dans le flux et le reflux de mots et de phrases étranges et magiques. Il m'a dit que c'était une ancienne chanson irlandaise qu'il avait lue dans un roman de Joyce. Je lui en ai demandé le sens, il me l'a traduite, et elle m'a tellement plu que je l'ai recopiée pour la garder toujours avec moi. Si tu veux, je peux te la réciter :

> *Ding-dong, la cloche du château !*
> *Adieu, ma mère !*
> *Enterrez-moi dans le vieux cimetière,*
> *Près de l'aîné de mes frères.*
> *Que mon cercueil soit noir,*
> *Six anges venant derrière,*
> *Deux pour chanter, et deux pour prier,*
> *Et deux pour emporter mon âme.*

Comme par miracle, le visage de sa mère reprit peu à peu une teinte rosée, grâce au fluide que la pompe rouillée, actionnée par Jian, faisait circuler dans ses veines. Oubliant le poème de Joyce, il m'avait remplacée. Je me suis mise à brosser les dents de la morte, je me souviens qu'elle avait une petite brèche entre deux incisives, exactement comme son fils. En moins d'une heure, le relâchement des muscles de son menton, puis de ses mains, disparut. Elle n'avait plus son masque de souffrance, mais était calme comme le ciel après la pluie. Elle avait recouvré sa sérénité de linguiste et en jouissait. Le dialecte de la tribu sino-birmane ne la torturait plus. Ses traits étaient redevenus plaisants, et son fils estima qu'ils nous invitaient à les rendre plus beaux encore. J'ai dit d'accord, et il est rentré chercher la boîte à maquillage de sa mère. Je suis restée seule en compagnie de cette femme. Je l'ai longuement contemplée, puis me suis endormie. Quand je me suis réveillée, il pleuvait. Je ne sais pas ce qui s'était passé pendant mon sommeil, mais quelque chose avait changé en moi. Tout me paraissait doux, même le bruit de la pluie me semblait musical. J'ai eu envie de chanter un chant de pleureuses, un chant très ancien qui surgissait de ma mémoire, emplissait ma tête et me venait aux lèvres. Tu sais, quand on fait un travail comme le mien, l'occasion ne manque pas d'entendre des chants funéraires. J'en connais pas mal. J'ai chanté jusqu'au retour de Jian. Il a trouvé ma chanson magnifique, surtout le rythme, qu'il a qualifié de lumineux et rayonnant. Il m'en a fait chanter d'autres. Puis il a ouvert une boîte en cuir verni, sombre, dans laquelle, tout en chantant, j'ai pris un eye-liner pour souligner les paupières de sa mère d'un trait léger, fluide comme une caresse, après quoi j'ai appliqué sur ses lèvres un brillant couleur corail et brossé ses cils avec un

Rimmel français. À la fin, il a attaché autour de son cou un collier en or rehaussé d'un saphir. Elle était souriante, et belle à sa manière.

— Je crois que, ce jour-là, il a eu un coup de foudre pour toi.

— Je l'ai cru, moi aussi, mais en fin de compte, tu sais aussi bien que moi, monsieur le psychanalyste, qu'un homosexuel ne peut faire l'amour avec une femme. Sinon, il ne se serait pas jeté par la fenêtre le soir de nos noces et moi je ne serais pas veuve, veuve et encore vierge.

— Peut-être.

— Voilà le drame.

3

Les parties de mah-jong

Cette séance de psychanalyse par téléphone s'achève à minuit. Ah! Muo n'a pas sillonné en vain, pendant des mois, cette vaste province du sud-ouest de la Chine. Il avait bien cru, lors des nombreuses auditions de ce casting sinistre, face à des escrocs ou des prostituées déguisées en jeunes filles innocentes, avoir pénétré un tunnel sans fin où il s'était successivement fait voler une valise dans un train, un étui à cigarettes dans un marché, une montre dans un petit hôtel et un blouson dans un karaoké. Enfin, l'aveu de son ancienne voisine l'Embaumeuse, qui n'a pas encore perdu sa virginité, allume une lueur.

Après avoir posé le téléphone, Muo, dans un élan brusque, exécute un saut arrière. Sur un nuage de bonheur, son corps s'élève, s'élève et atterrit sur son lit, où il se fait mal aux reins car son dos heurte un objet dur, qu'il écrase et brise. C'est une théière en porcelaine qu'il a achetée dans la journée. Mais cet incident n'entame pas sa bonne humeur. Il se souvient de Michel, son psychanalyste français asexué qui ressemble à un Français ordinaire dans un film ordinaire, et qui, quand il veut manifester sa joie, descend au bistrot du coin payer une tournée générale. Muo décide de l'imiter, malgré l'heure tardive. Il s'habille et sort. Pour la première fois, une chanson de Serge Gainsbourg, sifflée par lui, résonne joyeusement dans l'escalier de cet hôtel dont nulle fenêtre n'ouvre sur l'extérieur.

— Vive l'amour! dit-il en posant sur le comptoir la clé de sa chambre, pourvue d'un pendentif en bois sculpté et numéroté, et il envoie du bout des doigts un baiser d'adieu au réceptionniste.

(Celui-ci, un étudiant qui travaille à l'hôtel la nuit et les week-ends, passe tous les soirs, à 11 heures, dans chaque chambre pour proposer des prostituées aux clients. On entend le bruit de ses Nike qui s'arrêtent devant les portes, qu'il tapote du doigt comme un clavier d'ordinateur, et sa voix juvénile qui annonce : « C'est l'amour qui passe! » Il a été le plus cultivé mais inefficace des guides indigènes de Muo dans sa ténébreuse et laborieuse quête d'une vierge.)

Il débouche dans la rue principale de la ville dont, par économie, les lampadaires ne sont pas allumés. Toutefois, les boutiques des coiffeurs sont en pleine activité, avec leurs néons à la lumière crue, bleue, rose ou multicolore, et ces filles déclarées officiellement comme coiffeuses, debout sur le seuil ou assises sur un canapé devant la télévision allumée, en soutien-gorge et slip moulant, lourdement fardées. Elles regardent Muo passer, l'appellent, l'invitent, le provoquent avec des accents de provinces lointaines et des poses lascives. Sont aussi ouverts un restaurant et deux pharmacies spécialisées dans la vente d'aphrodisiaques, dont les vitrines éclairées avec recherche exhibent des serpents vivants, lovés sur eux-mêmes, des carapaces de crabes, de fausses cornes de cerfs ou de rhinocéros, des racines et plantes étranges, et des ginsengs à longs poils. Puis ce sont encore des salons de coiffure et leur renfort de néons et de filles qui jalonnent la rue déserte et la promenade nocturne de Muo. Au bout de l'artère, se dressent les fours d'une briqueterie privée, que le récent boom de l'immobilier a fait prospérer. Sous le clair de lune, se dessinent les silhouettes d'ouvriers courbés qui, comme des fourmis, chargent ou déchargent des briques, sortent de la gueule profonde des fours en poussant des chariots, respirent, reprennent en sens inverse le chemin creux et noir, et sont de nouveau engloutis dans les fours au-dessus desquels des volutes de fumée blanche tournoient et se dissipent dans la nuit.

Muo entre dans une maison de thé, en face de l'usine. Il y est déjà venu, il y a une semaine, avec un de ses guides locaux, au cours de sa quête stérile. Il apprécie son toit pentu en tuiles, ses petites cours en plein air, ses tables basses en bois, ses chaises en bambou qui grincent nonchalamment, son sol noir en terre battue, humide, jonché de peaux de cacahuètes, de graines de tournesol, de mégots de cigarettes, son odeur douce, familiale, qui lui évoque le pays de son enfance. Ce qu'il savoure le plus, c'est quand le garçon vient servir le thé avec une bouilloire en cuivre à bec fin et brillant de un mètre de long, par lequel, comme une cascade tombée du ciel, il verse un jet d'eau bouillante dans votre bol en porcelaine posé sur une soucoupe en fer, le remplit à ras bord, sans en faire tomber une goutte, et le couvre du bout des doigts avec un couvercle en porcelaine blanche. Mais, pour sa deuxième visite, Muo reçoit un choc : la maison de thé a laissé place à une immense salle de billard enveloppée dans la fumée, grouillant de gens qui tantôt se tiennent dans l'ombre, tantôt viennent se pencher sur le tapis vert pour frapper des boules d'ivoire qui s'entrechoquent, ruent vers les bords, s'entrechoquent de nouveau... sous de grands abat-jour suspendus. On se croirait dans le Far West d'un mauvais film américain à petit budget des années 60 : tout est faux, mal joué, mal éclairé, même le bruit des boules qui se heurtent sonne creux, vulgaire, et évoque le mauvais bruitage de studio. Il s'approche du bar avec une démarche à la Clint Eastwood. Pour une fois dans sa vie, il a envie d'être dépensier, de faire une folie, d'inviter tout le monde à trinquer, non plus à sa joie personnelle, mais à l'« impérialisme américain », et il se renseigne auprès du barman sur le prix des consommations. Bien que le tarif des alcools soit raisonnable, il est surpris et demande le prix de la bière locale, tout en comptant les joueurs de billard. Le calcul lui donne le vertige et, avant que le barman n'ait le temps de lui donner une réponse, il est déjà parti, sans avoir bu une goutte de boisson.

— Mon cher Volcan de la Vieille Lune, pour toi, je serai sage et économe, je te le promets, jure-t-il à haute voix, assoiffé et le ventre vide, en se dirigeant vers la mer, au-delà de la ville, attentif à poser les pieds entre les tas d'ordures mouillées.

Il franchit un pont, longe un fleuve sombre qui coule avec paresse sous le disque argenté de la lune et le ciel anthracite. Il ne voit pas encore la baie aux crabes, mais sent déjà l'odeur de la mer. Une odeur froide. Une odeur à la fois étrange et familière, une haleine féminine portée par les souffles du vent frais, pinçant. À côté, les maisons ou plutôt les baraques sur pilotis des pêcheurs de crabes venus de villages pauvres. Des pleurs de bébés. Des aboiements tristes de chiens errants. Le vent se fait plus doux. Un papillon de nuit se perd dans un inextricable dédale de filets mis à sécher sur le sable. Muo s'en approche, se baisse et s'y glisse à quatre pattes. Prise de panique, la délicate créature frémit, bat de ses ailes pourpres, marbrées de gris, dans un bruit de crépitation. L'angoisse traverse son corps fuselé qui palpite dans les plis du filet.

— Mon pauvre ami, n'aie pas peur, dit-il à l'insecte. J'étais comme toi, il y a quelques heures. J'ai dû moi aussi sortir d'un écheveau de fils sombres, astucieusement emmêlés, ceux de la justice chinoise.

Il libère le papillon et jouit de le voir disparaître dans un léger vrombissement, tel un hélicoptère minuscule.

« À quelques milliers de kilomètres, pense-t-il, une autre créature délicate, mon Volcan de la Vieille Lune, dort dans une cellule. Tu dors comment, toi qui as toujours eu des problèmes de sommeil ? Allongée sur une paillasse ? Vêtue de ta chemise rayée de prisonnière ? »

Les joues en feu, le sang bouillonnant dans la tête, il enlève ses chaussures. Ses pieds sont brûlants. Il foule le sable grenu, puis patauge dans une nappe d'eau grise, à l'endroit où le fleuve se jette dans la mer. Il s'asperge le visage. L'eau est tiède. Il fait volte-face pour revenir sur la plage, se déshabille sans oublier d'enlever sa montre, qu'il enveloppe dans une de ses chaussettes et met dans sa chaussure. Puis, soulevant son ballot de vêtements dans ses bras grêles, il s'avance vers un rocher. Les algues qui ondulent comme des éme-

74

raudes sombres crissent sous ses pas. Des galets pointus le blessent. Le vent marin qui vient à sa rencontre le fait vaciller, manque d'arracher ses lunettes, mais contribue à calmer l'ardeur de son sang. Il marche avec précaution. Il sait que les crabes sont là, monstrueux, armés de mandibules, de pinces géantes mais invisibles car cachées, connues pour la blancheur de leur chair aux vertus aphrodisiaques. Ils sont là, au fond de l'eau, dans le sable gluant, sous les galets, qui guettent ses orteils, les poursuivent entre les roches basses, dans les trous des rochers où les flots stagnent, et il lui semble les entendre discuter, en murmurant, la stratégie d'une attaque imminente.

«Je reviendrai un jour, avec Volcan de la Vieille Lune, quand elle sortira de prison, se dit-il. Je l'installerai sur une grosse chambre à air que je pousserai pour que ses pieds ne soient pas agressés par les crabes. Je les vois déjà, ces pieds nus, nobles, beaux, sur lesquels le sable et des débris de coquilles formeront une fine croûte. Je l'entends déjà pousser des cris de joie stridents qui résonneront dans le flot des vagues. Comme ce sera beau de la voir goûter à nouveau la liberté, agripper le cercle noir du pneu qui s'engloutira et resurgira dans le reflux d'une marée écumeuse! Elle aura apporté son appareil photo et prendra des clichés des pêcheurs, de leur dur labeur, de leur misérable vie quotidienne, la plus pauvre de la Chine, si ce n'est du monde. Moi, je noterai leurs rêves, ceux des adultes et ceux des enfants. Je leur raconterai la théorie de Freud, surtout sa quintessence, le complexe d'Œdipe, et on s'amusera à voir comment ils hurleront de surprise en secouant leurs têtes basanées. »

Çà et là, à la surface de la mer, il croit voir des vers luisants flotter languissamment au rythme des flots. Mais non, ce sont des barques en bois, des canots minuscules à deux places, plus sombres que la nuit, chacun avec une lampe à acétylène suspendue au-dessus de la tête du rameur, dont le partenaire lance les filets dans l'eau. La forme de leurs corps tantôt s'estompe, tantôt se renforce avec le ressac qui monte et frappe, hurlant et mugissant, puis, fatigué, s'abaisse et s'en va. Le calme. Le murmure, le soupir de l'eau. C'est l'heure de tirer les filets pour les pêcheurs.

Sur la terre ferme, dans le dos de Muo, un bruit de moteur se fait entendre. Un car de touristes fait son apparition. Des hommes et des femmes descendent sur la plage, sans doute venus spécialement pour manger du crabe. Sitôt qu'ils mettent pied à terre, un homme hurle qu'ils veulent des crabes, les plus petits possible, ceux dont la chair est la plus blanche et la plus aphrodisiaque. Est-ce le traducteur ? Les touristes sont-ils japonais ? Taïwanais ? Hongkongais ? Un restaurant en plein air s'allume. En hâte, des tables et des chaises en plastique moulé sont sorties et installées face à la mer, sous des ampoules nues et colorées. Quelques garçons, sûrement des aides-cuisiniers, s'avancent au bord de l'eau et crient vers les barques des pêcheurs, auxquels ils réclament des crabes fraîchement capturés. Au début, Muo ne parvient pas, dans le brouhaha des voix et exclamations, à définir la provenance de ces visiteurs de minuit. Mais lorsque, une fois installés, ils commencent à jouer au mah-jong à toutes les tables, il comprend que ce sont des Chinois. L'empire du mah-jong. Un milliard de passionnés. Il n'y a vraiment qu'eux, soucieux de ne pas s'ennuyer une minute, pour jouer au mah-jong en attendant que des crabes cuisent à la vapeur. Son hypothèse se confirme lorsqu'il entend l'un d'eux, assis à côté du car vide, sans doute le chauffeur, souffler dans un harmonica un air révolutionnaire chinois des années 60.

Dans ta prison, il n'y a pas d'harmonica. C'est interdit. Il n'y a pas non plus de chair de crabe, seulement quelques morceaux de viande de porc, gros comme l'ongle du pouce, deux fois par semaine, enfouis sous des feuilles de chou gluantes le mercredi, et flottant solitairement à la surface d'une soupe au chou, le samedi. Toujours du chou. Chou à la vapeur, chou sauté dans l'huile. Chou assaisonné. Chou mariné. Chou pourri. Chou véreux. Chou avec du sable. Chou avec les poils d'on ne sait qui. Chou avec des clous rouillés. L'éternel chou. Il n'y a pas de mah-jong, non plus. Tu m'as dit, lors de ma visite à la prison, que le seul jeu de ta cellule s'appelle le « pipi de Mme Tang », du nom d'une femme médecin condamnée pour homicide involontaire qui a des difficultés à uriner du fait d'une maladie vénérienne. Chaque fois qu'elle s'assied sur le seau hygiénique commun, ses codétenues, excitées, enflammées par la passion du jeu, attendent que son urine ambrée, odorante, sorte de sa vessie torturée, tout en faisant des paris sur la désobéissance de son urètre, avec le plus souvent pour enjeu quelques morceaux de cette viande de porc ô combien précieuse. Silence. Tension. Lorsque la tentative échoue, que Mme Tang ne parvient pas à uriner, celles qui ont parié qu'elle ne réussirait pas sautillent d'une joie voluptueuse, bavant comme si elles avaient déjà les morceaux de viande dans la bouche. Quant aux autres, qui ont pris le pari contraire, elles se lèvent, s'approchent de Mme Tang et l'entourent dans un cercle étouffant, en criant : « Vas-y ! Pousse ! Relâche tes sphincters ! », comme si elle était en train d'accoucher. Les larmes aux yeux, elle gémit. Elle crie. Et lorsque quelques gouttes tombent en résonnant dans le seau, ce bruit, quoique très faible, annonce que Dieu a changé de camp, accordant un bonheur provisoire aux unes et plongeant les autres dans une frustration nouvelle. Je me souviens, la première fois que je t'ai rendu visite et qu'on m'a conduit à l'intérieur de ta prison, comme j'ai frémi lorsqu'en levant la tête, j'ai vu ces immenses caractères tracés à la peinture noire sur un long, très long mur blanc surmonté de barbelés : QUI ES-TU ? OÙ ES-TU ? QUE FAIS-TU ICI ? (Tu es mon Volcan de la Vieille Lune, trente-six ans, célibataire, photographe qui a vendu à la presse européenne des clichés pris en cachette de tortures pratiquées par des policiers chinois. Tu es dans la prison pour femmes de la ville de Chengdu, et tu attends le jugement du tribunal.)

La mer, à présent calme, déploie ses flots tentateurs et s'apprête à faire un cordial accueil à Muo, qui descend des rochers et glisse avec précaution dans l'eau. Ses lunettes le gênent, il fait demi-tour, remonte et les laisse dans la poche de son pantalon, posé sur un éperon rocheux. De là, il veut tenter un plongeon, mais le courage lui manque. À reculons, il se jette à l'eau, dans un élan vigoureux. Il met du temps pour gagner le milieu de la crique. Il nage avec une lenteur contemplative, antisportive, tout à fait muosienne ; ses bras, dans un rythme aussi doux, aussi cérémonieux que celui du tai-chi, fléchissent et se redressent, ses jambes à peine ouvertes ont la cadence d'un ancien poème de la dynastie des Tang, un rythme qui prend corps avec la nuit violette, les astres hors du temps, le bruit des flots, si lent, si mystérieux, qui lui rappelle cette sonate de Schubert qu'il déteste tant, une sonate aux accords trop répétitifs, mais qui, sous les doigts d'un musicien russe nommé Richter — quel poète ! —, se fait hypnotique. Magie que le jeune disciple de Freud avait accueillie avec bonheur. Soudain, il entend un cri déchirant, un peu étouffé, peut-être féminin, mais il n'en est pas sûr.

Tu t'es moquée de ma façon de nager à l'époque où nous étions étudiants, pendant les cours de natation, à la piscine universitaire. En deux ou trois brasses longues et précises, tu m'as dépassé, telle une grenouille géante, tu as fait volte-face et m'as dit : « Comment tu fais pour nager si lentement ? On dirait une vieille avec des pieds bandés. » Tu es remontée sur le bord de la piscine et, devant tout le monde, tu as imité mes mouvements avec exagération. L'eau ruisselait en petits flots de ton corps svelte, sur la peau glissante duquel se remarquaient quelques adorables marques de petite vérole à demi effacées. Puis tu t'es assise et as agité tes jambes d'une beauté éblouissante dans l'eau verdâtre, presque marron. Je me suis approché de toi, timide et bafouillant, et t'ai dit que tout ce que je savais imiter c'était le singe, don que j'avais acquis dans la montagne où j'avais fait ma rééducation et où les singes étaient si nombreux. Le singe. Mais tu n'en as pas cru un mot. Mon Volcan de la Vieille Lune incrédule, espiègle, orgueilleuse. Tu t'es enfuie en exécutant un plongeon, et tu as nagé rapidement.

La marée, sombre et nébuleuse, flue sous la lune voilée, compliquant la tâche de Muo qui nage vers l'est de la crique d'où semblent venir les cris légers, flottant au milieu de la mer, comme suspendus dans l'air. Une femme ? Une sirène ? De toute façon, je verrai bien. Après quelques minutes de brasses accélérées, il aperçoit, sans ses lunettes, un point lumineux, vivant, qui grossit à mesure qu'il s'en approche. Il devine que c'est la lampe d'une barque de pêcheurs de crabes. Les cris se taisent. Il lui semble que l'embarcation a quelque chose de différent des autres, qu'il n'arrive pas à définir : l'oscillation de la lampe sur les vagues n'est pas la même, sa cadence est trop irrégulière. Tantôt elle se balance follement, avec des convulsions telles qu'on la dirait près de chavirer dans la tempête, alors que la mer est calme comme un bébé qui dort. Tantôt elle penche, prête à s'éteindre, puis reprend son souffle et revient à un état normal. Bien qu'il en soit si proche qu'à la surface de l'eau le filet ondule devant son visage, il ne voit personne dans la barque pourtant toujours secouée de spasmes nerveux, saccadés. Hallucination ? Mirage ? Barque à la dérive ? La femme a-t-elle succombé après avoir lancé un ultime appel au secours ? Une pêcheuse de crabes ? La survivante d'un désastre maritime ? Une émigrée clandestine ? Une victime des requins ? Des pirates ? D'un assassinat ? En alerte, animé par une conscience de bon citoyen et un esprit chevaleresque, Muo, le Sherlock Holmes chinois, agrippe le bord de la barque, mais, à l'instant où il va pour y grimper, de faibles cris, presque animaux, s'élèvent à l'intérieur et le stoppent net. Ce ne sont pas à proprement parler des cris, plutôt les halètements précipités, étouffés, mêlés deux à deux, d'un homme et d'une femme. Honteux à en avoir le rouge aux joues, il recule le plus discrètement possible pour ne pas être pris pour un voyeur qui se régale du spectacle d'un accouplement en mer.

Invisibles, les doigts puissants de Richter pianotent et voltigent sur le clavier. La sonate de Schubert accompagne les grincements de la barque qui remue d'exaltation, de désir, d'accents humains, de verbes éternels. Une sonate dédiée au pêcheur de crabes, ce prince nu de la mer, qui jouit, et à sa partenaire invisible, peut-être en guenilles, puant le poisson, mais en cet instant reine de la marée sombre.

Par une nuit de l'été dernier, dans ma chambre parisienne enveloppée par la vapeur poivrée, lourdement pimentée, qui s'élevait de deux réchauds électriques sur lesquels étaient posées des marmites, mes invités chinois, exilés politiques, économiques et même culturels, plongeaient rituellement, du bout de leurs baguettes, des crevettes, des lamelles de bœuf, de légumes, de tofu, de bambou, de chou, de champignons parfumés, etc., dans le bouillon fumant. Comme d'habitude nous, c'est-à-dire des réfugiés politiques, des étudiants, des peintres de rue, un poète aveugle et moi-même, nous disputâmes, je ne sais plus pourquoi. Les insultes fusèrent et soudain, dans la fumée, une gerbe d'étincelles bleues jaillit du branchement électrique. Ce dont tout le monde se moqua. Les étincelles se propagèrent. Dans un élan de colère, le poète aveugle se leva, sortit deux billets de cent francs de son porte-monnaie et les brandit devant mes yeux, en criant :

— Comment peux-tu oser parler de psychanalyse, alors que tu n'as jamais fait l'amour ?

Ah ! Quel silence ! Les disputes des autres se tarirent. L'aveugle continua :

— Vas-y, prends ces deux cents francs, saute dans un taxi, va rue Saint-Denis, et tu reviendras me parler de Freud et de Lacan une fois que tu auras baisé avec une pute !

Il voulut jeter l'argent sur la table, mais les billets s'envolèrent et retombèrent chacun dans une marmite, où ils flottèrent un instant sur le bouillon rouge et huileux, avant de couler au fond. La pêche aux billets provoqua un désordre indescriptible, d'autant que les plombs finirent par sauter et que la pièce fut engloutie dans le noir total.

Muo, hésitant, remonte sur les rochers où sont ses vêtements, grimpe en se dandinant de pierre en pierre, avec sa maladresse de myope, et s'étend de tout son long sur l'éperon. Le vent est plus doux, pourtant, dans le chuchotement de la marée, il entend de nouveau le cliquetis des dominos et les bribes d'un air à l'harmonica. Les crabes à chair blanche ne sont pas encore prêts, au restaurant. Le morceau, un air d'opéra chinois, a priori impossible à jouer à l'harmonica et cependant pas trop dénaturé par le chauffeur, a quelque chose de vivant et joyeux. Muo siffle quelques mesures d'accompagnement, puis chantonne. L'homme joue ensuite une chanson d'amour hongkongaise, bêtement romantique, et Muo, de bonne humeur, continue à siffler, à chanter des refrains de son propre répertoire et, pour le dernier, intitulé *Le joueur de mah-jong*, il met une telle ardeur que sur la plage, dans le restaurant en plein air, les joueurs de mah-jong le reprennent en chœur :

> *Toutes les nuits sont longues,*
> *Sauf au mah-jong.*

Ah, le mah-jong,
Ah, le mah-jong!
Bien que je n'aie plus un sou
Le bonheur est au rendez-vous.
C'est merveilleux
C'est merveilleux.

Le chœur est disparate, disparates les silhouettes des joueurs, disparates les reflets des ampoules du restaurant, taches orange qui éclaboussent la marée somnambule, chuchotante, coiffée d'écume blanche. Un nuage se met à couvrir lentement la lune, approfondissant de son ombre le bleu marine de la baie. Soudain, une phrase du Juge Di, homonyme d'un autre juge de la dynastie des Tang, le Juge Ti*, personnage de polar inventé par Van Gulik, lui-même réputé pour son érudition sur la vie sexuelle dans la Chine ancienne, lui revient à l'esprit, et un frisson lui parcourt l'échine : « Ah ! les petits dominos du mah-jong, quelle fraîcheur exquise, aussi exquise que la main d'ivoire d'une jeune vierge. »

Par bouffées, l'odeur des crabes cuits à la vapeur arrive jusqu'à lui, une odeur de clous de girofle, de gingembre finement haché, de basilic, d'herbes des collines et de cannelle blanche, dont le parfum est exalté par le souffle salé, sauvage, de

* Le dialecte sichuanais ne faisant pas de distinction phonétique entre le « d » et le « t », Di et Ti se prononcent exactement de la même manière dans cette province.

la mer. Heurtés, mélangés, entassés, les petits dominos laissent place aux plats fumants, aux bols de riz, aux verres qui se remplissent d'alcool chinois, de vin français contrefait et de fausse bière mexicaine.

Allongé sur le roc, Muo médite la phrase du Juge Di : « aussi exquise que la main d'ivoire d'une jeune vierge ».

Ce fut au mois de mai, deux mois avant la perte de sa valise dans le train et quatre mois et demi avant cette nuit blanche sous les astres baroques de la baie des crabes, qu'il présenta au Juge Di sa lettre de créance, soit un pot-de-vin de dix mille dollars.

Le nom complet du juge est Di Jiangui, Di étant son nom de famille — une famille ouvrière —, Jiangui son prénom, un prénom très répandu parmi les Chinois dont la naissance coïncida avec celle de la République communiste, en 1949, et qui signifie « Construction de la Patrie », en référence à une déclaration solennelle que Mao fit sur la place Tian'anmen, de sa voix de contre-ténor, un tantinet tremblante. Au début des années 70, Di Jiangui était entré dans la police, ce pilier de la dictature du prolétariat, où il avait passé une quinzaine d'années et était devenu un tireur d'élite dans les pelotons d'exécution et un bon communiste. En 1985, en pleine réforme économique de la Chine, il avait été nommé au tribunal de Chengdu, une ville de huit millions d'habitants. Quel cadeau que ce poste parmi les plus privilégiés et les plus convoités! Comme la plupart des affaires du pays, surtout celles de la justice, se traitent à coups de pots-de-vin, il n'avait pas tardé à fixer son tarif, soit mille dollars pour un délit de droit commun, une somme déjà astronomique à l'époque, puis, à mesure que les prix de la vie quotidienne s'étaient enflammés, le sien s'était multiplié, jusqu'à atteindre dix mille dollars au moment où Volcan de la Vieille Lune s'était fait arrêter et était tombée sous son joug. Affaire politique.

Bien que notre psychanalyste fût né et eût grandi dans ce pays très cher à son cœur où il avait connu la Révolution culturelle et les autres mouvements de ces trois dernières décennies, et bien qu'il eût souvent dit à ses amis : « La meilleure phrase du "Petit Livre rouge" de Mao, la seule qui dise la vérité est que, sous la direction du Parti communiste chinois, on peut réaliser tous les miracles », ce miracle-là, si extraordinaire — les pots-de-vin payés aux juges —, l'avait tout de même choqué. Cependant, à contrecœur, il avait essayé de se montrer compréhensif quand l'avocat de son amie Volcan de la Vieille Lune lui en avait expliqué le processus. L'avocat, âgé de trente-cinq ans, désigné par le tribunal mais officiellement indépendant, appartenait secrètement à ce même tribunal et était, par ailleurs, rattaché à la même cellule que le Juge Di, c'est-à-dire celle du tribunal. (Un autre miracle qui, plus modeste que le précédent mais tout à fait révélateur, choquait aussi Muo.) Cet avocat était connu dans la ville pour ses éternels costumes noirs Pierre Cardin et ses cravates rouge vif qui avaient inspiré une fameuse réplique, en pleine séance d'un procès : une vendeuse illettrée, accusée de vol par cet avocat qui représentait son employeur, finit par pointer du menton vers lui : « Tu ferais mieux de te regarder, sale tordu qui t'es foutu la serviette hygiénique de ta femme autour du cou ! » Tout le monde se battait pour l'avoir, car il était réputé pour son épais carnet d'adresses, ses accointances avec les juges, et ses talents d'intrigant capable d'organiser un somptueux dîner dans un salon privé ou derrière le paravent laqué et faussement antique d'un restaurant cinq étoiles (par exemple, le Holiday Inn), entre un juge et un assassin présumé, la veille du procès, afin de convenir de la peine que le premier administrerait le lendemain au second, tout en savourant ensemble, dans la plus parfaite complicité, des mets délicieux, comme l'abalone, aussi appelé ormeau, un crustacé d'Afrique du Sud, ou encore des pattes d'ours importées de Sibérie, ou ce plat dit des « Trois Cris » qui consiste à déguster vivants des souriceaux nouveau-nés dont les cris ressemblent à des pleurs de bébé. Le premier cri est poussé lorsqu'on les pince entre des baguettes de jade ; le deuxième leur est arraché quand on les trempe dans une sauce au vinaigre et au gingembre ; le troisième quand ils tombent dans la bouche du mangeur, entre les dents jaunâtres d'un juge ou le dentier d'une éblouissante blancheur d'un avocat dont la cravate rouge tachetée de sauce graisseuse flotte sur sa poitrine.

Le dossier de Volcan de la Vieille Lune se révélait compliqué, difficile ; dans la mesure où il s'agissait de politique, d'atteinte à l'image du pays, l'avocat-conspirateur était formel : aucun repas, même le plus cher, ne pourrait arranger l'affaire, et il fallait s'y prendre « avec précaution, méthode et patience, le moindre faux pas pouvant être fatal ».

Chez les parents de Muo, dans la cuisine encombrée de casseroles, l'avocat jouait le grand stratège. Son plan, apparemment ingénieux, était fondé sur le jogging hebdomadaire du Juge Di. Celui-ci, depuis le début de sa carrière de magistrat, et afin de « se ressourcer », selon ses propres termes, faisait une course à pied en solitaire tous les dimanches matin, sur le terrain vague où le peloton d'exécution avait toujours fusillé et fusille encore les condamnés à mort, individuellement ou en groupe. Ce lieu, si familier, si cher au cœur de cet ex-tireur d'élite, se trouvait dans la banlieue nord de la ville, au pied de la Colline du Moulin. L'avocat suggéra à Muo de s'y rendre en se présentant, non pas comme un psychanalyste, mais comme un professeur de droit d'une grande université chinoise qui visite les lieux d'exécution en vue de préparer un projet de loi gouvernemental. La rencontre devait avoir l'air fortuite. Tout en consignant les expériences passionnantes du juge, Muo devait sans cesse crier d'admiration et de surprise, de sorte que le juge — c'était là l'astuce — acceptât d'aller prendre un thé avec lui afin d'approfondir la discussion. Et c'est au cours de ce tête-à-tête dans le salon privé d'une maison de thé qu'il devrait évoquer le sort de Volcan de la Vieille Lune et essayer d'arracher sa liberté en échange d'un pot-de-vin de dix mille dollars.

Le dimanche suivant, Muo revêtit un vieux complet emprunté à son père et, après avoir avalé le bol de nouilles instantanées avec un œuf que lui avait préparé sa mère (ses parents, deux humbles assistants à la faculté de médecine occidentale, restaient discrets et prudents et évitaient toute interférence dans l'affaire de Volcan de la Vieille Lune), il prit un taxi, traversa la ville et gagna la Colline du Moulin, vers 7 h 30. Il faisait à peine jour. En écoutant le dernier mouvement du chœur des crapauds, des grenouilles et des grillons, il se remémorait la configuration géographique de la colline où il était venu aider les paysans révolutionnaires dans leur travail, pendant l'été de ses douze ans. Il s'engagea dans un sentier qu'il croyait être un raccourci et faillit tomber par terre au moins deux fois, non à cause du sol instable mais de deux ou trois silhouettes humaines qu'il y croisa et prit toutes, quel que soit leur sexe, pour le Juge Di. Le faux professeur sentait alors monter à ses joues une bouffée de chaleur, comme s'il était empli d'un sang vicié, épais et noir. À un moment, il se crut perdu dans la colline de nouveau déserte, avec toutes ses allées qui bifurquaient. Il traversa un immense carré de tombes éparpillées sur un versant, des sépultures de forme arrondie où étaient enterrés les condamnés à mort les plus pauvres dont nulle famille n'avait réclamé le corps, et dont certaines se réduisaient à de simples protubérances de terre nue, sans pierre tombale ni mention de nom ou de date.

Une clochette retentit, suspendue au cou d'un buffle qui apparut au bout du sentier brumeux, sinuant entre les tombes. Muo, qui voyait le Juge Di partout, fut de nouveau pris de panique, puis se rassura : un couple marchait derrière l'animal. Un jeune paysan, vêtu d'une veste occidentale et d'un jean retroussé jusqu'aux genoux, portait une lourde charrue en bois sur les épaules ; à ses côtés, une paysanne en jupe et chaussures à hauts talons carrés en caoutchouc poussait une bicyclette. Ces deux jeunes gens modernes ne montrèrent aucune surprise de le rencontrer, ils lui indiquèrent un chemin, sans interrompre leur conversation intime mêlée de rires, puis s'éloignèrent comme dans un poème pastoral, escortés par la douce résonance de la clochette du buffle. Quelle harmonie matinale ! Que ma patrie socialiste est grandiose et digne des hommages d'un de ses fils errants !

Contrairement à ce dont il se souvenait, le décor de la torture suprême, la fusillade, était terriblement ordinaire. Pas de hautes herbes jaunes oscillantes et chuchotantes, pas de terre imbibée des larmes des victimes, jaunâtre comme le crachat d'un vieux malade, pas d'innombrables champignons blancs, charnus, grouillant à l'ombre humide des arbustes, pas d'oiseaux charognards tournoyant en cercle au-dessus de sa tête, noirs dans leur départ, noirs dans le battement de leurs ailes, noirs dans leur envol. Un terrain vague anodin, décevant à l'extrême. Dépourvu de couleur, de bruit, de sens. Solennellement indifférent à la souffrance. Les yeux de Muo s'habituèrent et ne tardèrent pas à repérer les silhouettes de deux hommes qui creusaient le sol à coups de pelle, presque sans bruit.

« Peut-être, se dit-il, que le Juge Di a changé sa façon de se ressourcer. Ou sont-ce des fantômes ? Les âmes de deux morts venus se venger ? »

Le visage d'un ami d'enfance depuis longtemps oublié apparut à son esprit. Il frémit, terrifié. C'était Chen, surnommé Cheveux blancs, son seul ami qui, au début des années 80, avait connu la richesse, la réussite, était devenu le gendre du maire de la ville et le patron d'une société cotée en Bourse, pour finir condamné à mort, voilà trois ans, pour trafic de voitures étrangères. Avait-il été fusillé au pied de la colline ? Agenouillé ? Le dos exposé au canon d'un fusil anonyme, aux crépitements d'une arme sans pitié éclatant quelques mètres derrière lui ? Il avait entendu dire que la position des doigts d'un condamné était déterminante et qu'on lui ligotait minutieusement les bras dans le dos, afin que les balles des tireurs d'élite traversent précisément le petit carré entre l'index et le majeur, derrière lequel se trouvait le cœur.

Les porteurs de pelles étaient vêtus d'uniformes militaires sans épaulettes d'officier. Ils ne pouvaient pas être le Juge Di. La chaleur reflua du visage de Muo. L'un des deux portait un casque en métal trop grand pour lui et, lorsque son pied chaussé d'une botte sale et trouée au bout s'appuya sur la pelle pour l'enfoncer dans le sol, le casque, orné en son centre d'une étoile rouge, glissa de sa tête et tomba dans le trou qu'il avait presque fini de creuser, juste devant lui. Il se baissa, le ramassa et découvrit, hilare, un ver de terre marron, zébré de verdâtre, qui serpentait sur la paroi glissante du casque. Il le fit tomber et, avec sa pelle, le coupa en morceaux ; de brefs éclaboussements de matière visqueuse leur arrachèrent un rire jovial.

Ce n'était pas la première fois que Muo s'étonnait lui-même, mais ses talents de comédien lui furent une enivrante découverte. Son mensonge jaillit en une poétique fluide, naturelle. « Oh, fleur nue de mes lèvres », disait Mallarmé. Il parvint même à imiter le ton sérieux, un rien académique, d'un professeur de droit pékinois. Sa fausse identité lui allait à merveille. Et sa mission gouvernementale impressionna les deux soldats. Il s'enquit de l'utilité des trous qu'ils creusaient dans le sol.

— Sans ça, lui dit le tueur du ver, avant de rendre le dernier soupir, le type roule n'importe comment et le sang coule partout.

— Un criminel, ajouta l'autre qui avait l'air plus intelligent, est exécuté à genoux, d'une balle en plein cœur. Il tombe foudroyé dans le trou. S'il se débat, dans son agonie, la terre s'affaisse autour de lui, et l'immobilise. Les médecins viennent alors prélever ses organes. Demain, si ça vous dit, demandez une autorisation spéciale. Vous verrez comment ça se passe sur le terrain.

Muo jeta un regard furtif sur les trous sombres et sournois et sentit un frisson lui parcourir l'échine.

— Vos explications sont très claires, dit-il en faisant semblant de prendre des notes dans un cahier.

— C'est le philosophe de notre peloton, répondit le tueur du ver en désignant son compagnon.

94

Avec un respect presque servile, les soldats prirent congé. Avant leur départ, Muo vit surgir un homme de cinquante ans, qui arrivait en courant, vêtu d'une chemise blanche à rayures bleues qui ressemblait à une veste de pyjama et à laquelle manquaient deux boutons.

— Le Juge Di vient faire son jogging, dit Muo d'une voix tremblotante mais particulièrement excitée.

— Le Juge Di ? demanda le tueur du ver à l'autre soldat. C'est qui ? Regarde sa chemise, on dirait une de celles qu'on met aux cinglés.

— Tu n'as jamais lu les romans du Hollandais ? répondit le philosophe du peloton. Le Juge Ti, quel personnage magnifique, quel détective talentueux ! Tu sais ce que c'est, la chemise qu'il porte ? Une robe de juge de la dynastie des Tang.

Une lueur d'orgueil dans les yeux, il serra la main de Muo en riant, et s'en alla avec son camarade de peloton. Muo les rattrapa :

— Vous vous moquez de moi ? J'attends le juge le plus important de la région, un homme qui peut condamner à mort n'importe qui. Est-ce que c'est lui ?

— Oui, confirma le philosophe, tout en clignant discrètement de l'œil vers son compagnon.

— C'est lui le fameux Juge Di de Chengdu, le roi de l'enfer des criminels, ajouta le tueur du ver.

Assis par terre, au milieu du terrain vague, Muo suivit du regard le trajet circulaire du coureur. Il n'osait le déranger. Il attendit. Les mouvements de l'homme étaient aussi réguliers, mécaniques, inébranlables que ceux de l'armée de fourmis qui emportaient les morceaux du ver de terre et entamaient une difficile ascension sur un tronc d'arbre. Soudain, le coup de klaxon d'un véhicule lointain stoppa net la course du présumé Juge Di. Il écouta, dans une immobilité théâtrale. Muo hésita. Une minute passa encore, puis tout se produisit en même temps : le calme revint ; le coureur, soulagé, respira ; les fourmis s'ébranlèrent. Muo se leva et, au comble de l'angoisse, mordant sa lèvre sèche et crevassée, il se dirigea vers l'homme.

— C'est vous, Monsieur le Juge ?

L'homme l'examina sans répondre. Muo eut l'impression de le voir esquisser un mouvement de tête. Avec un sentiment complexe, mélange de peur, de respect, de haine et de mépris, il regarda son visage pâle, particulièrement fatigué. Son corps était si maigre, si osseux qu'on l'aurait dit sans chair et, par-dessus, la chemise blanche rayée de bleu avait l'air d'un sac. Ses cheveux étaient négligés. Sous ses yeux, deux immenses poches noires. Soudain, une idée lumineuse éclaira Muo : c'était un malheureux, hanté par les fantômes de ses victimes. Non, il était lui-même devenu une âme errante. Il lui tendit la main, oubliant le mensonge qu'il avait préparé.

— Je suis Muo, psychanalyste, de retour de

Paris. Je crois, Monsieur le Juge, être en mesure de vous aider.

— M'aider ?

— Oui. De toute évidence, vous avez besoin d'une psychanalyse, fondée sur les théories de Freud et Lacan.

Freud. Un nom qu'il ne fallait absolument pas prononcer devant cet individu. Trop tard.

Sans laisser à Muo le temps de finir sa phrase, le faux Juge Di laissa éclater sa démence, et lui envoya dans la figure un coup de poing dont la dureté excessive lui enfonça profondément les lunettes dans la chair. Hurlant de douleur, Muo entendit un vrombissement dans sa tête, vit des étincelles papilloter autour de lui, puis tout s'assombrit. Il ne comprenait pas pourquoi il était étendu par terre mais, d'instinct, il ôta ses lunettes, accessoire essentiel dans la vie d'un intellectuel myope, puis perdit connaissance, tandis que le coureur lui donnait des coups de pied dans le crâne, le bas-ventre, les reins, le foie, avec une extrême violence. De la folie pure.

Le faux Juge Di s'en alla. Mais, après quelques secondes, il s'arrêta et revint sur ses pas. Il s'approcha de Muo, évanoui par terre, lui enleva sa veste et l'échangea avec sang-froid contre sa chemise rayée. Avec un sourire pervers, il la lui boutonna jusqu'au cou. De nouveau, un coup de klaxon le fit sursauter. Vêtu de la veste de Muo, il repartit en courant, tandis qu'un bruit de sirène retentissait. C'était l'ambulance d'un centre psychiatrique. Elle déboucha dans le terrain vague et dessina un sillon circulaire autour de Muo. Deux infirmiers de taille impressionnante en descendirent, une photo à la main, et s'avancèrent avec précaution.

Muo se réveilla, ouvrit les yeux et vit en contre-plongée deux géants, debout, qui le scrutaient. Il découvrit aussi qu'il portait la chemise rayée de son agresseur, dont l'odeur le gênait :

— Elle pue, cette chemise ridicule, dit-il, puis il retomba dans le coma.

Les deux infirmiers effectuèrent une comparaison minutieuse avec la photo. Sans lunettes, Muo était d'autant plus méconnaissable qu'il était défiguré par d'énormes ecchymoses violettes et que son nez pissait le sang. Ils finirent par décider qu'il était l'homme de la photo, le fou évadé de leur centre par la fosse des latrines communes. (Ils le cherchaient depuis deux jours et avaient réussi à le localiser grâce au coup de téléphone d'un jeune couple de paysans.) Ils appliquèrent quelques gifles sur ses joues pour le réveiller. Mais en vain.

Le gyrophare clignotant, l'ambulance s'ébranla et quitta le terrain d'exécution avec Muo menotté au fond du véhicule. Le Juge Di, le vrai, n'avait pu satisfaire son désir de se ressourcer, ce dimanche-là, il était enchifrené, après une nuit blanche passée à jouer au mah-jong. Décidément. L'incontournable mah-jong.

(De Chengdu, notre envoyé spécial.) Il y a environ une semaine, M. Ma Jin, évadé de l'asile
psychiatrique, fut découvert dans le coma, au
pied de la Colline du Moulin, sur le terrain
d'exécution des condamnés à mort. Son visage meurtri de coups saignait. Il souffrait
d'une légère commotion cérébrale. Ramené
au centre psychiatrique, lorsqu'il se réveilla,
il nia catégoriquement cette identité et préten-
dit être un certain Muo, psychanalyste de
retour de France, disciple de Freud mais trou-
vant Lacan « intellectuellement intéressant,
doté d'une forte personnalité, capable de faire
payer à sa clientèle parisienne de gros hono-
raires pour des séances de consultation qui ne
dépassaient jamais cinq minutes ». Le docteur
Wang Yusheng, l'un des psychiatres les plus
renommés de notre pays, vice-directeur du
Centre de traitement des maladies mentales
de Pékin, et M. Qiu, professeur titulaire de la
chaire de français à l'université de Shanghai,
ont été appelés pour étudier ce sujet. Les deux
pointures universitaires soumirent l'évadé, le
dénommé Ma Jin, à une série de tests. Il ré-
cita, à voix haute et en français, des passages
entiers de Freud, des phrases de Lacan,
Foucault, Derrida, le début d'un poème de
Paul Valéry, le nom de la rue où il habitait à

Paris, celui de sa station de métro et du tabac d'à côté, « Le chien qui fume », celui du café au pied de son immeuble, du café d'en face, etc. Il a invité ses examinateurs à savourer la beauté du mot français « amour », ainsi que la richesse et la complexité intraduisible du mot « hélas ». Ce brillant francophone (Ma Jin ou Muo ?) prétendait avoir été agressé et dépouillé par un coureur à pied. Quant à la raison de sa présence sur le terrain d'exécution, il ne s'en souvenait plus. Un trou de mémoire probablement dû au choc qu'il avait subi.

La conclusion des deux experts fut formelle : il s'agissait d'un des cas les plus troublants de l'histoire de la psychiatrie, conclusion qui enflamma immédiatement les milieux intellectuels de Chengdu. Des professeurs, chercheurs, journalistes, étudiants en lettres et surtout des étudiants en philosophie qui caressaient depuis longtemps l'ambition de devenir psychanalystes se rendirent au centre psychiatrique aux heures de visite, et la chambre de l'évadé francophone grouilla bientôt de visiteurs. C'était une chambre individuelle, dotée des nouvelles mesures de sécurité, avec des grilles renforcées et un gardien-infirmier qui, en permanence, avait l'œil collé au judas de la porte. Ce malade devint l'objet de toutes les spéculations intellectuelles de notre ville. Lorsque je lui ai moi-même rendu visite, un chercheur universitaire spécialisé dans la mythologie chinoise l'interviewait et remplissait de ses gribouillages un épais cahier, en même temps qu'il enregistrait l'entretien sur magnétophone. Ce que ce chercheur voulait, c'était établir un lien entre Ma Jin-Muo et le fameux immortel boiteux, personnage mythique très populaire. (Selon la légende, alors que l'âme de ce dernier rentrait d'un voyage spirituel, elle découvrit que, par méprise, l'un de ses disciples avait brûlé son corps, inanimé depuis sept jours. Le Dieu de la Miséricorde s'en émut et fit un miracle qui permit à son âme errante d'incorporer secrètement le cadavre d'un mendiant boiteux, mort depuis peu. Vous imaginez la suite, le corps inanimé se réveilla soudainement, se leva, éclata d'un rire triomphant et se dirigea d'un pas claudicant vers son ancien temple, afin de sauver le disciple traumatisé qui voulait se suicider.) Parmi les cadeaux des visiteurs qui jonchaient le lit métallique, j'ai trouvé et feuilleté une revue locale d'étudiants, imprimée artisanalement, dans laquelle un article défendait une autre hypothèse : l'évadé n'était autre que la réincarnation d'un traducteur de français jadis fusillé. J'ai recueilli, au sein du centre, divers témoignages qui s'accordaient tous sur un point : le patient n'avait rien à voir avec les autres malades. Il ne se plaignait jamais de la nourriture ou de la discipline rigoureuse. Il donnait l'impression d'être content de se trouver là. Il ne cessait de dire, et pas pour plaisanter, qu'un asile est la meilleure université du monde. Un être doux, gentil, attentif, qui prenait des notes sur tout, les cris hystériques de la nuit, les effets des électrochocs, les rêves des autres malades, etc. « C'était un type très romantique, dit son gardien-infirmier. Malgré tous les calmants qu'il avalait matin et soir, il me racontait un tas d'histoires plus ou moins cochonnes, chinoises ou étrangères et, en échange, il me demandait de lui apporter des feuilles de papier. Il écrivait des lettres d'amour, épaisses comme des romans, tout en sachant qu'elles n'arriveraient jamais à destination, qui s'adressaient toujours à une prisonnière, son amour au drôle de nom inoubliable, préten-dait-il. Mais il ne m'a jamais dit lequel. C'était son secret. »

Hier, convoquée par la direction de l'éta-blissement, la femme de Ma Jin, une ancienne chanteuse d'opéra, est venue pour confirmer l'identité de l'évadé. Au premier coup d'œil, elle eut l'air d'avoir un choc. Il faut dire que, depuis trois ans, son mari, converti au boud-dhisme, était parti vivre dans un temple. Visiblement, il avait tellement changé phy-siquement qu'il était presque méconnaissable. Elle a demandé à avoir avec lui un entretien privé. Qui lui fut accordé. Ils se sont parlé pen-dant une heure. Après quoi, elle a confirmé qu'il s'agissait bien de son conjoint, M. Ma Jin. Elle a rempli les formalités administratives pour le faire sortir et l'a emmené chez elle. Mais le soir même, coup de théâtre : pendant qu'il prenait sa douche, le faux ou vrai Ma Jin s'est de nouveau échappé par la fenêtre, grâce à une longue corde faite de serviettes et de chemises de nuit. Et il a disparu dans la nature.

Ce matin, l'ancienne chanteuse d'opéra a déclaré aux journalistes : « J'ai vraiment envie de le retrouver. »

4

Un avion miniature

Le troisième tiroir du secrétaire du Juge Di était entrouvert, exactement comme l'avocat de Volcan de la Vieille Lune en avait informé Muo. Cette fente discrète, à peine perceptible, était le signe secret que l'on acceptait de recevoir une lettre de créance. Conventionnellement, le corrupteur devait y glisser une enveloppe rouge contenant le pot-de-vin et, conformément à la règle, le bénéficiaire faisait semblant de n'avoir rien vu.

Derrière ses lunettes miraculeusement intactes, les yeux de Muo encore meurtris, cerclés de bleus, fixaient l'ouverture millimétrée du tiroir, comme un agent secret dans un film d'espionnage reconnaît l'un des siens en la personne d'un inconnu grâce à un signe convenu. Le cœur dilaté, il sentait un vin magique lui monter à la tête. L'assistant du Juge Di était reparti après l'avoir introduit dans le cabinet de travail. Il était seul, assis sur un sofa dont l'odeur de cuir fané planait dans la pièce. Il plongea la main dans sa serviette et, du bout des doigts, toucha l'enveloppe à l'intérieur de laquelle il sentit l'épaisseur sensuelle de la liasse de cent billets de cent dollars flambant neufs, entourée d'un mince élastique tendu au maximum.

Il se leva et s'approcha du secrétaire. La chaleur embuait les verres de ses lunettes. Une sensation vaporeuse l'envahissait. Jamais il n'avait été aussi proche du bonheur. Devant lui, le bureau était enveloppé dans un halo scintillant, on aurait dit que Volcan de la Vieille Lune allait jaillir par l'ouverture du troisième tiroir. Il le regarda, savourant la jolie faille qu'il avait enfin trouvée dans la muraille de la dictature du prolétariat.

Puis une vérité se fit jour dans son esprit : évidemment ! Ce fameux troisième tiroir était toujours dans cette position. Un feu vert permanent ! Un message adressé à tout le monde et pas seulement préparé à son intention. Combien de fois son propriétaire corrompu avait-il ouvert le tiroir et pris des enveloppes rouges sans connaître le nom du donateur ni la raison du don ?

Une fois dissipée son exaltation, le meuble lui apparut sous son vrai visage : en bois satiné, avec un dessus de marbre poussiéreux qui portait la photo encadrée de deux jeunes filles souriantes (celles du Juge Di ?). À côté, posé sur un téléviseur, un objet étrange sur lequel un rayon de soleil semait des paillettes, à travers les stores vénitiens, était le seul, dans ce cabinet, à pouvoir être qualifié d'œuvre d'art; on aurait dit des pièces de monnaie en cuivre : c'était un modèle réduit d'avion de combat entièrement fait de douilles de balles de fusil. Des centaines de douilles, dont chacune était gravée d'un nom et d'une date.

Muo entendit un pas sur le marbre de l'entrée puis sur le plancher de la pièce, et son regard quitta l'avion de combat pour croiser le regard fixe d'un vieil homme vêtu d'un uniforme bleu marine avec, brodé sur une manche, l'emblème rouge de la république de Chine au centre duquel figurait le mot « magistrat ».

— Bonjour, murmura Muo. Vous êtes monsieur Di?

— Le Juge Di, corrigea le vieil homme à maigre moustache en s'arrêtant près de la table.

Il dégageait une odeur de chose desséchée. Il était aussi petit que Muo, malgré ses souliers noirs à talons hauts. Quel âge a-t-il? Crâne ratatiné. Cinquante-cinq ans? Soixante? Seule chose sûre : il ne présente pas une once de ressemblance avec l'évadé psychotique que j'ai rencontré sur le lieu d'exécution. Il n'aurait pas la force de me frapper. Sa violence est d'une autre nature, plus dangereuse.

Les yeux du Juge Di étaient petits, le gauche était minuscule, presque tout le temps fermé. Il sortit du premier tiroir plusieurs flacons, dont il fit tomber des comprimés et des pilules qu'il aligna, en les comptant, sur le marbre du bureau. Il y en avait une dizaine. Il prit une grande tasse de thé et les avala. Quand Muo se présenta comme le rédacteur d'une maison d'édition scientifique de Pékin, l'œil droit du juge se riva sur lui et sa grosse paupière plissée cligna, détail auquel on reconnaissait un tireur d'élite examinant froidement sa cible.

La sonnerie du téléphone portable du juge coupa net la conversation à peine entamée sur le motif de la visite de Muo, qui bégayait des paroles sans suite, les yeux détournés, cherchant les mots que l'avocat lui avait préparés et qu'il s'était entraîné à répéter jusqu'à les réciter par cœur.

L'appel concernait les jeux Olympiques qui se déroulaient en ce moment même à Sydney. Lorsqu'il entendit que la Chine venait de gagner une vingtième médaille d'or en judo féminin, ce qui la plaçait derrière les États-Unis mais devant la Russie, le juge, excité, alluma le téléviseur. Sur l'écran, deux filles de taille imposante roulèrent sur le tapis, hurlant et haletant, avec des mouvements ralentis... L'œil gauche du juge s'ouvrit, miroitant de larmes chaudes arrachées par les passionnantes perspectives de la patrie prospère, et son œil droit clignota d'émotion. Tout en parlant au téléphone, il avança vers son visiteur. Muo était déboussolé. Il ne savait comment interpréter ce rapprochement hors du protocole.

« Veut-il m'embrasser ? » se demanda-t-il.

Le juge, enchanté, leva un bras, celui où l'emblème rouge de la Chine était brodé au-dessus du coude, et le garda suspendu en l'air, attendant que son partenaire l'imitât, dans un même enthousiasme, et que leurs deux mains se rencontrassent en une tape triomphale, comme lorsqu'un footballeur marque un but déterminant. Toujours plus perplexe, Muo pensa qu'il s'agissait peut-être d'un autre signe secret, codé, que l'avocat avait oublié de lui communiquer.

Cette main lui faisait un signe. Mais quel signe ? « Dois-je faire la même chose ? Quelle main fantomatique, avec des doigts effacés dans le brouillard et d'autres plus nets, surtout l'index, courtaud, à l'ongle crasseux, celui du tireur d'élite qui appuie sur la détente ! Dois-je imiter ce geste ? Non ! Muo, ce serait une erreur fatale. Quel autre geste pourrait répondre à ce signe secret ? »

Légèrement surpris par la réaction de son visiteur, le Juge Di baissa le bras et continua à faire les cent pas dans la pièce. Sur l'écran du téléviseur n'apparaissait que le drapeau rouge à cinq étoiles jaunes (la plus grosse symbolisant le tout-puissant Parti communiste et les quatre petites, réparties autour, représentant les ouvriers, paysans, soldats et commerçants révolutionnaires) qui s'élevait au-dessus de la tribune, pour la remise de la médaille d'or. Joué par des trompettes glorieuses, l'hymne national retentit si fort que l'avion de combat miniature vibra sur le poste.

Dans un long soupir, Muo ôta ses lunettes et les essuya avec un pan de sa veste. Ce geste n'échappa pas à l'ex-tireur d'élite.

— Vous pleurez d'émotion ? lui demanda-t-il. Je vous ai cru froid et indifférent.

Le bras du Juge Di s'éleva de nouveau vers Muo, à la recherche de la tape manquée.

Décidé à courir le risque, Muo leva une jambe en l'air, restant debout sur le pied gauche dans une position touchante d'infirme de guerre.

— Non, c'est avec la main, dit le juge en clignant de l'œil droit, exceptionnellement indulgent.

Interprétant mal la phrase, Muo mit sa main sous son mollet. Dans une douleur inhumaine, son pied se souleva, centimètre par centimètre, jusqu'à son épaule, comme celui d'une danseuse à ses exercices. L'œil gauche du juge se referma. L'œil droit le jaugea froidement. Brusquement, il éteignit son téléphone.

— C'est quoi, ce cirque ? Vous savez où vous êtes ? Vous êtes dans le bureau du Juge Di !

— C'est la faute de l'avocat, murmura Muo en reposant le pied sur le sol. Mais... c'est parce que... excusez-moi... C'est l'avocat de mon amie, Volcan de la Vieille Lune.

Le rire du juge interrompit ce bredouillement pénible. Ce rire au timbre si éraillé, si sombre, fit froid dans le dos de Muo. Il y vit le prélude à une annonce cruelle. Sur l'écran du téléviseur, la championne chinoise qui, la tête levée, chantonnait l'hymne national finit par laisser sa place à un match de hockey, dont la finale se jouait entre la Russie et le Canada.

— Volcan de la Vieille Lune ? lui demanda le juge, assis dans son fauteuil de Grand Inquisiteur.

— Oui, c'est mon amie.

— Quelle horreur ! Cette fille qui a vendu des photos à la presse étrangère...

— Elle ne les a pas vendues. Elle n'a pas gagné un yuan dessus.

Les doigts du juge tapèrent sur le clavier du portable.

— Attendez, il faut que je passe un coup de téléphone au secrétaire général du Parti.

Il est difficile de décrire l'abîme de détresse dans lequel cette phrase plongea Muo. Quel péril ! Pourquoi cet appel ? Sûrement au sujet de Volcan de la Vieille Lune. Risque-t-elle une peine si lourde qu'il lui faut l'accord du chef du Parti ? La chemise qu'il avait trempée de sueur durant ses acrobaties maladroites était maintenant glacée.

La conversation téléphonique fut longue. Au début, Muo entendit le Juge Di suggérer une levée exceptionnelle de l'interdiction de l'usage des pétards pour permettre au peuple de célébrer cette victoire sportive. Puis, changeant de sujet, il survola le thème de la sécurité, s'enflamma pour le sport, chipota sur le budget de la justice, fit le point sur la construction d'un nouveau palais de justice, et finit par proposer à son interlocuteur un rendez-vous pour une partie de mah-jong. C'est à ce moment qu'il entendit cet éloge inoubliable : « aussi exquise que la main d'ivoire d'une jeune vierge ».

L'attente se mua en torture. Muo était au bord de l'épuisement physique, le moindre changement de ton, une toux imperceptible, un mot sévère faisaient palpiter son cœur comme un lapin apeuré, ouvraient des perspectives d'horreur. Un respect erroné des conventions l'empêcha de faire ce qu'il aurait dû faire : sortir son cadeau royal, ouvrir le troisième tiroir et poser l'enveloppe dedans. Qui sait ?

Le speaker de la télévision chinoise glapissait de désespoir, l'avant-centre russe venait de marquer un but déterminant, à la dernière minute du match. Les supporters exultaient. Le drapeau russe s'éleva au-dessus de la tribune.

D'un pas hésitant, Muo s'approcha du meuble à tiroirs. Il avait l'impression que le Juge Di suivait son mouvement des yeux. À cette seconde, il comprit que c'était ce qu'il attendait secrètement. Tout ce cinéma, qu'il avait d'ailleurs fort bien joué, n'avait été que pour le pousser à accomplir ce geste.

Dégoûté de n'être qu'une marionnette tirée par d'invisibles ficelles, il regarda l'avion de combat miniature, sur lequel les paillettes brillantes ne dansaient plus. Le cuivre des douilles s'était assombri.

Par hasard, un détail lui sauta aux yeux : plusieurs douilles portaient la même date. La vérité traversa d'un coup son esprit : le nom gravé sur chacune était celui d'un condamné à mort fusillé par lui, l'ex-tireur d'élite, et la date était celle de l'exécution. Parfois, il en avait exécuté plusieurs le même jour. Chaque douille était la relique d'une balle tueuse, sortie d'un fusil, qui avait traversé le petit carré entre l'index et le majeur du fusillé, derrière lequel se trouvait son cœur.

Bien que l'ancienne activité du Juge Di ne fût pas une découverte, Muo fut profondément choqué par cette œuvre créée avec tant de soin, de minutie, de temps, et surtout d'amour. Tout à coup, l'homme qui lui faisait face lui parut un diable assoiffé de sang, une incarnation de la pure terreur, de la cruauté gratuite et du mal. Où étaient les fantômes vengeurs ? Apparemment nulle part. Muo, toujours sceptique sur l'existence de Dieu, croyait depuis l'enfance à celle des fantômes. Est-ce que tu as vu le fantôme ? C'est par une nuit d'encre... Liberté de fantômes. Justice de fantômes. À présent, tout cela s'effondre. Je dois payer le tribut à un tyran, de qui même les fantômes n'osent perturber la vie. À qui ils n'osent donner la chair de poule. Nulle apparition après la mort. Aucun spectre pour le hanter. Toute sa volonté d'agir, dans ce monde, pour Volcan de la Vieille Lune se dissipa en lui, malgré lui. Il remit l'enveloppe dans sa serviette et se dirigea vers la porte.

Alors que le bruit de ses pas se transformait en une course frénétique dans le couloir, le Juge Di se demanda ce qui s'était passé. Approchant du seuil de la pièce, il vit Muo croiser l'assistant et lui glisser quelque chose dans la main. Sans doute un billet de vingt yuans. Voici pour vous. Remerciements muets. Au revoir.

5

Le piston

Un revenant. Durant au moins une ou deux minutes, Muo crut se trouver face à un revenant. Il ne le reconnut pas tout de suite, à cause de ses yeux meurtris. Il eut seulement l'impression d'avoir déjà vu cet homme qui apparaissait en haut du long Escalator vitré, en forme de tunnel, d'un centre commercial ultramoderne imité du Centre Pompidou de Paris. Deux yeux mélancoliques, familiers. Mais de qui ? Où les ai-je déjà vus ? Ai-je une hallucination ? Un complet défraîchi, des cheveux poivre et sel coupés en brosse, un visage osseux, et surtout ces deux sillons profonds descendant de chaque côté du nez, contournant les commissures des lèvres, franchissant le menton, pour finir par se fondre dans les plis du cou. Doucement tamisé, le soleil traversait les vitres mates et laiteuses du tunnel voûté. Les tapis roulants glissaient, parallèles, le revenant descendait, Muo montait. D'un pas accéléré, le revenant se précipita vers lui. Ces grandes enjambées avaient, elles aussi, quelque chose de déjà-vu. Qui est-ce ? Muo s'entendit appeler par son surnom d'enfance, « Petit Muo ». À sa voix, il le reconnut : le gendre du maire, condamné à mort, qui aurait dû être fusillé voilà quelques années.

Le tapis roulant continuait son ascension. Le bras tenu par la main ferme de son ami d'autrefois dont le poignet portait le nombre 3519, stigmate des prisonniers, Muo descendit d'un pas rêveur en se frayant un passage parmi les chariots et Caddies des clients qui montaient. Une marche arrière hallucinatoire.

— Qu'est-ce que tu fais là ? lui demanda-t-il, si perplexe que sa propre voix lui sembla lointaine, comme dans un rêve.

Aussitôt, il fut gêné par les mots échappés de sa bouche, qui ne convenaient guère à la situation. Il ajouta :

— Je me suis évadé de chez les fous. Et toi ?

— Je fais un tour d'inspection.

— D'inspection de quoi ?

— De restaurants.

— Tu es restaurateur ?

— Pas vraiment. Mais ma prison a ouvert deux restaurants et j'en suis le gérant. Mon beau-père a fait en sorte que ma condamnation à la peine capitale soit commuée en perpétuité. J'ai proposé au directeur d'ouvrir un restaurant et de m'en confier la gestion, en lui assurant que ça rapporterait beaucoup d'argent. Ce qui s'est réalisé.

115

Comme il était content de moi, il en a ouvert un deuxième, dans le centre commercial.

— Tu n'as pas l'air de t'être enrichi.

— Non. Tout le profit est pour la prison. Un tribut raisonnable en échange de ma liberté diurne.

— Pourquoi diurne ?

— Dès que la nuit tombe, je rentre dormir dans une cellule de condamnés à perpète. C'est juste à côté du couloir des condamnés à mort. Quand il y a une exécution, on voit un gardien passer avec un plat de viande devant notre porte et s'enfoncer dans l'autre couloir, on l'entend s'arrêter devant la porte d'une cellule et donner le plat à celui qui sera fusillé le lendemain. Et là, je me dis, putain, je reviens sacrément de loin pour avoir échappé à ce dernier dîner.

Ils célébrèrent leurs retrouvailles dans le restaurant que la prison possédait dans le centre commercial. Les Marmites mongoles, un self-service. Une assiette dans la main, chacun choisissait ce qu'il voulait (les gens se bousculaient) parmi une centaine de plats posés sur des présentoirs au milieu d'une grande salle : des anguilles, des cervelles de cochon, du sang de chèvre, des crevettes, des seiches, des coquillages, des escargots, des cuisses de grenouilles, des pattes de canards, etc., au tarif unique de vingt-huit yuans, formule « à volonté » (bière locale comprise). Une centaine de tables ; le visage enflammé au-dessus des marmites posées sur des réchauds à gaz, chacun trempait un morceau de viande ou de légume dans un bouillon épais, gras, très pimenté, couvert d'une écume rouge et huileuse où des millions de petites bulles montaient en tourbillonnant. La fumée, la vapeur, les rires, les voix, les va-et-vient des clients entre les tables et les présentoirs, tout cela embrouillait l'esprit de Muo. Il ne savait plus ce qu'il racontait à l'ex-condamné à mort. Le terrain des exécutions, le centre psychiatrique, l'avocat de Volcan de la Vieille Lune, le Juge Di... Le sol du restaurant, poisseux d'huile et de crasse, était glissant. Les clients marchaient avec prudence, comme sur du verglas. Pour les gens âgés ou myopes et maladroits comme Muo, c'était une véritable aventure. Un homme ivre dérapa dans les toilettes et essaya de se relever, mais il était si difficile de trouver un point d'appui sur le sol visqueux qu'il tomba de nouveau et finit par s'endormir, la tête contre l'urinoir... Bien sûr, Les Marmites mongoles devaient leur ambiance de fête et leur prospérité à l'idée du gendre du maire de proposer une formule « à volonté » pour vingt-huit yuans. « C'est un duel, expliqua-t-il à Muo. Entre le client et le patron, celui qui abandonne le premier perd la partie. »

Il pleuvait. La voiture du gendre du maire, une splendide Fiat décapotable rouge vif, grimpait courageusement la route qui menait à la résidence du juge, conduite par un chauffeur à épaules de boxeur. Aux Marmites mongoles, son ami s'était proposé d'« arranger le coup », manquant arracher quelques larmes à Muo, qui ne croyait plus à son entreprise humanitaire et amoureuse.

Au sommet d'une colline, il fit arrêter la voiture et réfléchit en fumant un petit cigare hollandais. Les sillons qui descendaient de part et d'autre de son nez semblaient se creuser plus profondément que jamais. Muo n'osait ni lui parler ni le regarder. Était-il en train de peaufiner son plan d'attaque ? Voulait-il téléphoner pour prévenir de sa visite ? Était-il sur le point de renoncer ? Ou, au contraire, s'armait-il de courage ? Muo n'en savait rien. Le chauffeur coupa le contact, et tous trois restèrent un moment immobiles dans la voiture. Muo regardait fixement la pluie. Un bruit, quelques peupliers, un paysan vêtu d'une cape de paille qui labourait dans une rizière lointaine. Puis son ami fit signe de redémarrer. La Fiat se mit en branle, roula à petite allure et glissa dans une allée, jusqu'à un portail métallique qui perçait un mur d'enceinte de deux mètres de haut. Le chauffeur à larges épaules descendit le premier, il ouvrit la portière, le gendre du maire sortit de la voiture et, sous la pluie, se dirigea vers un interphone.

La pluie s'arrêta une heure après. Muo resta dans la voiture jusqu'à ce que les étoiles apparussent dans le ciel. Bientôt, ce serait l'heure de rentrer pour son ami, gérant le jour, prisonnier la nuit. Alors que Muo commençait à se démoraliser, le portail s'ouvrit, son ami sortit et s'approcha de la voiture avec un large sourire ; les deux sillons de malheur s'étaient effacés.

— C'est arrangé, dit-il en pénétrant dans la voiture. Mais il ne veut pas d'argent. Il en a déjà trop. La seule chose qu'il te demande, en récompense, c'est une vierge avec qui coucher. Une fille qui n'a pas encore perdu sa virginité, dont le melon rouge n'a pas encore été fendu...

Cette expression étrange, le « melon rouge fendu », rappelait toujours à Muo une nuit moite aux relents de sueur, des porteurs de crabes frais, la tiédeur d'un œuf dur, une face de suif contre un rocher, dans une grotte de montagne au Fujian, le pays natal de son père où, pour la première fois, il avait entendu cette expression pour désigner la défloration d'une vierge. Il avait dix ans. Il passait ses vacances chez ses grands-parents. Un de ses oncles, professeur de mathématiques dégradé pour des raisons politiques au rang de boucher, un homme de trente ans si voûté qu'on aurait dit un vieillard, l'emmena nager dans une rivière de la montagne. Une tempête éclata, et ils se réfugièrent dans une grotte avec des inconnus de tous âges, des passants, des paysans et quelques porteurs de corbeilles dans lesquelles grouillaient des crabes sombres, pêchés dans un lac de haute altitude et destinés à l'exportation au Japon. Assis contre un rocher, un porteur plus âgé que les autres, dont il se rappelle aujourd'hui encore la figure trouée comme une écumoire par la petite vérole, raconta une blague d'une voix basse, entrecoupée de toux et de crachats, tandis que Muo épluchait un œuf dur encore tiède qu'une paysanne lui avait glissé dans la main : sous la dynastie des Tang, les Japonais, qui venaient de se rassembler autour de leur premier roi, peinaient à créer un drapeau national. Ils finirent par décider de copier les Chinois, et envoyèrent un espion en Chine, laquelle, plus évoluée et civilisée, vivait dans l'âge d'or de l'Empire. Après moult péripéties au cours de son voyage en mer, l'espion posa le pied sur la côte chinoise. Il entra dans un premier village. C'était la nuit. Il faisait doux. Il vit des gens excités et joyeux qui criaient, dansaient, chantaient, buvaient autour d'un drap blanc, au centre duquel il y avait un rond rouge, légèrement noirci. L'ambiance était celle d'une grande fête. « Ce doit être leur fête nationale, pensa-t-il, et voilà le drapeau chinois. » Il attendit, caché sous les buissons, que tout le monde eût regagné sa maison pour s'approcher du but de ses quelques mois de voyage, marqués par la peur de la mort et les affres de la faim. Il le vola et s'enfuit dans la nuit, sans savoir que ce qu'il tenait n'était qu'un drap taché du jus du melon rouge d'une jeune mariée, fendu au cours de sa nuit de noces.

L'expression provoqua un rire collectif qui retentit dans la grotte, tandis que Muo, qui n'avait rien compris, tenait l'œuf épluché dans ses paumes glacées pour les réchauffer. Sans savoir pourquoi, il se leva et, d'un pas assuré, se dirigea vers le conteur assis près d'un feu dont les flammes éclairaient son torse nu et faisaient vaciller son ombre. De force, il bourra la bouche de l'homme avec l'œuf. Celui-ci l'avala, en s'étouffant presque, le visage luisant, figé contre le rocher que le feu éclairait, avec seulement ses yeux qui roulaient, petits mais pétillants. Muo se souvient encore de la sensation que lui fit la peau de ce visage maigre, une peau qui ressemblait à une feuille huilée de papier d'emballage. Il compta les trous de sa petite vérole. Il tendit la main pour les toucher, et c'est ainsi que l'expression « melon rouge fendu » se grava dans sa mémoire avec toutes ces couleurs unies en un flot sombre, ruisselant, qui envahissait ses veines et se répandait dans tout son corps. L'odeur de la grotte qui sentait la mer. La paroi rugueuse des rochers...

Sur le chemin du retour, l'oncle montra une bonne humeur exceptionnelle étant donné sa situation. (Dans la grotte, il n'avait osé dire un mot ni rire avec les autres.) L'averse copieuse avait laqué le feuillage des arbres. L'air s'était délicieusement rafraîchi. La lumière était lyrique. Muo se souvient qu'assis sur un versant, envoûtés par l'odeur des fougères humides, son oncle et lui avaient regardé le sommet de la montagne neigeuse qui se distinguait au loin, dans une vague iridescence. À voix basse, son oncle lui apprit un poème de la dynastie des Yuan, vieux de huit cents ans, interdit par les communistes. Il le lui fit réciter mot à mot :

Cette nuit, une magnifique noce a eu lieu ;
Mais quand je me suis mis en devoir d'explorer la fleur
   parfumée
J'ai découvert que le printemps était déjà passé par là.
Beaucoup de rouge, peu de rouge, à quoi bon en demander
   tant ?
Il n'y a rien à voir, non, rien à voir !
Je vous renvoie le coupon de soie blanche.

Cependant, Muo n'avait jamais imaginé, même dans ses rêves les plus débridés, être un jour harcelé par le désir qu'avait un vieux juge en état de corruption avancée de fendre, de ses mains de tireur d'élite, un melon rouge de première fraîcheur.

Il avait même l'impression que le cas du Juge Di, ou le cas des Chinois, avait échappé à son grand maître Freud, connaisseur de toutes les perversions humaines. Au contraire, dans « Le

tabou de la virginité », Freud songeait que, souf-
frant d'un complexe de castration, l'homme, au
moment de déflorer sa fiancée, la considérait
comme « une source de danger » : « Le premier
acte sexuel avec elle représente un danger particulièrement intense. » Aux yeux d'un homme, le
sang de la défloration évoque la blessure et la
mort. « L'homme redoute d'être affaibli par la
femme, d'être contaminé par sa féminité et de se
montrer alors incapable », toujours selon Freud,
et il confie la tâche ingrate de la défloration de sa
compagne à un tiers.

Freud et le Juge Di ne sont pas du même
monde. À vrai dire, depuis que Muo a remis les
pieds en Chine, certains doutes sur la psychanalyse l'assaillent. Volcan de la Vieille Lune souffre-
t-elle, comme tout le monde, du fameux
complexe d'Œdipe ? Les hommes qu'elle a aimés,
qu'elle aime ou aimera, même moi, ne sont-ils
pour elle qu'un simple substitut de son père ?
Pourquoi le Juge Di cherche-t-il à savourer un
melon rouge fendu, sans crainte d'y perdre son
pénis ? Ne souffre-t-il pas du complexe de castration ? Muo a le sentiment que le destin le mani-
pule, se moque de lui comme un monarque
capricieux. La nuit, ce genre de questions le fait
se tourner et se retourner dans son lit, le prive de
sommeil. Il essaie d'y apporter les réponses ortho-
doxes puisées dans les livres de psychanalyse, sans
pouvoir accepter de tout cœur ces réponses par-

fois fantaisistes. Ce qui le torture plus que tout, c'est de ne pas pouvoir renoncer à ces questions, tout en sachant qu'elles ne trouveront jamais de vraie réponse.

De temps en temps, il songe avec douleur qu'il n'est pas fait pour être analyste. Il manque de confiance en soi et de connaissances dans le domaine sexuel. Les gens le troublent terriblement

Pour remercier le gendre du maire, Muo lui offrit un très joli éventail sur lequel un moine-peintre des années 20 avait dessiné des moineaux jaseurs perchés sur des rochers, en train de lisser leurs plumes de leur bec rubis. De son côté, le gendre du maire l'invita de nouveau au restaurant — pas le sien, mais un autre, à l'autre bout de la ville, pour changer d'air. Après le dîner, il l'emmena dans un pavillon de thé, au bord d'une rivière, dans le style Shanghai années 30, avec des paravents laqués, des tables basses sculptées et des coussins en satin brodé. Une musique douce, à peine perceptible, venait du fond de la salle. Le gendre du maire lui demanda :

— Comment tu trouves la fille assise sur la chaise en bambou, dans le hall?

Muo la regarda. Elle était jeune, dix-huit ans peut-être. Ses cheveux teints en roux, fatigués et abîmés, tombaient mollement sur ses épaules. Elle portait une chemise blanche, qui lui arrivait sous les fesses. Il se leva et fit semblant d'aller aux toilettes pour passer devant elle. Sous l'éclairage tamisé, recherché, il vit ses sourcils épilés, ses traits déplaisants et, à travers sa chemise déboutonnée et son soutien-gorge en dentelle noire, à moitié transparent, sa poitrine plate et son corps osseux.

— Une fille vierge pour le juge ? demanda-t-il à son ami en revenant à leur table.

— Non, une pute que j'ai réservée pour toi.

Muo resta sans voix pendant quelques secondes. Malgré lui, il laissa à nouveau son regard glisser sur la fille.

— Réservée pour moi ? Qu'est-ce que cela signifie ? marmonna-t-il en sentant la peau de son visage s'enflammer.

— Amuse-toi. C'est déjà payé. Tu peux bien te détendre.

— Non, non... Merci, je ne veux pas.

— Ne me déçois pas, mon vieux. La dernière fois, tu sais, tu m'as inspiré du respect. C'est épatant la passion que tu éprouves pour ta copine photographe en taule, pour la psychanalyse. Mais j'ai aussi de la compassion pour toi. Tu es fatigué, tu as l'air mal nourri, angoissé. Fais comme le Juge Di, prends l'essence Yin d'une fille pour renforcer ta vitalité.

Alors le mystère s'éclaircit. Muo sentit qu'il comprenait quelque chose d'important. Sa respiration s'accéléra. La chaleur de ses yeux embua les verres de ses lunettes.

— Tu veux dire que quand ce salopard de juge veut déflorer une fille, c'est pour améliorer sa vitalité ?

— Bien sûr, c'est pour sa vitalité, sa puissance, sa santé... Sans fausse modestie, un vieux taulard comme moi peut te donner une leçon de sexe. Quand les Chinois font l'amour, c'est pour deux choses fondamentales, qui n'ont rien à voir entre elles. La première, c'est pour avoir des enfants. C'est mécanique, c'est un boulot. C'est idiot, mais c'est comme ça. La seconde, c'est pour se nourrir, pendant l'acte sexuel, de l'énergie de sa partenaire, de son essence féminine. Et celle d'une vierge, tu te rends compte ? Sa salive dégage un arôme plus parfumé que celle des femmes mariées et ses sécrétions vaginales sont une grâce exquise pendant le coït. C'est là que réside la force vitale la plus précieuse au monde.

6

Un divan ambulant

Deux traits verticaux croisés avec deux autres, plus courts, horizontaux, à peine perceptibles, symbolisent un lit. À côté, trois traits verticaux, minces comme des fils et courbés, représentent des cils baissés sur le gros plan d'un œil fermé. Au-dessus, un doigt pointé sur lui semble dire qu'il continue à voir dans son sommeil. Voilà le signe du « rêve » dans l'ancienne écriture chinoise hiéroglyphique, vieille de trois mille six cents ans. Un charme primitif qui donne à sa mystérieuse beauté on ne sait quoi de divin qui impressionna Muo, alors étudiant de vingt ans, lorsqu'il découvrit au Musée impérial ce caractère gravé sur une carapace de tortue sombre, lézardée, un peu transparente et si ancienne qu'on s'attendait à la voir se désagréger sous le souffle d'une haleine, avec tous ces traits délicieux.

Le scribe de l'époque n'avait pas imaginé que, quelques dizaines de siècles plus tard, ce caractère deviendrait l'emblème d'un psychanalyste ambulant. Muo le copia minutieusement sur un morceau de soie noire, en respectant les proportions, selon les lois de l'agrandissement. Il le découpa et demanda à un tailleur de le coudre sur un drap blanc fleurant la lessive et le camphre, qu'il avait dérobé chez lui, dans le tiroir d'une commode en acajou, à l'insu de sa mère. Au-dessous de ce signe, il fit imprimer son titre, sur trois lignes, à la peinture rouge : « Interprète des rêves (en plus gros). Psychanalyste de retour de France. Disciple des Écoles freudienne et lacanienne (en moins gros). »

La dernière étape de la fabrication de sa bannière consista à trouver une hampe convenable. Muo parcourut le marché aux meubles et compara longuement les cannes de bambou. Mais elles étaient vilaines. Sans les qualités ni la résistance qui permettent de porter un drapeau dans le vent. De retour chez ses parents, il hésita entre la perche sur laquelle sa mère faisait sécher le linge et la canne à pêche pliable de son père, faite de plusieurs morceaux de bambou laqué. À l'issue d'une longue réflexion, il choisit cette dernière, sûrement moins solide mais visuellement supérieure.

À la fin d'une douce nuit d'été, il se réveilla après un sommeil court et agité. (Depuis qu'il avait lu *La métamorphose* de Kafka, le réveil matinal était toujours une horreur pour lui.) Cependant, ce jour-là, il se sentait curieusement frais et énergique. Il se leva, s'approcha de la fenêtre et jeta un coup d'œil à l'extérieur. Une étoile solitaire, peut-être celle qu'on nomme Polaire, brillait encore dans le ciel, au nord. C'était la première fois, depuis son retour, qu'il voyait une étoile dans cette ville polluée. Il la contempla un moment et l'interpréta comme un signe de bon augure pour l'excursion psychanalytique qu'il avait programmée. Avant que l'étoile ne disparût, il partit sur la vieille bicyclette grinçante de son père. Les rues, gris pâle à cette heure, semblaient avoir perdu leurs couleurs. Il pédala jusqu'aux confins de la ville et s'arrêta devant un gratte-ciel dont les vitres, tel un immense miroir, se paraient des magnifiques reflets de l'auréole solaire au-dessus du fleuve Yangzi. Il sortit sa bannière et la hissa sur la canne à pêche solidement attachée au porte-bagages de son vélo. Puis il remonta et, d'un coup de pied, repartit comme une flèche, la bannière au vent. Direction : la banlieue sud.

Ici, je vais vous révéler un secret : cette excursion psychanalytique n'était pour lui qu'un prétexte, un camouflage qui lui permettrait de découvrir une fille dont il achèterait la virginité pour l'offrir au Juge Di. Premier pas déterminant vers la liberté de sa bien-aimée emprisonnée. Son objectif final, clairement défini.

« Et le vent furibond de la concupiscence /Fait claquer votre chair ainsi qu'un vieux drapeau. » Tout en pédalant, Muo entendit résonner dans sa tête ces vers de Baudelaire.

Peu à peu, il laissa la ville derrière lui. Après une

heure de route, il arriva dans la commune du Portail Rouge. Le premier village, nommé Le Bambou de Jade, offrait, en tant qu'élu de la modernisation, un décor fantomatique : tous les terrains avaient été vendus, les anciennes maisons entièrement démolies et remplacées par des immeubles de bureaux qui dressaient leurs carcasses inachevées, abandonnées, sûrement pour des raisons économiques, sans toit, ni étages, ni cloisons. Des constructions qui avaient tout simplement cessé d'être. Sur les cadres vides de portes et de fenêtres, des fleurs sauvages jaunes poussaient entre les crevasses du ciment et des briques. Elles vacillaient dans le vent. Dans l'une d'elles, où Muo s'aventura pour se soulager, le rez-de-chaussée était envahi par une herbe exubérante qui, mouillée par la rosée matinale, exhalait des effluves odoriférants, et qu'un troupeau de moutons se plaisait à savourer sans un regard pour Muo, poussant de temps à autre, sur le mode pastoral, un long bêlement de satisfaction qui traînait, résonnait et se mêlait au vague écho du jet de pisse contre le mur.

Dans cet édifice en ruine, percé de trous de portes et de fenêtres nues, ouvertes sur le ciel, il interpréta son premier rêve. Il commettait parfois des erreurs, sans le savoir, et surtout dans sa vie quotidienne, il donnait même l'impression d'être idiot. Cependant, lorsqu'il s'agissait de psychanalyse, surtout appliquée au domaine des rêves, ses connaissances étaient immenses.

Son premier client fut le propriétaire du troupeau de moutons, un handicapé de quarante-cinq ans, qui s'avança vers lui sur deux béquilles en bois. Bien qu'il détournât le regard, Muo remarqua que l'homme avait une jambe plus courte que l'autre et sûrement plus maigre aussi, car de ce côté, son pantalon flottait et son pied était invisible. Il négocia le tarif et le fit baisser de vingt à dix yuans, ce que Muo accepta sans discuter.

Dans le rêve qu'il raconta tout en fumant une cigarette, il marchait ou plutôt pataugeait dans une eau peu profonde, vraisemblablement au bord du fleuve Yangzi, en compagnie d'une femme de cinquante ans, avec laquelle il avait couché quelques années auparavant. Un voisin, qui travaillait dans un site touristique, avait pris une photo d'eux. Un jour, alors qu'il dormait, il fut réveillé par cette femme, son ancienne maîtresse. Tout excitée, elle venait lui montrer la photo : l'eau du Yangzi était si limpide qu'à travers on pouvait distinguer des cailloux et des brins d'herbe. Dans la profondeur du fleuve, on voyait un bateau sur lequel flottait du linge. La femme tenait l'homme par un coude et il souriait, ses béquilles mollement accrochées à ses bras. Son pantalon, pourtant retroussé, était mouillé, et par la braguette ouverte sortait un bâton très long, très dur, qui descendait au ras de l'eau. Un bâton coloré qu'on aurait dit en cristal, avec une multitude de reflets lumineux.

Pour Muo, ce rêve fut facile à décoder, c'était comme demander à un champion du monde d'échecs de jouer une partie contre un vulgaire débutant. Sans hésitation et sans poser de question, notre psychanalyste avertit son client qu'un autre handicap — celui du sexe — le guettait, et que le Malin, que les religieux appellent Satan, et les littéraires ardeur diabolique du plaisir, était en train de l'abandonner. Il lui conseilla de se tourner vers la médecine.

À peine ces mots s'échappèrent-ils de sa bouche qu'il les regretta. Il se rappela son objectif, sa mission : trouver une vierge. Il voulut changer de sujet et se renseigner, mais trop tard. Son client se fâcha et se rua sur lui avec des petits yeux méchants, le corps tremblotant. Laissant éclater sa colère, il le traita de rabat-joie qui ne cherchait qu'à ridiculiser un handicapé et l'agonit d'un tourbillon d'injures. Il lui jeta sa cigarette à la figure, s'appuya sur sa béquille gauche et brandit la droite en l'air pour le frapper en pleine face. Muo s'esquiva. L'homme le poursuivit, sautillant sur un pied, appuyé sur une béquille et faisant tournoyer l'autre au-dessus de sa tête, comme dans un film de kung-fu. Les moutons, paniqués, s'enfuirent en tous sens. Les hurlements de l'infirme se prolongèrent jusqu'à ce que Muo, pris de vertige, se sauvât avec sa bannière, sans avoir été payé, et disparût dans les brumes matinales colorées par le soleil vague.

Ainsi commença sa tournée en banlieue, comme interprète des rêves. Sa Longue Marche personnelle. Une épreuve de patience. Tous les jours pendant trois semaines, il partait tôt le matin, sur le vieux vélo de son père. Vers midi, la chaleur était si écrasante que la route goudronnée ramollissait et qu'il avait l'impression d'avancer dans un marécage. La sueur. La poussière. Une fois, son pneu avant creva et, pendant une heure, il dut pousser sa bicyclette, haletant sous une chaleur à donner le vertige.

Après avoir fait réparer le pneu, au village suivant, la selle était encore si brûlante qu'il lui fut impossible d'y remonter. Lorsqu'il entrait dans un village, sa bannière flottant sur la canne à pêche, il cherchait à séduire les clients. Il faisait semblant de discuter le tarif, mais le baissait souvent à un yuan et allait parfois jusqu'à la gratuité. Le soir, quand il rentrait chez ses parents, épuisé, il lui semblait avoir les jambes cassées.

Dans ces moments-là, il avait l'impression que ce n'était plus lui qui pédalait, mais que le vieux vélo le charriait tout seul. L'odeur des champs, les buffles dans les rizières, et même les automobiles, tout lui semblait plus beau. Il glissait entre tout cela, et croisait parfois de jolies cyclistes, dans les rues bordées de platanes. (Il a toujours trouvé la femme à bicyclette particulièrement sexy, et il rêve d'organiser des défilés de mode à vélo.)

Mais sa recherche d'une vierge avançait peu,

parce que la plupart des jeunes avaient quitté la campagne pour gagner leur vie dans les grandes villes. De celles qui étaient restées, qui avait encore sa virginité ? Voilà la question. Professionnellement, il rencontra quelques cas intéressants. De retour chez lui, il sortait ses cahiers d'écolier français et son lourd dictionnaire, pour consigner ses notes dans la langue de Molière. Parmi ses exploits d'interprète des rêves, un ou deux méritent d'être cités.

Par un matin de juin, après avoir quitté la nationale 351, son vélo zigzaguait entre les flaques d'eau, sur un chemin de terre non goudronné, le long d'un ruisseau, dans une vallée calme et verte. Il passa devant une maison isolée, à toit de tuiles et murs de planches, dont le seuil était haut de cinquante centimètres et la porte d'entrée, à deux battants de bois épais, sculptés, datait de plusieurs centaines d'années. Dans une cour carrée, derrière le mur d'entrée, deux vieilles bavardaient devant deux cercueils en bois flambant neufs, posés l'un sur l'autre sous un auvent ; sûrement leurs cercueils. (La coutume locale est de préparer à l'avance le cercueil des parents âgés et de l'exposer à leurs yeux jusqu'au dernier jour, comme une sorte de garantie d'habitation pour la vie prochaine.) Il gara son vélo, franchit le haut seuil et s'approcha d'elles. Immédiatement, en dehors de l'odeur de bois des cercueils, il sentit quelque chose d'étrange mais d'indéfinissable flotter dans la cour.

Tel un coiffeur ambulant, un aiguiseur de couteaux ou un castreur de coqs, il leur proposa, en criant, une interprétation des rêves à bon marché, mais de la meilleure qualité.

Les deux vieilles — il comprit qu'elles étaient sœurs car elles se ressemblaient comme deux gouttes d'eau — toussotèrent et ne manifestèrent aucun intérêt devant son exposé des pouvoirs magiques de la méthode créée par son maître Freud.

Il n'en fut pas déçu. Il y était habitué. Il n'imaginait pas que les vieilles sœurs allaient lui raconter un rêve. D'ailleurs, il n'était pas sûr qu'elles continuent à rêver, avec ces deux cercueils posés sous leur auvent. Après avoir longuement contourné le sujet, il était sur le point de leur demander si elles connaissaient une vierge dans le coin, mais une des sœurs lui déclara d'une voix sardonique, presque vexante :

— Nous sommes deux sorcières très connues dans la région. Notre père était un médium qui s'occupait spécialement des rêves. Il en connaissait sûrement plus que ton maître étranger.

Ahuri, Muo toussa. Il comprenait maintenant la nature de ce quelque chose d'étrange qui flottait dans l'air. Il rit. S'excusa. Rit encore. Et se dirigea vers la porte. Mais une envie de provoquer le saisit et il tourna la tête vers les deux vieilles.

— Vous n'étiez pas amoureuses de votre père, par hasard ?

135

La question posée sur un ton innocent fit l'effet d'une bombe explosant dans la cour. Même les cercueils en eurent l'air ébranlés. Il continua :

— Selon la théorie que j'applique, toutes les filles, dans leur enfance, ont eu envie de coucher avec leur père.

Il attendit une réaction de colère. Elle ne tarda pas à venir. Mais elle fut seulement le fait d'une des deux sœurs, qui menaça de lui jeter un sort. L'autre, l'air pensif, la remit à sa place :

— Ce qu'il dit n'est pas tout à fait faux, surtout en ce qui te concerne. Dès que maman se levait, tu courais te glisser dans le lit de papa, il était obligé de te chasser. Tu ne t'en souviens plus ?

— C'est fou, ça ! C'était toi, sournoise comme une chatte, qui faisais ça, et c'était à toi qu'il donnait des coups de pied pour que tu retournes dans notre lit. Il t'arrivait même de te cacher dans le noir pour le regarder pisser. Ça te fascinait.

— Tu es vraiment malhonnête ! Il y a quelques semaines encore, tu m'as dit que tu avais rêvé qu'il faisait pipi dans la cour, que tu l'avais imité, en pissant debout comme lui, et que ça l'avait fait rire. Vrai ou faux ?

Muo s'éloigna avec une lenteur calculée, pour ne pas perdre une miette de leurs accusations réciproques. Alors que son vélo reprenait le chemin de terre en direction des autres villages de la vallée, il regretta de ne pas les avoir vues sangloter. En un sens, il éprouvait une grande sympathie pour elles, plus encore que pour ses autres « clients ». Il adorait les règlements de comptes semblables à un fleuve qui déborde et défonce les digues, lors des marées de pleine lune. Les révélations, les aveux. Que la psychanalyse était magique ! Vive le langage nu !

L'exploration de la vallée se révéla peu fructueuse. Elle comptait deux ou trois villages, dont les jeunes étaient depuis longtemps partis à la ville. Restaient les vieillards et leurs cercueils posés dans les cours, les femmes mariées, des bébés attachés sur le dos, les champs à cultiver et les cochons à nourrir. Un moment, il crut que la chance lui souriait en voyant une jeune fille rondelette d'à peine dix-huit ans derrière le comptoir de l'unique boutique d'un village. Il s'approcha et l'étudia attentivement : elle nota des noms sur un livre de comptes, puis colla un timbre sur une enveloppe destinée aux Impôts. Elle avait l'air courageuse, déterminée à tenir son commerce à flot. Cependant, l'espoir de Muo s'évapora : le visage presque enfantin de la fille était pollué par l'empreinte de la mode, comme en témoignaient ses sourcils épilés. La séance d'interprétation des rêves, qui fut gratuite, tourna à la confession arrosée de larmes. Elle pleura sur sa courte expérience ratée de la ville où elle avait travaillé dans un restaurant et perdu sa virginité pour pouvoir y demeurer, mais en vain. Quel gâchis ! Quand

Muo chercha les toilettes, elle le guida jusqu'au premier étage, lui indiqua la porte d'une cabine crasseuse, et, sans sourire, avec gravité, s'y glissa derrière lui. Un essaim de mouches bleues voletait en bourdonnant.

— Je peux vous aider à ouvrir votre braguette? lui demanda-t-elle avec le naturel d'une vieille prostituée.

— Non, merci, dit-il désemparé.

— Mon tarif, c'est rien du tout pour quelqu'un de riche comme vous, Monsieur le professeur.

— Sortez! cria-t-il. Vous êtes complètement folle. D'ailleurs, qui vous a dit que j'étais professeur?

Elle ressortit, docile, et reprit sa place derrière le comptoir. Si elle avait insisté, au nom de son commerce, de sa famille, ou si elle avait joué à l'orpheline en détresse, il ne sait pas comment cette comédie se serait terminée.

Muo l'incorruptible! Muo le fidèle! Muo le chevalier. Tel don Quichotte, il invoqua le nom de Volcan de la Vieille Lune, évoqua son image en pédalant sur le chemin cahoteux, avec, hissée dans son dos, sa bannière frappée de l'idéogramme du rêve.

La route était encore invisible, mais déjà il entendait les coups de klaxon frénétiques des camions. Au loin, il aperçut deux points noirs, au milieu du chemin de terre, à hauteur de la vieille maison en bois. La bicyclette grinçait, le porte-bagages crissait, le guidon tremblait, et la chaîne semblait prête à se casser à chaque coup de pédale. J'ai soif. Si seulement je pouvais sucer une glace. Les deux points noirs se croisaient et changeaient de position, leurs déplacements étaient perceptibles. Il attaqua une longue côte. La roue avant cessa d'avancer, le temps se suspendit, puis, dans un ébranlement, elle repartit. Ah, sorbet glacé, où es-tu ?

Un moment, il vit les deux points noirs disparaître de son champ de vision, puis revenir, toujours flous mais plus grands au fur et à mesure qu'il s'en rapprochait, jusqu'à prendre la forme des deux sorcières, qui lui barrèrent le chemin. Leur seule présence suffit à le faire descendre de vélo. La sueur ruisselait sur son corps, mais c'était de la sueur froide. Depuis le début de son excursion psychanalytique, il n'avait encore jamais transpiré à ce point.

Mais il reçut des deux sœurs un très chaleureux accueil. Elles s'excusèrent et déclarèrent avoir confiance en lui. Elles reconnurent même leur intérêt pour la psychanalyse. Il eut peine à croire à ce retournement et voulut continuer son chemin. Elles ne l'écoutèrent pas. Elles lui firent garer son vélo, l'invitèrent à entrer dans leur maison et à prendre place à table. La salle à manger était basse, les murs tapissés de vieux journaux. Entre deux fenêtres fermées, il y avait la photo encadrée d'un homme âgé, sûrement le père défunt. La maison sentait l'encens, de l'encens tibétain. Deux arcs imposants, ocre rouge, dont elles devaient se servir pour chasser les démons, étaient accrochés au-dessus d'un foyer creusé dans la terre, au milieu de la pièce. Un feu y était allumé. L'eau se mit à bouillir. Le thé fut bientôt servi.

Muo leur accorda cela : leurs nouilles, leur soupe piquante de carpe et leurs rognons de porc à la ciboulette valaient d'être vus, humés et goûtés. Pendant qu'il savourait ce vrai régal qui réunissait les arts de bouillir, frire et étuver, les deux sorcières lui parlèrent d'un rêve qu'elles n'étaient jamais parvenues à élucider. De son vivant, leur père ne leur avait pas appris à interpréter les rêves. (On ne trouve pas une seule femme initiée à cet art dans les annales chinoises, pourtant aussi vastes que l'océan.)

L'auteur du rêve en question était le fils de la sœur aînée, mort deux mois plus tôt, à trente-cinq ans. Une mort naturelle, probablement due à un étouffement. Aucune trace de violence. Il travaillait depuis quelques années dans la ville de Chongqing, à cinq cents kilomètres, dans une carrière de marbre. Lors d'une radio, les médecins avaient décelé une ombre sur son poumon droit, chose assez fréquente chez les carriers. Pour le 1er Mai, comme son entreprise lui avait donné cinq jours de congé, il en avait profité pour revenir voir sa femme et sa famille. Il s'était fait construire une maison, l'année précédente, une des plus jolies du village, à deux étages, avec des balcons et des façades décorées de milliers de carreaux blancs que sa mère et sa tante avaient collés un par un à la main, grimpées sur des échafaudages en bambou. Le pauvre n'eut pas le temps d'admirer sa demeure, dont chaque centimètre carré était saturé de son sang et de sa sueur de tailleur de marbre. Il arriva trop tard, il faisait déjà nuit, et il était si fatigué par le voyage qu'il ne voulut ni manger ni prendre de bain. Sa femme remplit d'eau chaude une cuvette en bois et lui lava les pieds. Après quoi, dans un ordre approximatif, elle le déshabilla, l'aida à enfiler un tee-shirt et une culotte propres, puis il alla faire pipi dehors et rentra dans la chambre. Il dit à sa femme qu'il voulait faire une prière avant de dormir. Il était disciple du Falungong, la secte interdite par le gouvernement. Sa femme sortit de la chambre. Elle l'entendit prier. Lorsqu'elle le rejoignit, après avoir fini son ménage, il était endormi. Le lendemain, elle se réveilla vers 7 heures et le découvrit mort sur le lit. Comme il était membre du Falungong, elle ne fit pas pratiquer d'autopsie pour que la police n'eût pas à intervenir.

Il était passé par la maison de sa mère et de sa tante, avant d'aller chez lui. Il y était resté environ un quart d'heure. Il avait vérifié l'état de leurs cercueils et leur avait raconté le rêve qu'il avait fait la veille de son départ, dans lequel il chevau-

chait une puissante moto. Il longeait le fleuve
Yangzi en roulant sur la rive quand, en baissant
les yeux, il vit que, après le passage de son véhicule, le sable et les graviers de la rive se séparaient
en deux parties : celle de droite était sèche et
blanche, celle de gauche était humide et noire.

Une véritable énigme. Tout en écoutant les
deux sœurs, Muo avait les yeux rivés sur la photo
poussiéreuse du père, le médium des rêves. Il sentit vaguement qu'il lui inspirait des réflexions
purement chinoises, mais la solution ne lui vint
pas tout de suite. Il demanda aux deux sœurs de
lui accorder quelques jours et rentra chez ses
parents. Il ne parvenait plus à dormir que deux
ou trois heures par nuit. Il fumait plus de cigarettes que ne lui permettaient ses poumons. Il
pensait souvent à ce fameux détective anglais qui
reconnaissait quand des traces de pas étaient
inversées. Il poursuivit ses excursions, mais devint
distrait. Un jour, au bord d'un chemin où ne passait jamais un bus, un vieil homme malade lui
demanda de l'emmener. Il accepta, ému par ce
vieillard, si maigre qu'il semblait n'avoir que des
os sous sa peau livide. Dès qu'il fut assis sur le
porte-bagages et que Muo se remit à pédaler, le
vieux s'endormit. Absorbé par ses réflexions sur le
rêve énigmatique, Muo roula pendant une heure,
sans entendre un mot de son vélo-stoppeur. Il
finit par l'oublier. Jusqu'au moment où il fit halte
à l'ombre d'un grand ginkgo. Il ralentit et tourna

la tête : le vieux n'était plus là. Il était tombé en cours de route. Finalement, il essaya de dormir pendant plusieurs jours et plusieurs nuits, afin d'élucider le mystère de ce rêve par ses propres rêves. Un petit matin où la lumière bleu pâle grimpait sur sa fenêtre, il s'éveilla après avoir rêvé que Volcan de la Vieille Lune, en costume rayé de prisonnière, lui reprochait de l'avoir oubliée. À cet instant, tout lui parut clair. Il retourna chez les sorcières et leur dévoila la clé de l'énigme : le rêve du fils défunt était prémonitoire, et montrait qu'il soupçonnait inconsciemment sa femme d'avoir une liaison avec un autre homme, peut-être un voisin, nommé Fong et prénommé Chang, qui allait être son assassin. (Le caractère Fong se compose de deux parties, une à gauche qui repré-sente l'eau, et une à droite, le cheval — la moto. Deux soleils symbolisent deux hommes — qui partagent la même fille — et deux soleils super-posés composent justement le mot Chang.)

La sœur aînée — la mère — éclata en sanglots. La sœur cadette rit. Dans le village, un voisin por-tait ce nom. Quelques jours plus tard, les deux sorcières réussirent à convaincre la police de l'arrêter. Il avoua son crime après dix minutes d'interrogatoire.

Muo paya le prix fort pour avoir rêvé le rêve d'un autre. La nuit, et parfois le jour, au milieu d'une séance d'analyse, la moto faisait son entrée, chevauchée par lui-même : elle roulait, en vrombissant, sur la rive du Yangzi. Elle était noire, le fleuve vert bouteille. Le sable, à gauche, était sec, à droite il était humide. Muo le motocycliste était enveloppé par une nuée de mouettes, qui lui fouettaient le visage de leurs ailes blanches. Un voilier de pêcheur ou un enfant qui pissait sur le ponton d'une péniche ajoutaient une profondeur de champ à l'image.

Un autre rêve, raconté par le veilleur de nuit d'un chantier, mérite lui aussi d'être mentionné. Muo se souvient encore de cette cabane, avec son toit en tôle ondulée, dont la silhouette noire, solitaire, était éclairée de temps à autre dans la nuit par la lumière des phares de camions qui passaient sur la route. Il avait rencontré Muo dans une maison de thé, à la fin d'un après-midi. Il l'avait invité à venir chez lui. « On va s'amuser, cette nuit, avec les filles du chantier. » Promesse d'un homme de trente ans, aussi petit que Muo, mais plus énergique et très ivre. Il le guida jusqu'à sa baraque de gardien, dont la porte était cadenassée. Quand il comprit qu'il avait perdu la clé, il alla d'un pas chancelant ramasser une barre de fer rouillé et la glissa entre les deux battants de la porte qui ne tarda pas à céder dans un fracas ahurissant. Muo entra sous la tôle qui continuait à vibrer.

À l'intérieur, c'était un vrai taudis. Mais le frigo n'était pas vide. L'homme lui servit une bière. Il lui demanda s'il voulait payer pour deux putes.

— On va s'amuser à quatre.

— Deux putes ? Non ! Toujours des putes, j'en ai marre, dit Muo, après un moment de silence.

Il décida d'abandonner son ancienne stratégie et, bien qu'il aimât à se dérober, il s'obligea à le questionner directement. Il lui demanda d'une voix désinvolte :

— Tu ne connais pas des filles vierges, par hasard ?

— Des quoi ?

Le gardien de nuit s'approcha et lui donna une tape sur l'épaule.

— Des filles vierges. Des filles pures et innocentes, qui n'ont pas encore... Vierges, répéta-t-il, comme s'il s'agissait d'un mot suranné, en savourant sa résonance étrange.

Le gardien éclata d'un rire énervant. Soudain, Muo se sentit presque sale. L'ivrogne mit fin à son rire déplacé, le prit par un bras, le conduisit à la porte défoncée et lui demanda de partir, comme s'il était un dangereux malade mental.

Sans perdre sa dignité, Muo redressa son étendard et s'éloigna lentement à pied, poussant sa bicyclette sur l'allée de sable et de gravier. Il longea un immeuble en construction, presque achevé. Il leva la tête et regarda les échafaudages en bambou qui se dressaient au-dessus de lui, tel un immense échiquier. « La vie ressemble à une partie d'échecs, pensa-t-il, et ma quête d'une vierge n'échappe pas à cette règle. À quel moment ai-je fait un faux pas ? La partie est-elle déjà perdue ? »

Le rire du veilleur de nuit lui revint à l'esprit et lui révéla, comme un verdict, l'absurdité de son projet.

Il remarqua qu'une échelle à barreaux de fer s'élevait en spirale au milieu des échafaudages. L'envie de fumer le prit. Et pourquoi pas en haut de ce gros bâtiment inachevé? L'idée lui plut. Commença une ascension solitaire et nocturne. Comme il manquait d'entraînement et que l'échelle était étroite, il dérapa et faillit tomber. Cela le fit rire. Il se sentit un peu moins déprimé. Il pensa à son vélo. Perspective du comble du malheur : quand il redescendra, le vélo aura disparu, il lui faudra marcher pendant des heures pour rentrer chez lui. Il jeta un coup d'œil en bas ; heureusement, il était toujours là. Il redescendit, mit le vélo sur ses épaules et reprit son ascension.

Le toit était une immense terrasse goudronnée, plus ou moins achevée. Lorsque le veilleur de nuit le rejoignit, Muo, arc-bouté sur son guidon, pédalait avec une vigueur exubérante le long d'une clôture en fils métalliques. Essoufflé, il se laissa retomber sur la selle et alla jusqu'au bout de son élan, avant de revenir au centre où il posa le pied sur un rouleau compresseur. Assis sur la selle, il alluma une cigarette, tira une grande bouffée, savoura la fumée de ses rêveries et l'ivresse de sa déprime, puis, d'un coup de pied, repartit de plus belle.

Par crainte d'un accident, voire d'un suicide, le veilleur de nuit, dont le sens des responsabilités se manifesta peut-être pour la première fois, exigea qu'il descendît immédiatement. Mais Muo continua son numéro en criant à pleins poumons cette phrase du plus illustre poète anglais : « Je suis le voleur de la lune, de la mer, des étoiles », à quoi il ajouta : « le voleur de vierges ».

Dressé à contre-vent sur le porte-bagages, son étendard orné de l'idéogramme « rêve » claquait derrière lui. Tantôt il avait l'impression d'être emporté par lui pour voler vers les hauteurs, tantôt il croyait qu'il allait le précipiter par-dessus la clôture métallique. Il ruisselait de sueur. Le vent se leva, râlant et miaulant, souffla, comme prêt à briser la hampe de sa bannière. Mais rapidement, il se calma en gémissant. L'air se fit aussi doux que l'eau. Le ciel semblait plus bas que d'habitude. Muo avait le sentiment d'être un géant et qu'il lui suffirait de tendre la main pour toucher le ciel. Quelques étoiles brillaient si fort que ses yeux en furent éblouis.

La voix du veilleur de nuit parvint à ses oreilles, mais, au lieu de l'inviter à descendre, elle lui parla d'un rêve :

— Ce n'est ni moi ni ma femme qui avons fait ce rêve, mais un voisin de l'époque où on habitait dans le sud de Chengdu, un médecin traditionnel à la retraite. De temps en temps, il donnait des herbes ou des plantes aux voisins. C'était un excellent acupuncteur. Un jour, il m'a raconté qu'en rêve il avait vu ma femme devant un magasin, un matin très tôt. Il n'y avait personne d'autre dans la rue. Ma femme, agenouillée sur le trottoir, ramassait sa propre tête par terre, la replaçait sur son cou, se relevait et se mettait à courir dans la rue déserte en tenant sa tête. Elle est passée devant lui sans le voir.

Muo, qui se sentait inspiré et au mieux de sa forme, lui coupa la parole :

— Vous voulez savoir ce que signifiait ce rêve ?

— S'il vous plaît.

— Votre femme allait bientôt mourir, probablement d'une maladie de la gorge. Un cancer.

À peine laissa-t-il échapper de sa bouche ces paroles audacieuses que le veilleur de nuit se mit à genoux devant lui, s'excusant pour sa brutalité, et avouant que sa femme était effectivement morte un mois après le rêve du voisin.

Malgré son adoration pour notre psychanalyste, il ne put lui trouver de fille vierge car, parmi les « filles du chantier » ou dans son entourage, depuis longtemps la virginité n'existait plus. Tout ce qu'il pouvait faire était de le conduire, le lendemain, au marché où se recrutaient les femmes de ménage et où Muo, croyait-il, aurait plus de chance.

7

La Mme Thatcher du marché
aux femmes de ménage

Muo n'aurait jamais cru qu'un tel lieu de rêve
existât, le pays des jeunes filles. Lorsqu'il entra
dans le marché aux femmes de ménage, malgré sa
conscience morale qui se révoltait contre l'injustice
sociale, son corps tout entier vibra dans cette
marée de filles et d'odeurs féminines. Même la
résonance de leurs voix était charnelle. « Mon
Dieu, pensa-t-il, que ne donnerais-je pas pour rester dans cette ruelle, aider ces filles, les aimer,
embrasser leurs jeunes seins, caresser leurs fesses
serrées dans des jeans et leur offrir un bien plus
précieux que le travail ou l'argent : l'affection,
l'amour. » Ses genoux vacillaient : jamais il n'avait
été aussi près de son but.

Situé au pied d'une montagne rocheuse, le marché aux femmes de ménage occupait entièrement
une ruelle pavée, en pente douce, qui avait gardé
le nom dont on l'avait baptisée à l'époque de la
Révolution : la rue du Grand Bond en avant. Elle
longeait le fleuve Yangzi, souvent couvert de

brouillard, par lequel les maîtresses de maison, des citadines pour la plupart, venaient chercher les domestiques. Après avoir garé leur voiture sur la rive opposée, elles traversaient le fleuve sur de petites barques à moteur, entraient dans la ruelle et, comme dans un marché aux légumes, comparaient la marchandise et chicanaient sur le tarif. Une demi-heure après, elles repartaient avec une fille dans les mêmes barques vibrant de toutes leurs tôles et s'éloignaient sur le célèbre Yangzi, dont les remous d'eau brune bouillonnent de l'apport des égouts et des rejets industriels.

Le marché était tenu d'une main ferme par Mme Wang, une policière de cinquante ans, déterminée, efficace, qui, de loin, ne manquait pas d'attrait, ni d'un certain chic avec sa taille longiligne, ses cheveux courts et ses lunettes à fine monture. On imaginait qu'elle avait été une jeune fille au physique plaisant mais, malheureusement, sa beauté avait été saccagée à l'adolescence par une petite vérole qui avait troué sa figure comme une écumoire. Son sens de l'économie proche de l'avarice, son amour de l'argent, sa gestion si rigoureuse que nul n'avait jamais pu la voler d'un yuan, lui valaient le surnom de « Mme Thatcher, la Vérolée du marché aux femmes de ménage ». Ce sobriquet n'avait sûrement pas échappé à ses oreilles car, lorsque Muo alla lui demander l'autorisation d'analyser des rêves sur le marché, il vit que, dans son bureau, situé dans le seul bâtiment à deux étages de la ruelle qu'il dominait telle une forteresse, il y avait, sous le portrait de l'actuel président chinois, une biographie de Mme Margaret Thatcher sur une étagère, entre les livres distribués par les autorités et les recueils des discours des divers dirigeants communistes.

Après avoir écouté pendant trois minutes les explications laborieuses de Muo, elle l'interrompit d'un geste.

— Nous, les communistes, nous sommes athées, tu le sais bien.

— Quel rapport avec la psychanalyse ? bafouilla-t-il.

Il était perdu.

— Faire de la psychanalyse, c'est dire la bonne aventure.

Il la fixa (on lui avait dit qu'elle haïssait ceux qui n'osaient la regarder en face) et lui dit :

— Si Freud avait entendu ce que vous dites...

Avant la fin de sa phrase, son courage s'évanouit. Il ne supportait plus la vue de cette figure. Il avait envie de détourner le regard, mais il résista et écarquilla les yeux.

— Qui est ce Freud ? demanda-t-elle.

— Le fondateur de la psychanalyse. Un juif, comme Marx.

— Faut pas me regarder comme ça, dit-elle avec une timidité de jeune fille qui donnait à ses paroles une vibration artificielle. Je suis vieille et laide.

— Vous êtes trop modeste.

— C'est vous qui êtes trop poli, dit-elle en passant sa main sur la manche de Muo. Je vais vous raconter un rêve, et si votre interprétation est juste, je vous autoriserai à exercer votre métier dans la rue du Grand Bond en avant.

Dimanche 25 juin. Cette putain de Mme Thatcher m'a rendu dingue. C'est la première fois que, dans mon cahier de notes psychanalytiques, j'emploie des termes grossiers (j'use toujours de mots neutres, savants), mais seul ce vocable brutal, direct, peut rendre compte de mon entretien cauchemardesque avec cette représentante de l'autorité. Elle m'a littéralement rendu fou. D'abord, pris d'une allergie inattendue pour sa petite vérole, j'ai perdu mes moyens. Si je jette un regard en arrière sur ma courte carrière d'interprète des rêves, je m'aperçois que, quand je ferme les yeux pour écouter les rêves de mes patients, je ressens la présence de forces invisibles, parfois merveilleuses. Les narrateurs disparaissent, leurs paroles deviennent lointaines, mais je sens que tel ou tel mot est occupé par une force, de sorte qu'il se concrétise en un éclair, un coup de tonnerre. Voilà ma méthode. Mais aujourd'hui, il me fut impossible d'y avoir recours puisque la Mme Thatcher locale déteste que son interlocuteur ferme les yeux devant elle. Quand elle m'a raconté son rêve, je me suis forcé à la regarder, et j'ai eu la vision de son cerveau vérolé, couvert de petits trous. J'avais vaguement l'impression qu'elle parlait d'un chien empaillé, dont elle avait rêvé, mais, c'est étrange, j'ai été engourdi par une sensation d'impuissance dès l'instant où elle a ouvert la bouche. J'ai compris en frissonnant combien mon esprit était lent. J'étais perdu dans mes souvenirs de dictionnaires de psychanalyse, empli de propos de Freud ou de Jung auxquels se mêlaient des mots chinois et des enseignements de Confucius, je sentais confusément qu'il me fallait affronter la situation, me conformer à ce qu'elle attendait de moi — dire la bonne aventure et chercher la réponse dans sa vie de femme de pouvoir. Qu'est-ce qui pouvait être inévitable dans sa vie ?

— Le chien empaillé présage que vous serez bientôt invitée à un somptueux banquet, lui dis-je. (Me pardonnerez-vous jamais cette profanation, monsieur Freud ? Mais sa vérole me rendait fou.)

— Quand ? me demanda-t-elle.

— Ce soir ou demain, dis-je en fermant les yeux, et sur mes globes surgirent d'étranges lueurs noires.

Elle éclata de rire, posa de nouveau sa patte sur ma manche. Un rire retentissant, théâtral, comme une confirmation éclatante de son pouvoir, qui tordait ses traits. Ses marques de petite vérole frémirent, grouillèrent ; des centaines de petits trous s'ouvraient sur sa figure, s'élargissaient, s'agrandissaient, se dilataient comme des pois secs, crevaient subitement et s'éparpillaient. Une explosion. Elle me faisait peur. Je pensais qu'elle ne me la délivrerait jamais, sa putain d'autorisation. Quel dommage! J'étais tombé amoureux du marché aux femmes de ménage qui, d'après mes pressentiments, pouvait être une mine d'or dans ma quête d'une vierge.

Lundi 26 juin. Ça y est. Mon cahier reprend vie. Mme Thatcher m'a donné l'autorisation d'exercer. Je constate avec fierté que tout obéit à ma volonté, se conforme à mes prévisions : hier soir, à l'improviste, elle a été conviée à un dîner officiel organisé par la direction régionale.

Cet après-midi, ma bannière a flotté au milieu du marché. (La bonne fortune de la psychanalyse ne m'a encore, jusqu'à présent, jamais abandonné.) Mon installation officielle dans la rue du Grand Bond en avant signifie sans aucun doute que la mission que je dois remplir pour le Juge Di entre dans une phase déterminante.

En passant, je note avec plaisir et intérêt que ma vie d'interprète des rêves commence à m'amuser, surtout lorsqu'il s'agit de faire le diseur de bonne aventure.

154

Mardi 27 juin. Parfois, la réalité se conforme timidement au rêve. La journée se révéla assez décevante, du point de vue de mes recherches. Les femmes qui vinrent me consulter appartenaient pour la plupart à la minorité que je qualifierais de « semi-vieilles ».

La caisse en bois, provenant du seul magasin d'alimentation de la ruelle, qui me servait de siège était inconfortable. Je m'assis dessus pour discuter avec mes clientes, que j'installai à l'ombre de ma bannière, sur une chaise traditionnelle louée à un retraité. Une chaise basse en bambou, assez longue pour qu'on pût y étendre les jambes et qui évoquait vaguement le divan de mes collègues occidentaux.

Mes premières clientes étaient plus riches que les autres. Le tarif de la consultation, que j'avais fixé à trois yuans, était proche de la gratuité, mais se payer une séance d'interprétation des rêves était tout de même un petit luxe bourgeois qui distinguait les « semi-vieilles » des plus jeunes, débutant dans le métier. La plupart d'entre elles avaient déjà travaillé chez des P.-D.G. de société, des médecins, des avocats, des professeurs, voire des célébrités locales ou des gens du cinéma et du spectacle. La chaise en bambou grinçait lorsqu'elles s'y allongeaient, près de moi. Personne ne voulait y rester longtemps. « Oh, mon Dieu ! Quelle torture », disaient-elles en riant. Elles préféraient être assises. Elles s'efforçaient de converser avec moi, sans y parvenir. Elles voulaient raconter un rêve, mais souvent, elles déviaient de leur sujet. Leurs rêves les désertaient. Plus elles parlaient, plus ce qu'elles racontaient était flou. Encouragées par moi, certaines voulaient vider leur cœur, parler d'elles-mêmes, mais n'en avaient pas les moyens. Les détails étaient souvent discordants, un vase qui volait en éclats, la moitié d'une pomme verte, le Grand Maître du Falungong, un poisson desséché, des cheveux qui tombaient par poignées ou blanchissaient, une bougie dont la flamme vacillait, un rat qui criait dans l'obscurité, leur peau qui se rétrécissait ou se plissait comme celle des serpents.

Malgré le modeste tarif de mes consultations, je prenais très au sérieux mon activité d'analyste. Quand ma mémoire me le permettait, je n'oubliais jamais de rendre un hommage quasi rituel aux maîtres de mon cœur, en récitant un passage de Freud, de Lacan, ou de Jung, à propos des rêves qu'elles me racontaient. Il faut reconnaître que le langage psychanalytique, avec sa terminologie et ses tournures propres, est presque intraduisible. Quand je les récitais à voix haute, non pas en mandarin mais en sichuanais, dialecte assez musical, souvent mélodieux, les mots cabalistiques prenaient un sens comique qui faisait éclater de rire la foule des femmes, souvent compacte, qui m'entourait. À les entendre, on se serait cru à un one-man-show — genre que, d'ordinaire, je méprise et condamne.

Ma première cliente, une femme de cinquante ans, avait des cheveux permanentés et une bague fantaisie au doigt. Elle avait rêvé qu'elle pêchait un poisson. Je lui ai demandé s'il s'agissait d'un grand ou d'un petit poisson. Elle ne se le rappelait plus. Pour lui faire comprendre l'importance de ce détail, j'ai traduit du mieux que je pouvais une longue phrase de Freud, selon laquelle les petits poissons symbolisent le sperme de l'homme, et les grands les enfants ; quant à la canne à pêche elle représente le phallus. Il m'est impossible de décrire le tumulte, le grouillement joyeux de cris et d'exclamations que cela a provoqué. Mon analysée rougit et se cacha le visage dans les mains, tandis que la foule éclatait non seulement de rire, mais aussi d'un tonnerre d'applaudissements frénétiques et assourdissants. L'espace d'un instant, la crainte du chômage fut balayée de leur visage. J'eus l'impression qu'elles m'avaient adopté et que la rue du Grand Bond en avant m'avait accepté comme un amuseur public.

Un objet revenait souvent dans leurs rêves, le fer à repasser. Symbole de conflits et de servitude. (« Cela veut dire que vous voulez que votre situation change. » Je n'arrêtais pas de répéter ce diagnostic aux rêveuses de fer à repasser.) L'une d'elles avait rêvé qu'elle bâillait en repassant (comme dans le tableau de Degas, qui témoigne de sa compassion envers les pauvres). Elle avait ouvert largement la bouche en s'étirant et avait vu qu'elle portait les vêtements de la fille de son propriétaire, âgée de dix ans.

Ce soir, avant de fermer ma boutique, j'ai reçu la visite de Mme Thatcher. À la différence des autres, elle s'est étendue sur le divan en bambou, la tête appuyée sur un traversin en bois. Son visage était crispé, son regard dirigé vers le sol. Une drôle d'odeur émanait de son corps, qui n'était ni du parfum ni de l'eau de Cologne locale. Elle parlait avec effort, à voix basse, à la limite du bégaiement. Elle me faisait penser aux hystériques décrites par Freud.

— J'en ai encore rêvé, hier soir, du chien empaillé.

J'essayai de lui arracher quelques détails : était-il dans la même position ? Avait-il la même taille ? Était-il de la même race que le précédent ? Et laquelle ? L'avait-il regardée ? Avait-il aboyé ? En vain. Elle l'avait vu en rêve, et c'était tout.

— Surprenant, non ? m'a-t-elle demandé.

— Non. Le retour du déjà-connu est un processus typique de l'expression psychique inconsciente. Freud, au début de sa pratique, en fit un de ses axes de recherche. Il a dit : « La répétition d'une action dans le temps est représentée très habituellement dans le rêve par la multiplication d'un objet, qui apparaît autant de fois. »

Elle eut l'air ahuri. Je doutai qu'elle entendît la fin de ma traduction, car la foule éclata de rire sitôt que j'eus prononcé le nom du Maître. Quelques jeunes spectatrices chantonnèrent même son nom.

— Qui c'est celui-là, Freud?

— Je vous l'ai déjà dit la dernière fois, le rénovateur de l'interprétation des rêves.

— Je ne comprends pas un mot de ce qu'il raconte.

— Il nous enseigne tout simplement à chercher dans notre enfance l'origine de ce à quoi on rêve. Vous souvenez-vous de la première fois que vous avez vu un chien empaillé?

— Je ne me le rappelle pas.

— Essayez, je vous en prie. Une des grandes découvertes de Freud est le rôle destructeur de cette répétition. Il ne s'agit plus de déchiffrer un rêve, de résoudre une énigme, mais de chercher comment enrayer une répétition systématique à laquelle vous êtes assujettie, en ouvrant la voie à des dérivations...

De nouveau, le rire du public m'obligea à interrompre ma citation freudienne. La policière avait les sourcils froncés et des sillons nasogéniens plus prononcés que jamais.

— Ce que je veux savoir, c'est ce que présage ce chien empaillé. Je l'emmerde, ton Freud.

Soudain, elle se redressa, sa voix devint aiguë, presque hystérique, et elle fut prise de tics nerveux qui se traduisaient par des claquements de langue.

— Maintenant je me souviens. C'était un chien avec une odeur, il puait le livre moisi.

Elle approcha son visage de moi.

— Une odeur qui ressemble un peu à la tienne.

— Ce chien empaillé signifie que vous allez bientôt devenir boiteuse.

Ce n'était ni une pensée ni une vision, mais sous le coup de la colère, je voulus simplement l'insulter. Je ne sais comment ce lapsus s'échappa de ma bouche. De mon inconscient. Il existe une expression chinoise pour désigner les handicapés : « Les vérolés, les boiteux, les teigneux »...

Dans le silence, se détachèrent des grincements de la chaise en bambou, des claquements de sa langue et des chuchotements de spectatrices. Puis elle rit.

Quand je suis monté avec mon vélo sur la barque à moteur, le batelier m'a dit que, le jour même, les femmes du marché avaient pris des paris sur l'avenir des pieds de Mme Thatcher.

Deux heures du matin. Soudain, je me suis éveillé, et j'ai essayé de me rappeler le rêve que je venais de faire. Je me suis levé pour le noter, mais malheureusement, il était trop tard. L'essentiel de mon rêve s'est enfui entre mes doigts. Ah, quel songe affreux, dont j'ai conservé ces quelques images : une réunion politique en plein air, dans la rue du Grand Bond en avant, une marée noire de têtes féminines. Il faisait très chaud, le haut-parleur hurlait, j'étais agenouillé au centre d'une tribune. Une pancarte en ciment, qui pesait une tonne, était suspendue à mon cou par un fil de fer qui s'enfonçait dans ma chair. Dessus étaient inscrits mon nom et mon crime : voleur de vierges. Mme Thatcher parlait dans le micro, visiblement elle me dénonçait, mais je n'arrivais pas à entendre ce qu'elle disait. Il faisait trop chaud, des gouttes de sueur tombaient de mon front et formaient une flaque. Puis, avec la soudaineté absurde des rêves, on m'a attaché avec des cordes sur le vélo de mon père (la roue avant tournait, maculée de taches de boue), derrière lequel se dressait ma bannière d'interprète des rêves. Dans un tumulte de voix et d'exclamations furieuses, les filles m'ont jeté dans le Yangzi. L'eau obscure, profonde, faisait des vagues ; au fond, des plantes (ou plutôt de l'herbe ou une espèce d'algues) se mouvaient. L'eau, d'abord noire, devint vert émeraude, puis s'assombrit de nouveau pour prendre une teinte olivâtre. La bannière se détacha du vélo, tourna en flottant autour de moi, puis dériva en ondoyant silencieusement dans les flots.

Mercredi 28 juin. Mon rêve m'obséda pendant tout le trajet, long et pénible, qui me conduisit au marché des femmes de ménage. Je ruminais : si on pouvait classer la première image, celle de la réunion politique, dans la catégorie des rêves de procès (souviens-toi, Muo, du fameux début du *Procès* de Kafka, la phrase la plus effrayante de toute l'histoire de la littérature : « Quelqu'un avait dû calomnier Joseph K., car, sans rien avoir fait de mal, il fut arrêté un matin »), la deuxième image, celle de ma noyade, représentait, selon une logique et une chronologie imparables, le verdict de ce procès. Nul besoin d'être psychanalyste pour saisir le symbole d'une menace imminente qui planait au-dessus de ma tête, d'une catastrophe qui me guettait, et je voyais déjà l'arme fatale de la policière braquée sur ma pauvre tempe d'interprète des rêves. L'empreinte du Destin. J'essayai de chasser mon angoisse par un haussement d'épaules, geste de résignation mentale, mais je sentais une sueur glacée tremper ma chemise.

Cependant, je n'étais pas complètement convaincu. Je m'attardais dans ma détresse, j'étais sur le point d'abandonner ma mission. Mon sens de la logique, la peur et certains propos de mes maîtres vénérés continuaient à batailler dans ma tête. Et ce fut en arrivant sur la rive du Yangzi, alors que j'attendais le bateau, qu'une phrase de Jung, à propos d'eau, me revint à l'esprit. Révélation ! Je crus avoir percé la nébuleuse de cet étrange rêve : le procès signifiait que je cachais un secret (mon projet ? mon plan ? mon amour ?), quant à ma noyade, c'était l'eau qui jouait le rôle déterminant, or, selon Jung, elle était le symbole primitif de forces souvent capricieuses mais fécondes. Le titre de l'ouvrage de Jung m'échappe pour le moment, mais je pourrais le trouver dans la bibliothèque de n'importe quelle université française. Je me souviens m'être tant réjoui à la pensée de cette nouvelle perspective que j'ai sorti ma Thermos de voyage et siroté quelques gorgées de thé vert, comme on le fait d'un scotch délicieux. J'ai enlevé mes chaussures, les ai nouées ensemble par les lacets et attachées au guidon, puis j'ai retroussé mon pantalon et suis entré dans l'eau, mon vélo sur les épaules. Mes chaussures se balançaient au bout de leurs lacets. J'avançai d'un pas mal assuré vers la barque qui venait me chercher et montai à son bord. Je regardais les alentours avec enchantement et un sentiment de soulagement. Les nuages dérivaient en silence et se fondaient dans le bleu. La coque de la barque dansait sur la vague. Les flots du fleuve chantaient, comme pour insuffler dans mes veines une force nouvelle.

« Merci au Juge Di, me dis-je. Grâce à lui, j'ai touché le cœur sauvage de la vie. »

Je ne m'attendais pas à l'accueil qui me fut réservé dans la rue du Grand Bond en avant. Dès que j'arrivai, ce fut une ovation de cris aigus comme ceux des grillons, et un tourbillon de femmes excitées — mes nouvelles et ferventes admiratrices, joyeuses comme des papillons — vint avec précipitation à ma rencontre pour chuchoter à mes oreilles : « Mme Thatcher est devenue boiteuse. En descendant de la barque, hier soir, elle s'est foulé la cheville gauche. »

Jeudi 29 juin. Mme Thatcher la vérolée n'est pas apparue, ni hier ni aujourd'hui, contrairement à d'habitude. La cause de son entorse au pied reste à élucider. Il s'agit probablement de la loi psychologique que je nomme « contre-suggestion », qui veut que plus on a peur d'un danger suggéré, plus on est prudent et moins on a de chance d'y échapper. Ce n'est nullement la preuve que j'excelle dans l'art de la voyance, au sens populaire du terme.

Toutefois, durant deux bonnes journées, j'ai bénéficié d'une aura de légende, et ma clientèle a considérablement augmenté. Tout à coup, tout le monde avait un rêve à raconter. En plein midi, après avoir avalé un sandwich, elles rêvaient pendant leur courte sieste, assises par terre dans la ruelle. Ce qui me fit plaisir, c'est que mon contact avec la population jeune du marché se multiplia. (L'œil du voleur de vierges guettait, sans pitié ni complaisance. Qui serait la victime du Juge Di?)

À présent, je peux imaginer la joie purement physique du botaniste qui foule la terre d'un continent inconnu. Il oublie sa mission de découvreur de plantes en s'imprégnant de nouvelles odeurs douces-amères, piquantes, parfumées, musquées, en savourant des formes exquises, étranges, et des couleurs jamais vues. Moi, je craignais que ma mémoire ne succombât devant tous les objets des rêves de ces jeunes filles, plus palpitants les uns que les autres : un miroir, une porte en fer, une autre en bois épais, une bague rouillée, une carte tachée de sauce de soja, un flacon à parfum nacré, en verre dépoli, une savonnette de forme allongée, présentée dans une boîte noire, un présentoir à rouges à lèvres qui tourne, tourne dans un magasin, un pont écroulé, un escalier creusé dans la roche, dont les marches mouvantes se scindent et s'écartent, un morceau de charbon écrasé, la chute d'un vélo dont la selle est décorée de franges multicolores, une ceinture ancienne, des sandalettes en vernis rouge qui pataugent dans la boue d'un sentier... Ces pauvres jeunes filles, pour la plupart descendues des montagnes, n'avaient jamais de rêves peuplés de poupées, d'ours ou d'éléphants en peluche, et encore moins de robes blanches ou rose pâle de mariée.

— Mon rêve... (Rires.) Je fais souvent le même rêve, c'est le cinéma. (Rires.) Je joue dans un film. Lequel ? Je m'en rappelle plus. Une scène ? Attendez. Par exemple, j'ai rêvé que je jouais une fille qu'on allait embrasser, ou qui en regardait d'autres s'embrasser... J'ai vraiment honte. Mais je sais, même avant de me réveiller, que c'est un rêve. Vous voyez ? Je me dis que je suis en train de rêver, mais je continue à rêver...

C'était une fille parmi les plus jeunes du marché, seize ans à peine, une poitrine peu dévelop-

pée, un peigne brillant dans les cheveux, les pieds
nus. (Étendue sur la chaise en bambou, elle frottait, tout en me parlant, son cou-de-pied gauche
contre son mollet droit crotté de boue noire.) Je
me souvenais l'avoir remarquée, deux jours auparavant, au bord du fleuve où elle se bagarrait avec
d'autres jeunes filles. Tout en l'écoutant, je
remarquai ce «léger duvet diaphane et doux,
évoquant celui de la pêche», que les poètes de la
dynastie des Tang ont tant chanté, et qui ouatait
ses cuisses, dont j'appréciai la finesse. Je supposai
que c'était le signe évident de sa virginité. Je
m'efforçai de retenir des larmes d'émotion.

— Quel âge as-tu?

— Dix-sept ans.

— Je ne te crois pas, mais aucune importance.
Je veux revenir sur un point que tu viens d'évoquer. Tu regardes, dans ton rêve, d'autres gens
s'embrasser. Est-ce que, personnellement, tu as
déjà fait l'expérience du baiser?

— Monsieur, vous parlez comme un professeur.

— Ma mère a failli être professeur. Mais
réponds-moi, c'est important pour l'interprétation
de ton rêve. Tu as déjà embrassé quelqu'un?

— Quelle honte, monsieur! Dans la vie,
jamais. Mais une fois, j'ai rêvé que je regardais un
film, chez moi, à la télévision. C'était moi qui
jouais dedans. Un garçon, un acteur très connu,
voulait m'embrasser. Il faisait nuit. On était sur

un pont. Il s'est approché de moi mais, juste au moment où il allait poser un baiser sur ma bouche, je me suis réveillée.

— Félicitations, jeune fille, ta situation va bientôt changer. Voilà ce que présage ton rêve.

— Vous croyez? J'aurai du travail?

— Plus que cela, je t'assure.

Ce diagnostic provoqua de l'étonnement, voire de la jalousie chez les spectatrices qui nous entouraient. Je décidai, pour le moment, de clore la séance avec elle, et de lui parler plus tard en tête à tête. D'autres filles se succédèrent, certaines tentèrent de m'arracher quelque signe d'encouragement et, quand j'eus terminé avec elles, ma rêveuse de cinéma n'était plus là.

Vendredi 30 juin. Ce matin, je me suis réveillé tout habillé, avec mes chaussures, comme un champion d'échecs qui aurait passé la nuit à chercher une combinaison offensive. J'ai constaté avec regret que mon pantalon était réduit à l'état de chiffon froissé, de même que ma chemise, et qu'il me fallait me changer. Recherche frénétique dans le placard. Non seulement je n'y ai rien trouvé de décent à porter, mais je me suis coincé l'index de la main droite jusqu'au sang dans l'entrebâillement sournois des battants. Mes hurlements de douleur firent apparaître le visage de ma mère à la porte de ma chambre. À cet instant, mes trois pantalons tournaient joyeusement dans le tambour de la machine à laver, encore une bonne idée de ma vertueuse mère. Contraint d'attendre la fin du cycle, j'ai fait les cent pas, furieux, en slip, torse nu, dans le miteux salon où j'étouffais et où mon vilain corps et mon début de ventre ne pouvaient échapper au miroir impitoyable. À l'un de mes passages, une assiette en faïence que j'avais à peine frôlée est tombée de la table et s'est cassée.

J'ai fini par enfiler un pantalon encore humide. Dans la précipitation de mon départ, j'ai oublié la poubelle que ma mère m'avait forcé à descendre, et m'en suis aperçu quelques rues plus loin, quand je me suis fait arrêter à un carrefour par un vieil homme qui portait un brassard de la sécurité routière et brandissait un drapeau. Il a humé l'air, scruté les alentours et fini par poser le regard sur le sac-poubelle en plastique blanc qui se balançait sur mon guidon. Il s'est approché, soupçonneux, et a tapé sur la canne à pêche dressée sur mon porte-bagages, tandis qu'un filet de liquide noirâtre dégoulinait du sac-poubelle. Heureusement, le feu est passé au vert, j'ai donné un grand coup de pédale et suis parti comme une flèche.

À l'entrée de la banlieue, j'ai fait une halte afin de me débarrasser de la poubelle. Le vent sifflait trop fort pour que je hisse ma bannière. Tout en pédalant, j'ai éprouvé une sensation de calme, de plénitude, et j'ai recouvré mon assurance. J'ai eu envie de ralentir le mouvement de mes jambes et de savourer, peut-être pour la dernière fois, ces paysages plaisants du sud de la Chine, les collines brumeuses, les rizières en bordure de route, les villages cachés derrière des bosquets de bambous, le long du Yangzi. Avec soulagement, j'ai pensé que j'allais retrouver sur le marché la rêveuse de cinéma dont j'étais sûr de la virginité, et je me suis dit que, si elle acceptait ma proposition, mon excursion psychanalytique serait terminée. Je garderais précieusement ma bannière comme une relique qui témoignerait pour toujours de mon amour fervent et éternel pour Volcan de la Vieille Lune.

La barque à moteur attendait mon arrivée, et j'y suis monté avec mon vélo. En silence, le passeur a glissé une enveloppe dans ma main.

— Une lettre pour moi? lui ai-je demandé, surpris. Qui te l'a donnée?

— La policière.

Il a démarré et la barque s'est avancée à petite allure vers l'autre rive du fleuve — le marché aux femmes de ménage. J'ai décacheté l'enveloppe et jeté un coup d'œil sur la lettre. Je restai figé par ce que je lus. Le sort me faisait encore une mauvaise plaisanterie.

Un frisson de dégoût me parcourut l'échine. Je me suis efforcé de maîtriser le tremblement de mes mains. Sans finir la lettre, je l'ai déchirée et jetée dans le fleuve.

— Fais demi-tour, je n'y vais plus, ai-je dit au batelier.

Il a ralenti la barque, coupé le contact et est resté un long moment immobile derrière le volant en me regardant fixement.

— Qu'est-ce que tu attends ? me suis-je étonné.

— Tu es d'accord pour payer un aller-retour ?

J'ai hoché la tête, pensif. Lentement, j'ai baissé la bannière sur laquelle le mot « rêve » était inscrit dans la plus ancienne écriture chinoise. J'ai failli pouffer de rire, malgré la situation. Puis je l'ai jetée dans le fleuve. Après un envol mou, elle a atterri sur les flots brun sombre, s'est écartée d'un tourbillon, et a dérivé en tournant sur elle-même avant d'être engloutie.

Je me rappelle cette effroyable lettre à l'écriture d'écolière appliquée, tracée au stylo à bille gras et baveux, qui débutait par ces phrases mémorables : « Je ne parviens pas à croire qu'à mon âge je suis tombée amoureuse. Mais c'est vrai ! Maintenant, je peux vous avouer que je n'ai jamais fait les rêves de chiens empaillés que je vous ai demandé d'interpréter. Ni le premier ni le deuxième. Je les ai inventés de toutes pièces, afin d'accréditer l'exercice de votre métier. Cela vous attendrit ? Faites-moi un signe. Si vous voulez m'épouser, venez vite, mon amour, la rue du Grand Bond en avant est à nous. Si vous ne le voulez pas, soyez gentil, partez et ne remettez plus jamais les pieds ici. Laissez-moi tranquille, s'il vous plaît. » (La suite de la lettre consistait en une page de renseignements sur ses enfants et petits-enfants, et en une autre sur ses parents...)

Être le mari d'une vérolée déjà grand-mère, je préfère me jeter dans le Yangzi. Mon Dieu! Qu'est-ce que j'ai fait pour mériter un tel honneur, un tel amour, une telle punition! Comble de l'ironie, c'est la première fois qu'une femme me demande de l'épouser. Mais quelle femme!

À 6 heures du soir, le jour suivant la réception de la lettre de Mme Thatcher qui avait mis un terme à ses interprétations de rêves sur le marché aux femmes de ménage, Muo, l'unique psychanalyste chinois, préparait, dans l'angle le plus reculé de sa chambre, chez ses parents, un nouveau voyage qui le conduirait à Hainan, province déclarée zone ouverte par le gouvernement, et nommée « île du désir » par la population à cause des nombreuses jeunes filles qui y venaient de tous les coins de la Chine ; une île située à mille kilomètres de la joyeuse ville de ses parents, du Juge Di et de la prison de Volcan de la Vieille Lune.

Il mit dans sa Delsey bleu pâle un poste de radio portatif, un imperméable en plastique transparent, des lunettes de soleil (précisément deux verres noirs, cerclés de fins et souples fils de métal doré, que l'on pouvait monter sur ses lunettes de vue, à la façon de binocles, une pure merveille de l'optique française), des vêtements — des maillots, des shorts, plusieurs chemises —, une paire de sandales d'été, et des tongs aux semelles aussi plates que des feuilles de carton. Puis ses préparatifs de voyage entrèrent dans la phase la plus heureuse : le tri de ses livres de chevet, ses vrais compagnons de route, des ouvrages inséparables de lui (les nourritures de mes repas mentaux quotidiens, dont je ne peux me passer plus de vingt-quatre heures sans tomber malade) : un épais Larousse relié, avec des lettres dorées sur la couverture cartonnée ; deux tomes du *Dictionnaire de la psychanalyse*, en coffret de cinq kilos ; *Ma vie et la psychanalyse* de Freud, traduction de Marie Bonaparte, révisée par Freud lui-même, une des premières publications de ce texte en France, datant de 1928, éditée par Gallimard ; un ouvrage de la collection « Connaissance de l'Inconscient », dirigée par J.-B. Pontalis ; *Journal psychanalytique d'une petite fille*, traduit par la femme de Malraux (il décrit « comment le secret de la vie sexuelle émerge, d'abord brouillé, pour ensuite prendre entièrement possession de l'âme enfantine », Freud) ; *Subversion du sujet et Dialectique du désir*, de Lacan, le meilleur texte, selon Muo, sur la jouissance féminine ; *Le secret de la fleur d'or*, un ancien traité chinois d'alchimie, que Jung a passé sa vie à étudier. Soudain, alors qu'il hésitait entre *Un cas de névrose obsessionnelle avec éjaculations précoces*

172

d'Andreas Embirikos, poète et premier psychanalyste grec, et *Tristes Tropiques* de Claude Lévi-Strauss, *La vie sexuelle dans la Chine ancienne* de Robert Van Gulik s'échappa de la pile de livres et tomba sur le tapis fané qui couvrait le parquet, s'ouvrant sur une xylographie vieille de cinq siècles du Lie-nu-chuan, qui représente quatre femmes en train de se déshabiller. Deux d'entre elles se sont déjà débarrassées de leur robe, la troisième, debout sur la pointe d'un pied bandé et tordu, soulève une jambe pour ôter son pantalon brodé de fleurs minuscules. Le regard de Muo fut d'abord attiré par la nuque charmante de la quatrième, en train de dégrafer son soutien-gorge. Immédiatement, il ouvrit un tiroir et en sortit une fiche sur laquelle il nota la référence du dessin en pensant qu'un jour, à son retour de Hainan, il irait vérifier dans une bibliothèque s'il s'agissait de la première représentation d'un soutien-gorge chinois.

La préparation des nourritures destinées à ses festins mentaux le plongeait dans un plaisir pur et innocent. Il ne pouvait s'empêcher, comme un enfant gourmand, d'ouvrir les ouvrages qu'il laisserait à la maison. Il en lisait quelques passages, puis refermait le livre et, du bout des doigts, en palpait la couverture, tout en songeant à autre chose. Ou il se rappelait avoir déjà lu la même idée autre part et, décidé à en vérifier la source, il se lançait dans une recherche frénétique à travers les milliers de pages de ses cahiers de notes. Et si au bout d'un moment il ne parvenait pas à trouver ce qu'il cherchait, une autre idée surgissait en lui : peut-être un professeur, à l'université, en avait-il parlé ? Comment s'en assurer ? Il ouvrait des boîtes en carton remplies de fiches de jeunesse. Le bonheur de ses années universitaires avec Volcan de la Vieille Lune.

Assis sur son lit, au milieu duquel était posée sa valise presque remplie, il procéda à une dernière vérification. Les stores étaient baissés, six ou sept lampes allumées. Conformément à sa liste préétablie, il ajouta dans la valise sa Thermos de voyage pour son thé quotidien, un pot de piments rouges excessivement forts pour les plats cuisinés, un pot de piments verts marinés pour le petit déjeuner, quelques conserves, plusieurs paquets de nouilles instantanées, un peigne auquel manquaient deux ou trois dents, des cahiers vierges pour prendre des notes, trois ou quatre stylos chromés, quelques crayons de couleur... Au fond d'un tiroir, il trouva un joli taille-crayon, un peu rouillé, qui luisait comme un bijou dans l'obscurité. Il l'essaya et regarda avec satisfaction le bois tendre d'un crayon sortir avec un petit grincement et tournoyer dans le vide.

Le dos contre le mur, la tête en arrière, il ferma les yeux un long moment; on aurait dit qu'il écoutait de la musique, mais en réalité il était hors d'haleine, et quelque chose (le plomb de la mine de crayon ?) lui poignardait l'estomac.

« ... je n'ai jamais fait les rêves de chiens

empaillés que je vous ai demandé d'interpréter. Ni le premier ni le deuxième... »

Sans aucune sollicitation de sa part, les phrases de la policière vérolée revenaient à son esprit.

Il se leva, traversa la chambre, se dirigea vers la salle de bains sans allumer la lumière, se déshabilla et ne garda que ses lunettes. La baignoire blanche scintillait dans la pénombre. L'eau jaillit à flots du robinet grinçant, avec une vapeur chaude et un grondement capricieux. Allongé dans la baignoire, il laissa l'eau emporter ses lunettes. Navire coulé. À nouveau, il rumina l'humiliation que la policière lui avait infligée, et ressentit l'envie de vomir. Aurais-je pu concevoir le moindre soupçon, quand elle m'a raconté ses rêves ? Certes pas. Quoique — son regard lunaire dirigé vers le sol, sa voix basse à la limite du bégaiement. Il se disait, non sans trouble, que la psychanalyse, le meilleur système de pensée permettant de pénétrer l'âme humaine, montrait ses limites devant une communiste, même une vulgaire communiste de base, inculte, qui se payait le plaisir non seulement d'inventer des rêves, mais aussi de tricher sur les conséquences prévues par un interprète professionnel. Il s'étendit dans la baignoire, de l'eau jusqu'au cou, en maudissant cette fausse Mme Thatcher, cette fausse boiteuse. L'envie de vomir le reprit. « Je ne peux pas laisser passer cela », se dit-il en sortant de la baignoire dont il fit déborder l'eau.

Il s'essuya en hâte et revint dans sa chambre. Il

s'assit à son bureau, prit une feuille, dévissa le capuchon de son stylo et commença un brouillon de lettre :

« Madame l'agent de police », écrivit-il d'une écriture plus lisible mais plus fermée que d'habitude. « J'ai l'honneur de vous annoncer que nul ne peut échapper à la vérité de la psychanalyse, pas même un représentant légal du pouvoir administratif et de l'ordre public. Permettez-moi de vous dire que, du point de vue psychanalytique, un rêve qui n'est pas réellement venu visiter votre sommeil, mais est une invention de votre esprit dictée par votre inconscient, ne diffère en rien d'un rêve que vous auriez réellement fait en état d'inconscience. Ils ont la même valeur psychique. C'est-à-dire que l'un et l'autre sont une démonstration de votre angoisse, du refoulement de vos désirs, de vos complexes, de votre âme impure, sèche, sordide, infantile... »

En écrivant et toujours sans sollicitation de sa part, il se rappela la rêveuse de cinéma qui, à elle seule, cristallisait toutes ses joies physiques et professionnelles d'interprète de rêves. Il se souvint de son expression quand elle lui avait raconté avoir joué, en rêve, le rôle d'une fille qui attendait un baiser. Avec un plaisir mêlé d'amertume, il se remémora ses pieds nus et la façon dont elle avait frotté son cou-de-pied gauche contre son mollet droit maculé de boue noire. Ah! Quelle rêveuse, une vraie vierge, une Alice orientale au Pays des Merveilles du cinéma! Comme j'étais près du but!

Il n'acheva pas sa lettre à Mme Thatcher, par crainte qu'elle ne lui répondît et que cela ne se transformât en une longue et misérable polémique sur la valeur d'un rêve inventé, ou en une relation épistolaire interminable. Il rangea le brouillon dans un de ses dossiers, qu'il mit dans sa valise.

Quelques jours plus tard, la lettre disparut dans un train de nuit à destination de l'île de Hainan, avec sa Delsey bleu pâle inutilement attachée par une chaîne de fer recouverte de plastique rose. C'était le 6 juillet.

Quant à la suite des événements, vous la connaissez déjà : pendant plusieurs semaines, il parcourut en vain cette île immense, mais début septembre, au hasard d'un entretien téléphonique avec une de ses anciennes voisines de Chengdu, il trouva enfin une fille (si on peut encore appeler fille une embaumeuse de cadavres d'un certain âge) dont la virginité était intacte.

DEUXIÈME PARTIE

IL FAIT TOUJOURS NUIT

1

La fourgonnette de nuit

Environ une semaine après son retour de Hainan, vers 1 heure du matin, le téléphone sonne
dans l'appartement de ses parents.

Au bout du fil, c'est la voix de sa voisine,
l'Embaumeuse.

— Il est mort. Je viens de quitter sa villa.

— Qui est mort?

— Le Juge Di. C'est terminé. Quelle folie!

(À cet instant, tout ce qu'il ressent, c'est un pico-
tement qui l'envahit tout entier. Une sueur froide
jaillit par tous les pores de sa peau. Il a peur : « Le
Juge Di? Il a dû mourir en faisant l'amour, son
cœur a sûrement lâché au cours du rendez-vous
érotique que je lui ai organisé. Va-t-on m'arrêter,
non comme corrupteur, mais comme commanditaire d'un assassinat prémédité? Sans doute.
Attends, je me souviens d'avoir lu quelque chose
qui traitait d'une situation à peu près similaire. Un

roman ? Non. Une nouvelle. Mais je ne me rappelle plus ni le titre ni le nom de l'auteur. Qu'est-ce
qui va m'arriver ? Comment libérer Volcan de la
Vieille Lune ? Maintenant, ce qu'il faut, c'est écouter le récit de l'Embaumeuse. Seulement, ma tête
est comme un sol poreux, un plafond de cave.
Chacun de ses mots me fait hérisser le poil, mais,
dans l'ensemble, ses paroles, tel un liquide invisible, s'infiltrent dans les minuscules interstices de
mon cerveau, les mots culbutent en moi, font des
sauts périlleux dans mes tympans, mon pouls, mon
crâne. Ils me parviennent comme un étrange
mélange : le soulagement de la fin d'une mission
impossible et l'ombre terrifiante d'une menace
d'arrestation. Une voix intérieure retentit dans ma
tête : va te rendre à la police ! »)

— Écoute-moi, continue la voix de l'Embaumeuse à l'autre bout du fil, tu m'avais dit que
quelqu'un viendrait me chercher vers 8 heures du
soir, mais un type est arrivé à 7 heures au funérarium. Il s'est présenté comme le sixième secrétaire
du Juge Di. Un petit homme nerveux. Il m'a dit
qu'on devait partir tout de suite, que le juge était
pressé. Je n'ai pas eu le temps de me changer, ni de
prendre une douche. Je me suis dit : tant pis ! Le
vieux juge ne s'attend pas à accueillir une star de
cinéma. Plus vite ce sera fait, plus vite Muo sera
soulagé. On est partis aussitôt. J'ai seulement mis

du rouge à lèvres Chanel que tu m'as offert pour mon anniversaire. On est descendus du bâtiment des embaumements et, à la porte d'entrée, le secrétaire du juge a appelé un taxi. Pendant dix minutes, il n'a pas arrêté de gueuler dans son portable, mais pas de taxi. Il avait une trouille invraisemblable. Et de qui avait-il peur ? Du Juge Di. Pauvre minable ! Il vient de rentrer en Chine, après des études de droit aux États-Unis, et il fait tout pour qu'on le sache. Il a la manie de mettre des mots anglais partout dans ses phrases. C'est vraiment pénible. Pour le dépanner, je lui ai proposé de prendre une des fourgonnettes du funérarium, tu sais, celles qu'on utilise pour transporter les cadavres. Je lui ai surtout dit ça pour rigoler, parce que, justement, il y en avait une garée devant la porte. Je la lui ai montrée, et je lui ai dit qu'elle ressemblait au fourgon blindé du tribunal dans lequel on emmène les condamnés à mort, avec ses phares indépendants, comme deux immenses yeux exorbités. C'était une vieille fourgonnette avec un pare-brise séparé en deux par une baguette métallique. Le faux diable américain a été embêté. Il a passé un coup de fil à l'hôtel où le juge jouait au mah-jong avec des amis pour lui demander l'autorisation, mais on lui a répondu que le juge était rentré chez lui. Il a appelé la villa et, curieusement, ça n'a pas répondu. Il était 7 h 30. Pour prendre sa décision, il a sorti de sa poche une pièce de cinq yuans et l'a lancée en l'air.

Elle est tombée sur le ciment, a rebondi et est retombée. C'était pile, alors on est partis avec la fourgonnette. Maintenant, quand j'y pense, ça me fait drôle. Quel présage ! Tu te rends compte ? Si la pièce du secrétaire était tombée de l'autre côté, ou si un taxi était arrivé à ce moment-là, ou si simplement je ne lui avais pas parlé de la fourgonnette ou que je n'en avais pas eu la clé, le Juge Di serait peut-être encore en vie. Je me sens coupable. Et c'est toi qui m'as fichue dans ce pétrin.

(La voix de l'Embaumeuse bourdonne, bourdonne ! Elle lutte avec l'image d'une salle de projection et d'un pantalon mouillé qui surgit, dans l'esprit paniqué de Muo : une projection privée pour Staline au Kremlin, dans les années 50, d'un film intitulé *Lénine en octobre*. Le réalisateur était assis quelques rangs derrière Staline. Au cours de la projection, dans la pénombre, il vit le Petit Père des Peuples tourner la tête vers son voisin et lui marmonner quelque chose, dont on sut après que c'était : « Il faut envoyer un télégramme à X. », mais il crut l'entendre dire : « Ce film est une merde. » La salle était déjà sombre mais soudain, devant ses yeux, ce fut l'obscurité totale. Il s'effondra, glissa de son fauteuil, et se retrouva par terre. Quand les gardes le sortirent de la salle, ils constatèrent que son pantalon était trempé de pisse. Muo s'étonne de se souvenir en cet instant de cette anecdote et il se félicite que la mort du Juge Di n'ait provoqué chez lui qu'un accès de sueurs froides.)

— Dès que j'ai démarré la fourgonnette, ça a été mon tour de devenir nerveuse et de mauvaise humeur. J'étais tendue à l'idée de ce qui m'attendait dans la villa du juge. Tu ne m'avais pas tout dit, mais je ne suis pas une idiote, j'avais compris. Muo, je voudrais te dire une chose...

— Vas-y.

— Je t'en ai voulu. Pendant tout le trajet, j'ai eu de la haine pour toi, tu ne peux pas savoir. Au fond, tu es dur, cruel. Pour ton bonheur, tu es prêt à tout.

— Je ne sais comment plaider ma cause. C'est peut-être vrai, va savoir.

— Salaud! Je continue. Pendant que je conduisais, le secrétaire du juge a retrouvé la forme. Il n'arrêtait pas de me donner des ordres, de choisir l'itinéraire, de me raconter des conneries sur le Juge Di. Tu sais combien de temps le juge a joué au mah-jong? Devine.

— Avant de rentrer à la villa?

— Oui.

— Vingt-quatre heures.

— Trois jours et trois nuits. Soixante-douze heures. Depuis le jeudi soir, il était scotché à une table, dans une chambre d'hôtel, avec des partenaires de jeu. L'hôtel Holiday Inn, je ne sais pas si tu connais, un cinq-étoiles du centre-ville, avec des colonnes grecques en faux marbre. Il est fascinant, cet hôtel, avec ses deux ailes de vingt-cinq étages, sa pelouse bien entretenue et son jardin avec une fontaine au milieu. Il a l'air propre mais froid, sans odeur, avec ses portes vitrées à tourniquet. Le secrétaire m'a dit que, dans le hall et les étages, il y a des comptoirs en granit noir, et que les ascenseurs sont en bronze martelé. Le plus épatant, selon lui, c'est quand tu arrives devant une chambre. Le numéro n'est pas marqué sur la porte, c'est une lumière tamisée venue du plafond qui projette l'ombre noire d'un chiffre sur l'épaisse moquette beige du couloir. On se croirait dans un film policier. Il m'a dit que, même aux États-Unis, il n'a jamais vu ça. Il y a trois ou quatre ans, quand l'hôtel a été inauguré, le Juge Di fut un des invités d'honneur. À cette occasion, il est resté vingt-quatre heures à la table de jeu, sans manger ni boire. Il est fou à lier. Ce qu'il cherche, c'est une excitation semblable à celle qu'il éprouvait jadis quand il braquait son fusil sur un condamné, l'index appuyé sur la détente. Tu le savais, et tu m'as tout de même jetée dans les griffes de ce pervers.

(Tout en l'écoutant, Muo tâtonne dans le noir, sans trouver l'interrupteur de sa lampe de chevet.

Il enfile son pantalon et sa veste. Il faut se rendre au commissariat, ou du moins se tenir prêt à y aller. Sa chemise est trempée de sueur. Doit-il en changer ? Il entend quelque chose tomber d'une poche de sa veste sur le parquet. À cet instant, il se rappelle ce qui lui avait échappé tout à l'heure : Singer ! C'est Isaac Bashevis Singer l'auteur de la nouvelle qui traite d'une situation pareillement angoissante. Muo se rappelle l'intrigue principale, mais pas le nom des personnages. L'histoire se passe dans un pays communiste. Pologne ? Hongrie ? Qu'importe. Un jeune homme, charmant, séducteur, jouisseur, multiplie les conquêtes féminines. Une fois, par pitié, il couche avec une institutrice de cinquante-cinq ans, maigre comme une allumette, faible, délicate, qui l'admire passionnément. Elle l'attend chez lui jusqu'à minuit, puis elle sort un pyjama et une paire de chaussons de son sac, prend une douche et le rejoint au lit. Mais en plein coït, son corps se raidit et, après une fulgurante crispation, elle meurt. Le séducteur, plongé dans un abîme d'angoisses, craint d'être arrêté comme assassin. Voilà une situation similaire. Muo se souvient que la suite de la nouvelle raconte comment le jeune homme cherche à se débarrasser du cadavre de l'institutrice, au milieu de la nuit, dans les rues désertes d'une grande ville. Bruissements furtifs, bruits de pas, voitures de patrouille de police, rôdeurs, ivrognes assoiffés d'alcool, prostituées... Il arrive au bord d'un étang

en plein dégel, où un chien fouille des poubelles...
Ce qu'il faut, c'est faire pareil, se débarrasser du
corps du Juge Di, se dit-il, en haletant dans le noir.
Mais il revient à l'Embaumeuse, qui semble parler
pour ne pas devenir folle après avoir tenu un juge
mort entre ses bras.)

— Tu sais, Muo, tout à l'heure, je t'ai dit que je
t'en voulais à mort, au volant de la fourgonnette.
Ce n'est pas tout à fait vrai. Tout le long du trajet,
je me suis demandé : c'est cela, la folie ? Passer ma
« première nuit », à quarante ans, avec un juge
passionné de mah-jong ? Dans quelle histoire je
me suis fichue ? Je n'ai pas crié, ni gémi, comme
quelqu'un qui perd la tête, mais j'ai eu des halluci-
nations. Je trouvais que les lampadaires de la rue
diffusaient une lumière bizarrement jaune, fantomatique. Les coups de klaxon des autres voitures
me paraissaient étrangement lointains, comme
dans un rêve ou, plus exactement, j'avais le sentiment de me remémorer une promenade déjà faite
en rêve. D'ailleurs, encore maintenant, je ne sais
pas si je ne suis pas en train de rêver. Pendant que
je conduisais, bercée par ma folie calme et muette,
le sixième secrétaire bourdonnait à mes oreilles,
toujours d'excellente humeur. Il m'a fait la
démonstration d'un numéro qui lui vaut toujours
un franc succès dans les soirées, et lui a fait gagner
la sympathie du Juge Di : avec des mouvements de

la bouche, des lèvres et de la langue, il sait imiter les bruits d'une partie de mah-jong. À vrai dire, c'est extraordinaire. Par moments, tu croirais entendre les flots assourdissants d'un fleuve et, à d'autres, tu dirais deux ou trois dominos de mah-jong qui se rencontrent, s'apparient avec une douceur sournoise qui monte, reste en suspens, jaillit en un éclat, une joie, une pure extase, ou tombe dans un noir désespéré. J'avais l'impression de voir les dominos blancs qui se séparaient, se réunissaient, s'agressaient... C'était étrange. Ce type m'a décontractée. J'étais encore un peu tendue, mais ce n'était plus la même tension. Comme quelqu'un qui souffre et reçoit une injection de morphine. Ça ne supprime pas la cause de la douleur, mais quel soulagement !

(Comment faire disparaître la dépouille du Juge Di ? Des clichés cinématographiques bataillent dans l'esprit de Muo, le commanditaire de l'assassinat. D'abord, surgit l'image d'un corps lourd qui pénètre au creux des vaguelettes et chute lentement au fond de l'eau où la corde qui le lie se dénoue. Les pans de l'uniforme du juge de la République gonflent, son ventre se dilate comme un ballon. Ses pieds battent encore, par réflexe, puis se raidissent, se figent ; un de ses souliers s'échappe, atterrit dans la boue. Des herbes vert foncé, des feuilles, des débris, ordures et écorces

189

pourries grouillent, s'élèvent comme une bouffée de nuages noirs. Emporté par le courant, le Juge Di prend une pose inflexible de mannequin en bois, flotte, ses longs bras rigides tendus en croix, et se dirige vers la pile d'un pont qui enjambe le fleuve. Une pile en béton, en forme de proue, contre laquelle s'achèvera cette trajectoire de folie, mettant un terme à la vie de cet ex-tireur d'élite, fou de mah-jong. On attend le choc dans lequel ce corps pécheur se disloquera, mais au dernier moment, un tourbillon l'attrape et le roule comme une feuille morte dans l'œil d'un cyclone. Non, un tel bourreau, aux mains tachées de tant de sang, ne mérite pas ces funérailles aquatiques que les Tibétains pratiquent depuis des siècles, pas plus qu'il ne mérite l'eau du Yangzi d'où montent les plus anciennes prières du monde, « avec des accents enlacés deux à deux, des vagues couplées de verbes ». Qui a écrit cela ? Joyce ? Valéry ? Ai-je correctement cité de mémoire ?)

— Je roulais derrière un camion, sur un chemin que j'empruntais tous les jours depuis plus de vingt ans et, pourtant, j'avais le sentiment de pénétrer dans une ville inconnue, sans savoir si je pourrais retrouver la route du retour. On a traversé le marché en plein air, des bouchers découpaient des quartiers de viande. Les lames de leurs couteaux brillaient sous des ampoules nues qui vacillaient au-dessus de leur tête. J'ai commencé à ressentir les premiers symptômes de la migraine en les regardant, ils semblaient enveloppés dans un halo jaune pâle irréel. On a longé les murs d'enceinte du conservatoire. Derrière le mur et les arbres, quelqu'un, sûrement un étudiant, jouait du piano dans un des bâtiments en briques grises. « C'est flamboyant », a crié le sixième secrétaire du Juge Di, en ajoutant qu'il s'agissait de la *Sonate n° 29* de Beethoven. Pour la première fois, il m'a impressionnée. Il était si content d'étaler ses connaissances musicales qu'il m'a raconté ses années américaines, où il passait ses nuits d'insomnie à écouter la radio. Il était tombé amoureux du jazz, puis du piano. Je lui ai dit qu'il avait bon goût. Il m'a remerciée, et m'a fait une confession : aux États-Unis, il s'est converti au christianisme. Je me disais : ce type qui m'escorte comme un policier escorte un prisonnier au tribunal ou sur le lieu d'exécution est chrétien. Je n'en revenais pas. J'étais triste pour lui. Il m'a raconté qu'aux États-Unis, il avait souffert de crises d'hémorroïdes et que son état est désormais incurable. Elles emplissent ses intestins et explosent parfois avec des flux de sang comme des menstrues. Le plus embêtant pour lui, c'est ici, dans notre ville. À cause de ses crises imprévisibles, il ne peut participer aux parties de mah-jong marathoniennes de ses supérieurs, qui durent souvent des jours et des nuits. Il n'a jamais pu entrer dans le cercle intime du Juge Di, qui choisit ses collaborateurs parmi ses compagnons de jeu. Professionnellement, il est fichu.

« Après l'usine, on s'est engagés sur le chemin qui mène au pont de la Porte du Sud. Il n'est plus aussi cailouteux qu'à l'époque où mon mari venait me chercher à vélo pour me ramener à la maison. On est passés devant les latrines publiques. Tu te souviens, je t'en ai parlé au téléphone. Ce n'est plus une petite cabane, mais un bâtiment à toit de tuiles et façade carrelée de blanc. Je les hais, ces latrines à la con, tu ne peux pas savoir. C'est là que j'ai entendu le mot "homosexuel" pour la première fois et, si moches et puantes qu'elles soient, elles sont liées à lui, à moi, elles font partie de ma vie. Parfois, je pense à lui, je ne sais pas où, depuis qu'il est mort, il a des rendez-vous amoureux. Brusquement, j'ai demandé à mon escorte — il s'appelle Lü : "Toi qui es chrétien, Lü, tu as étudié la Bible et tout le reste ?" Il m'a dit : "C'est quoi, tout le reste ?" J'ai dit : "Des questions, comme celle du paradis, tu y as réfléchi ? — Réfléchi comment ? — Tu dirais qu'il y a des W.-C., au paradis ? Plus jolis..." Il m'a coupée. "Tu crois que j'ai le temps de penser à des trucs aussi cons, putain !" Il avait l'air fâché. J'ai laissé tomber. Je conduisais, concentrée, les mains posées sur le volant. Mais devant le Parc du Peuple, il m'a dit : "Écoute, je suis juriste. J'aime utiliser des termes sans équivoque. Ce qui pisse et chie, c'est ton corps. Et après la mort, ton corps ne va nulle part. Il n'y a que l'âme qui monte au paradis. Et les âmes, entourées par les anges, ne pissent ni ne chient. Alors pas besoin de chiottes." Je lui ai dit : "Faut aller en enfer pour en trouver ?" Il a dit qu'il ne savait pas. Pendant un moment, personne n'a plus parlé. Au centre de Chengdu, je me suis arrêtée pour acheter à boire. Quand je suis remontée dans la fourgonnette et qu'on est repartis, il m'a brusquement lancé, comme si ma question lui trottait encore dans la tête : "À Pékin, dans la Cité interdite, il n'y avait pas de chiottes." Il m'a prise de court. J'ai dit : "Ah bon ? — Oui. Tu l'as déjà visitée ? Alors, tu n'en as vu ni dans la partie du palais réservée à l'administration, ni dans la cour intérieure de l'empereur, de l'impératrice et des concubines, ni dans les maisons des eunuques. Il n'y a de chiottes nulle part, c'est comme au ciel." J'ai dit : "Alors, où ils faisaient leurs besoins ? Dans des seaux ?" Il s'est fâché de nouveau : "Putain ! Un seau, c'est un seau, pas des chiottes !" »

(La main droite de Muo tient le téléphone, cependant que sa main gauche cherche dans son dos l'endroit précis que le tireur d'élite visera pour lui tirer une balle dans le cœur. Il imagine que son double crime de corrupteur et de commanditaire de la mort d'un juge lui coûtera la peine capitale. Par un matin serein, le peloton d'exécution l'emmènera au pied de la Colline du Moulin, sur le terrain vague qu'il a visité, peut-être pas par hasard. Il y aura un trou préparé la veille par deux soldats appartenant au dernier rang de la hiérarchie. Il sera agenouillé, ligoté par de grosses cordes, le dos tourné vers le tireur qui visera, à travers une loupe, le petit carré entre son index et son majeur. « Pisseras-tu de peur dans ton pantalon, comme ce réalisateur russe ? » se demande-t-il, tandis que du bout des doigts il explore son dos et touche son omoplate gauche. Une épave triangulaire, mince, pointue et osseuse. Il tapote du doigt sa colonne vertébrale. Il tâte sa carcasse pour localiser l'espace fatal. Est-ce que, au moment où la balle le percera, les os de son thorax exploseront ? La balle meurtrière, impitoyable, qu'une expression populaire nomme « cacahuète ». Pourquoi ? Y a-t-il une ressemblance de forme ? Soudain, il pense qu'elle est payante. Il a entendu dire, quand il était jeune, que la balle était facturée à la famille du condamné à mort. Condition *sine qua non* pour avoir le droit de récupérer le corps du fusillé. Si ce dernier avait la chance de succomber au premier tir, ses parents payaient seulement une balle, soit, à l'époque, soixante-dix fens à Chengdu, un yuan à Pékin, et un yuan vingt à Shanghai. Aujourd'hui, par les temps qui courent, une balle peut facilement atteindre dix ou vingt yuans. « Mon Dieu, se dit-il, à leur âge, mes pauvres parents vont-ils devoir traverser la ville et

194

se présenter à la Colline du Moulin après ma mort pour régler les frais de mon exécution ? Quelle horreur ! Non, jamais ! »)

— Tu n'es jamais allé chez le Juge Di ? C'est assez loin. À dix kilomètres de Chengdu, en direction de Wenjiang, vers l'ouest, tu longes le Yangzi jusqu'au Lac des Épées. Tu sais, le lac artificiel qui sert de réservoir à la région, en forme d'anneaux olympiques. La route est plus étroite, mais dans un état impeccable. Tu grimpes une colline boisée et traverses un quartier de nouveaux riches, avec des maisons de style occidental, des terrasses éclairées, des vérandas lumineuses, de longues arcades, des statues sur les pelouses, des fontaines, des toits en pente et des clochers bulbeux, imités de l'architecture russe. Toutes plus moches, plus kitch les unes que les autres. Une horreur. De nouveau, j'avais ce sentiment d'être dans un rêve. Plusieurs fois, j'ai eu envie de faire demi-tour, je me sentais mal, ma migraine empirait et irradiait de mon cou à mes tempes. Elle n'avait pas encore explosé, mais je me doutais que ça n'allait pas tarder.

« La villa du Juge Di se trouve au milieu de la colline, derrière un mur de deux mètres de haut. Devant le portail, le secrétaire est descendu de la fourgonnette, pour sonner et parler à l'interphone. Un projecteur s'est allumé, son faisceau lumineux m'a aveuglée. La porte métallique s'est ouverte lourdement, presque théâtralement.

« Au début, je n'ai pas vu la maison. J'ai demandé à mon escorte si elle était de style occidental, et il m'a répondu que c'était un pavillon à deux étages. J'ai avancé la fourgonnette dans une allée obscure, on est entrés dans un bois de bambous, on a tourné, viré, tourné de nouveau, presque à angle droit. Il n'y avait pas d'éclairage. Soudain, dans la lumière des phares, une forme est apparue, un animal étrange, fantomatique, qui ressemblait à un dragon ou à un serpent tropical, avec une tête plate qui remuait, à un mètre du sol. Il semblait ouvrir sa mâchoire aux dents de scie, et j'ai poussé un cri d'horreur. Mon escorte a éclaté de rire et m'a dit que c'était un chrysanthème qu'on avait offert au Juge Di, si précieux qu'il fallait quatre jardiniers pour s'en occuper en permanence, le tailler, l'arroser avec une eau spéciale, dont la composition est secrète, uniquement pour maintenir sa forme de dragon. C'est une fleur hors de prix. Je suis descendue la regarder. C'était un vrai chrysanthème, avec des feuilles inhabituellement larges et des pétales retournés sur eux-mêmes, qui formaient une colonne d'écailles en spirale. J'en ai froissé quelques-uns entre mes doigts, et mes mains en ont été parfumées. À côté, il y avait d'autres plantes de la même espèce, l'une en forme de cheval, les autres moins identifiables.

« Après un tournant, le secrétaire m'a dit qu'on

traversait le jardin des pivoines. La lumière des phares perçait des haies basses en bambou, mais comme ce n'est pas la saison, je n'ai pas vu grand-chose. La deuxième fois que j'ai eu le souffle coupé, c'est quand on a traversé le jardin des bonsaïs. Ça m'a donné froid dans le dos. Tu ne peux pas imaginer comme ils étaient nombreux, ils couvraient toute une pente, sur plusieurs niveaux. Des plantes tordues, rabougries, qui ressemblaient à des corps d'infirmes, avec des écailles soulevées et hérissées de pointes. Elles m'ont fait penser à ces monstrueux fœtus que la science conserve dans des bocaux. Certains étaient taillés, avec des formes d'une symétrie parfaite. Tout ce dont j'ai horreur. La nature qui n'a plus rien de naturel. Je n'ai pas eu envie de descendre, cette fois. J'ai même accéléré. Mais ces plantes naines étaient trop nombreuses, impossible de leur échapper : ifs tordus figurant des vases et des lyres ; napels couverts de piquants venimeux ; figuiers nains d'Inde, dont chaque rameau, en se courbant jusqu'à terre, prenait racine et donnait un autre figuier ; ormes aux branchages noirs ; j'ai même vu un papayer minia-ture, dont le tronc sans branches, en forme de colonne bardée de minuscules melons verts, por-tait à son sommet des touffes de feuilles, comme un parapluie. Et aussi des sophoras, des tilleuls, des tulipiers, des girofliers ridiculement rétrécis. Les plus faciles à reconnaître, ce sont les cyprès car, même tout petits, ils gardent leur forme de campaniles. Il y avait beaucoup d'espèces que je suis incapable de nommer. Certaines avaient été trop radicalement transformées. Par exemple, j'ai cru reconnaître un hêtre, à cause de son écorce grise, mais je ne suis pas sûre que c'en était un. De même, ceux qui m'ont semblé être des magnolias, des jujubiers, des houx, des chênes verts.

« Enfin, la villa du juge est apparue en se découpant sur le ciel sombre. J'ai cru qu'on sortait de l'embuscade des bonsaïs, mais des mélèzes nains descendaient encore sur une pente, comme une bande de sauvages coiffés de casques de verdure. J'ai baissé la vitre, l'air était parfumé, une odeur de résine et d'encens. Puis il s'est produit une chose bizarre. Un policier en uniforme a surgi et nous a barré le chemin. À la grande surprise de mon escorte, il nous a indiqué un coin où nous garer et nous a demandé d'attendre. Le secrétaire du Juge Di, d'abord interloqué, puis en colère, a sorti de sa poche sa carte de travail et l'a brandie sous le nez du policier. Ce dernier a fini par céder et lui a accordé, à lui seul, la permission de s'approcher de la villa à pied.

« J'étais assez contente de ce changement imprévu. Je suis restée assise derrière le volant, comme qui est en avance à un rendez-vous. À travers le pare-brise, j'ai observé la maison qui allait changer ma vie et mettre un terme à ma virginité, dressée de l'autre côté d'un étang couvert de nénuphars. C'était un bâtiment en briques, mélange de styles occidental et chinois, avec des plantes qui formaient une tonnelle autour d'une porte de la façade, escaladaient un mur et envahissaient un balcon à arcades, au premier étage. À travers le treillis, on voyait des fenêtres grandes ouvertes, illuminées de lampions rouges, en forme de tambours, comme s'il se tenait une grande fête. De temps en temps, des silhouettes surgissaient derrière les fenêtres, puis disparaissaient dans l'ombre pour réapparaître dans une autre pièce.

« Comme le secrétaire du juge ne revenait pas, je suis descendue de la fourgonnette, avec une lenteur calculée, presque pénible. Le policier me regardait sans rien dire. J'ai fait les cent pas autour du véhicule. Des pommes de pin craquaient sous mes pieds, et aussi des gousses de genêt, éclatées depuis Dieu sait quand. Je me suis approchée d'un bosquet d'eucalyptus, j'adore ce parfum, surtout mélangé à celui des genêts, qui sent l'amande amère.

« De nouveau, j'ai regardé les lampions rouges de la villa, et j'ai vu à nouveau des gens courir d'une pièce à l'autre. Ils avaient l'air affairés. Ils parlaient en faisant des gestes et leurs voix étaient affaiblies par l'écran des plantes grimpantes et la distance. Je me suis attardée sur cette image, comme on le fait aux moments de la vie où l'on sent inconsciemment le danger, la menace, la peur qui change de camp. Ma migraine avait disparu. Une voiture est arrivée dans l'allée. Je l'ai entendue freiner, arrêtée par le policier en uniforme. C'était une ambulance ; son gyrophare allumé tournait en rayant le tronc des arbres. Mon escorte, le secrétaire du juge, est revenu en courant. Le Juge Di était mort. Après avoir joué au mah-jong pendant trois jours et trois nuits, il a encore eu envie de jouer, à son retour. Il a réuni son personnel, et ils ont disputé cinq parties, mais, avant d'en entamer une nouvelle, le juge a glissé de son fauteuil, foudroyé.

« Qu'est-ce que tu en dis, Muo ? C'est vraiment incroyable ! Tu es soulagé ? Moi aussi. En ce moment, je suis au funérarium, je dois l'embaumer ce soir. Tout doit être terminé demain matin, avant l'arrivée des grands chefs et de sa famille... D'accord, je t'attends... À tout de suite... Attends, apporte-moi quelque chose à manger, j'ai une faim terrible, tu ne peux pas savoir. »

2

À 2 heures du matin

Une odeur de décomposition pique le nez de
Muo lorsqu'il pousse la porte du service des
embaumements. Du crottin ? De la citronnelle
pourrie ? Des sels de camphre ? De l'encens ? Non,
c'est un parfum âcre qui brûle le nez comme un
piment brûle la bouche. Qu'est-ce que c'est ? De la
myrrhe ! Elle a dû brûler des bâtonnets de myrrhe
pour masquer l'odeur du formol qui, elle le sait,
écœure le néophyte et le prend à la gorge.

— Tu es toute seule ? demande-t-il. Il n'y a personne d'autre, dans le bâtiment ? Tu n'as pas
peur ?

— Si, surtout quand il est tard, comme
aujourd'hui, répond l'Embaumeuse en vêtements
de travail, tout en continuant ses préparatifs.

Elle porte de longs gants en caoutchouc qui
montent jusqu'aux coudes.

— J'ai oublié de te dire bonsoir.

— C'est encore le soir ?

— Il ne va pas tarder à faire jour.

La pièce est le contraire de ce que Muo avait imaginé. Elle n'est ni nue, ni vide, ni blanche. Elle lui paraît même moins sinistre qu'une chambre d'hôpital psychiatrique. Il y a cinq ou six lampes de faible puissance, toutes allumées. D'immenses rideaux de drap couvrent les murs sur lesquels brillent des objets en métal chromé, des serrures en cuivre. Une ambiance de cabine de bateau ou de cale, une ambiance sous-marine, accentuée par le bruit de l'eau remplissant la baignoire qui luit dans un coin sombre. Soudain, Muo se rappelle avoir rêvé qu'il pénétrait dans une maison engloutie sous l'eau, dont le toit de tuiles était entièrement capara-çonné de coquillages blancs. Par grappes entières, les petits crabes rouges qui pullulaient dans l'eau se déplaçaient sur les boiseries de la porte et des fenêtres, et leurs carapaces irisées faisaient scintiller la demeure de reflets incandescents.

Bien qu'il marche sur l'énorme échiquier que forment les carreaux noirs et blancs de la salle des embaumements, il ne serait pas étonné de sentir des crabes craquer sous ses pieds. Il a l'impression que tout ce qui l'entoure est couleur d'eau pro-fonde. Il s'approche de l'Embaumeuse.

— Où je mets la bouffe ? s'enquiert-il. À cette heure-ci, il n'y a que la boutique du Pont du Sud qui soit encore ouverte. Je t'ai pris un sandwich au jambon pimenté et deux œufs durs au thé.

— J'adore les œufs au thé. Je meurs de faim. Aide-moi à les éplucher. Avec mes gants, je ne peux rien faire.

La coquille des œufs avait été brisée pendant la cuisson pour que le thé pénétrât à l'intérieur. Muo enlève minutieusement des fragments de coquille jusqu'à ce qu'un œuf apparaisse, sur lequel le thé a dessiné des motifs écailleux de pomme de pin, couleur café.

— J'enlève le jaune, il paraît que c'est mauvais pour le cholestérol, dit-il.

— D'accord.

Elle rejette la tête en arrière, la bouche grande ouverte, reçoit de la main de Muo un morceau d'œuf qui tombe dans son palais rose, disparaît sous sa langue et revient, broyé par ses dents.

— Encore, dit-elle.

Elle finit les deux œufs avec une rapidité fulgurante. Au cours de ce gavage innocent, Muo sent la langue gourmande et brûlante de la jeune femme. Il regarde son visage familier, son front bombé, déjà moins lisse, le coin de ses yeux finement ridé, son menton qui accuse quelques traits relâchés.

— Viens, dit-elle, tu vas dire au revoir à ton copain le Juge Di, puis tu m'attendras dehors.

Il la suit au milieu de la salle où une housse en plastique de couleur laiteuse repose sur un lit éclairé par une petite lampe à abat-jour en soie. Cette douce lumière lui évoque une exposition archéologique dans un musée. Dans un mouvement de ralenti, la fermeture Éclair ouvre une fente dans la housse, son grincement métallique résonne et déchire les tympans de Muo, comme le craquement d'une coque de noix sous une pince. D'abord la tête du juge, puis son torse, revêtu d'une chemise noire.

— Merde, c'est coincé, dit l'Embaumeuse. Tu peux m'aider ?

— Tu crois ?

— Je crois quoi ? Vas-y, tire.

Malgré les efforts tantôt concordants, tantôt discordants de l'Embaumeuse, qui a enlevé ses gants, et de son assistant amateur, la fermeture à glissière refuse de céder le moindre millimètre : deux dents s'obstinent à ne pas s'engrener. Muo entend sa propre respiration, puis un gargouillement qu'il ne sait identifier. Parfois, sa main touche la chemise du juge, en soie finement tissée, douce, presque sensuelle. À cette distance, il parvient à déceler, dans le parfum piquant de la myrrhe, une odeur de renfermé et de tabac, une odeur de vin et d'entrepôt qui lui évoque les clochards de Paris, et il est sûr que ce fou de mah-jong ne s'était pas lavé depuis plus de trois jours avant sa crise cardiaque. Peut-être une semaine.

— Attends, dit-elle, je vais chercher des ciseaux pour couper cette putain de housse.

Elle s'éloigne. Muo, assistant dévoué, essaie à nouveau de glisser le petit curseur en métal chromé d'abord vers le haut, où les deux dents s'engrènent facilement, puis vers le bas, millimètre par millimètre. La fermeture s'ouvre et, au dernier millimètre, il donne un ultime assaut, de toutes ses forces, mais de nouveau, le mouvement du curseur est stoppé net, au même endroit. Énervé, il continue à lutter contre la fermeture Éclair, mais, à l'instant où il est sur le point de remporter la victoire, il lui semble que quelqu'un le regarde et, lorsqu'il comprend d'où vient ce regard, sa poitrine se couvre de sueur froide, comme un étang en plein dégel : c'est le Juge Di. Il ne l'a pas vu ouvrir les yeux, mais maintenant, ses paupières se plissent affreusement, ses prunelles vitreuses tournent, puis le fixent comme quelqu'un qui revient de loin, d'un regard flou, sans aucun éclat. Muo ne bouge pas. La terreur le maintient penché au-dessus du visage du juge, mais toute son âme, effrayée, s'échappe de son corps. Une vision ? Un rêve ? La réalité ? Une résurrection ? Le médecin qui a constaté le décès se serait-il trompé ? Encore un miracle des communistes ? Ces questions sans réponses secouent sa tête comme autant de séismes, tandis qu'une lueur brille entre les paupières du juge : c'est Elle. Les ciseaux à la main, elle revient. Elle pousse l'abat-jour et, tout à coup, se fige, comme foudroyée. Les ciseaux glissent entre ses doigts, tombent sur le carrelage, rebondissent. Le juge se lève avec énergie et la prend dans ses bras. Elle pousse un cri, il s'accroche à elle, se soulève, se presse contre elle. Elle pousse un autre cri, se débat comme une folle.

Il lui demande : « C'est toi, l'Embaumeuse ? » Elle lui dit oui, sans cesser de se débattre. Il la couvre de baisers écumeux : « N'aie pas peur, lui murmure-t-il, c'est comme ça pour toutes les vierges qui deviennent de vraies femmes. »

Les paroles du juge explosent comme une bombe aux oreilles de Muo, presque paralysé. Les bras en coton, il essaie de les séparer. Il se fait écarter, mais revient à la charge et, avec une violence qui le dépasse lui-même, il agrippe le juge par le col de sa chemise, jusqu'à la déchirer. Il crie à la fille : « Sauve-toi ! », puis voit mille étoiles devant ses yeux et se retrouve par terre, assommé par le coude maigre et raide du juge. L'Embaumeuse s'est sauvée. Muo se relève, mais son nez saigne et ses jambes se dérobent. Il retombe. À ce moment, le juge descend du lit, dans un mouvement lent.

— Où suis-je ? demande-t-il en regardant autour de lui. Merde ! Je suis à la morgue !

Allongé sur le carrelage, Muo l'entend se précipiter vers la porte et disparaître dans la nuit. Il ne sait combien de temps il reste dans cette position. Quand il reprend ses esprits, il constate les dégâts : son visage est couvert de sang, comme un héros de western, mais son pantalon est trempé d'urine, sans qu'il sache quand il s'est pissé dessus, comme ce réalisateur russe dans la salle de projection du Kremlin.

« Bravo Muo, se dit-il, tu incarnes à toi seul les deux superpuissances mondiales. »

3

La Cité de la Lumière

Il n'a d'autre possibilité que de quitter le funérarium dans la tenue de travail de l'Embaumeuse qu'il a trouvée dans un placard et grâce à laquelle il peut se débarrasser de son pantalon et de son slip honteusement mouillés. C'est une combinaison bleu clair, taillée dans une matière épaisse et solide, entre la salopette et la robe d'ancien lettré, à la fois solennelle et ridicule, qui porte, imprimée sur le devant et dans le dos, l'inscription : « Cosmos. Entreprise de pompes funèbres » (en blanc) avec un dessin d'astronaute sur une fusée (en jaune), les numéros de téléphone, de fax et l'adresse de l'entreprise (en rouge). Ce qui plaît à Muo, c'est qu'elle a des poches partout, dans lesquelles il met tout le bazar qui se trouvait dans son pantalon : cigarettes, briquet, portefeuille, trousseau de clés et téléphone portable récemment acheté, qui luit et clignote dans le noir.

Il fait encore nuit. L'idée de rentrer chez lui ne l'enchante pas. Il craint de réveiller ses parents à

cette heure et de les choquer par son déguisement
féminin et macabre. (Il entend déjà ce que sa mère
va lui dire : « Pourquoi si tard ? Mon fils, quand
vas-tu nous faire le plaisir de te marier ?... ») Sans
savoir où il va, il entame une promenade à pied à
travers la ville endormie, au lieu de prendre un
taxi. Volontairement, il emprunte l'itinéraire de
l'Embaumeuse, qui le conduit devant la porte du
conservatoire désert, puis il tourne à droite et
longe les murs jusqu'à un quartier ouvrier où il n'y
a personne. Il voudrait bien se regarder dans une
vitrine, pour voir à quoi il ressemble, mais ce quartier est sans magasin ni lampadaire. De temps à
autre, un chien traverse la rue, s'arrête, l'observe
et le suit sur le trottoir d'en face. Il entend des rats
se battre dans des poubelles.

À un carrefour, il se demande s'il a perdu
l'esprit. Les joues caressées par un vent chaud, il
est incapable de reconnaître l'endroit où il se
trouve. Un tressaillement parcourt son échine.
Que m'arrive-t-il ? Je suis né dans cette ville, j'y ai
grandi, je connais ce quartier comme la paume de
ma main. Et me voilà perdu. Il parvient à garder
son calme. Résigné, il se console en constatant les
changements que le capitalisme sauvage a fait
connaître à la ville. Il fait le tour du carrefour,
explore l'une après l'autre ces nouvelles rues qui se
ressemblent comme des gouttes d'eau, avec leurs
immeubles en stuc presque tous identiques. Après
un quart d'heure d'hésitation, il décide de prendre

la direction du nord. Mais il a beau scruter le ciel, il ne sait pas où est le nord et, qui plus est, il commence à pleuvoir. Il poursuit donc sa marche dans la même rue, une rue bordée, comme toutes les autres, de jeunes eucalyptus, si ce n'est qu'ils semblent ici moins maladifs, et il décide d'aller jusqu'au bout.

« Que dirait Volcan de la Vieille Lune si je lui rendais une visite impromptue en prison, avec la combinaison de l'Embaumeuse ? se demande-t-il. Ça la ferait rire ? Oui, elle éclaterait de rire. Elle a toujours de ces éclats de rire qui étonnent ou gênent les autres. Je lui dirais, par téléphone, de l'autre côté de la vitre de séparation (putain, un pays aussi pauvre avec des prisons aussi ultra-modernes, ça me rend dingue !), voilà ce que je lui dirais : "Regarde cette fusée et cet astronaute, c'est ma nouvelle passion." Non, je dirais des choses mieux que ça. Je lui dirais que j'ai décidé de me convertir à une nouvelle profession d'anges : escorte d'êtres humains au cours du grand voyage jusqu'au paradis. Pour lui expliquer ce qu'est un embaumeur, je dirais : un esthéticien des morts. Elle dirait : "Ne me fais pas rire, tu ne connais rien à l'esthétique." J'approcherais mon torse, tandis qu'elle tendrait sa main de l'autre côté de la vitre pour toucher de ses doigts longs et fins le petit bonhomme en scaphandre imprimé sur la combinaison. Ensuite, futée comme elle est, elle m'interrogerait du regard en plissant ses yeux malicieux.

Elle se demanderait si je dis la vérité ou si j'ai perdu les pédales. Mais soudain, elle s'effondrerait en larmes, pour avoir tout compris sans que j'eusse besoin de lui souffler un mot. Plus futée qu'elle, tu meurs. Elle comprendrait le nouvel échec. Un échec fatal. Celui de trop. Elle enfouirait sa tête entre ses bras posés sur la table. Elle garderait son visage dans cette position, je le sais, jusqu'au moment où les matons viendraient la chercher. Et encore, ce ne serait pas facile pour eux. Quand elle est dans cette posture, même pour des policiers purs et durs ce n'est pas facile. Elle devient drôlement costaude. Ce serait une lutte féroce pour l'arracher de là. Il ne faut pas lui rendre visite maintenant, ni dans quelques jours. Elle n'a pas besoin de cela. J'ai presque envie de pleurer, moi aussi, ici, dans cette saleté de labyrinthe de H.L.M. »

La première fois que Muo avait assisté à une scène affligeante, dans laquelle Volcan de la Vieille Lune avait éclaté en pleurs, c'était à l'époque où ils étaient tous les deux étudiants à l'université du Sichuan. L'hiver était rude et, exceptionnellement pour cette ville du Sud-Ouest chinois, il avait neigé pendant quelques jours. Un après-midi de la fin novembre, il était allé voir le professeur Li qui enseignait l'œuvre de Shakespeare et dont il était un des élèves préférés. Comme la salle de séjour du professeur était grande et glaciale et que seul le bureau (une pièce de cinq mètres carrés, entièrement tapissée de livres reliés) était chauffé par un poêle à charbon, ils s'y réfugièrent pour bavarder de tout et de rien, comme deux amis. Muo lui montra une traduction qu'il venait d'achever, et le professeur Li chaussa ses lunettes, dont une branche était cassée et remplacée par un cordon, pour la vérifier, en comparant mot à mot avec le texte original. Quelqu'un frappa à la porte. Le professeur Li sortit du bureau donnant sur le séjour, dans lequel Muo vit entrer Volcan de la Vieille Lune. Il fut surpris de la voir chez le professeur Li, car elle ne s'était jamais intéressée à l'anglais, encore moins à Shakespeare. Méconnaissable, pâle, les yeux gonflés, elle était dans un état de grande souffrance ou de grand chagrin. Elle était silencieuse. Pire, elle resta muette même quand le professeur la salua. Tout ce qu'elle fit fut de se diriger d'un pas mal assuré vers la table, au milieu de la pièce, de s'asseoir sur une chaise à dossier en rotin et d'éclater en pleurs, le visage enfoui entre ses bras posés sur la table. De son angle de vue, Muo ne distinguait que ses longs cheveux, tantôt frémissant sur ses épaules, entre deux sanglots, tantôt ondulant à chaque nouvel accès de pleurs. Il arpenta l'étroit bureau, sans parvenir à décider s'il devait en franchir la porte. Il entendait parler le professeur Li, dont la voix avait perdu l'assurance habituelle et la sonorité superbe qui dominait si merveilleusement les amphithéâtres. C'était une voix d'écolier, qui s'excusait de ce que son fils (un étudiant en philo, d'une grande et noble beauté, don Juan connu de toute l'université, dont le nom revenait souvent sur les lèvres des étudiantes car il visitait, paraît-il, régulièrement leurs rêves) avait fait. Elle ne disait pas un mot. Le professeur Li qualifia son fils de voyou infâme, d'escroc sans morale à qui on ne peut faire confiance, etc. Muo s'approcha de la fenêtre et découvrit, dans le reflet du verre dépoli, des traces de larmes sur son propre visage, complètement défait. Le poêle, qui ronronnait tout à l'heure comme un vieux chat fidèle, était maintenant éteint. Il essaya de le rallumer en ajoutant du charbon et en soufflant par la petite porte. Une poussière se souleva, prit son visage d'assaut et l'étouffa. De la fumée s'échappa et se répandit dans la salle à manger. Alors que le professeur venait à son secours, Muo sortit du bureau en toussant. Le bruit interrompit le chagrin de Volcan de la Vieille Lune. Surprise, elle le regarda s'approcher dans un nuage de fumée. Il était difficile de dire qui était le plus embarrassé, elle qui était dans une situation gênante ou lui qui la voyait dans cette situation. Du revers de sa manche, il essuya sa figure, la noircit encore plus et, ressemblant à un clown d'opéra chinois, il marmonna des excuses que lui-même ne comprit pas. Elle ne pleurait plus. Il prit une chaise, voulut s'asseoir à côté d'elle, et, sans savoir pourquoi, il se retrouva à genoux. « Ne pense plus à lui, suppliait-il, oublie-le. » Elle hocha la tête et posa les mains sur les épaules de Muo. Sans doute pour le relever. Il la sentit s'abandonner. Il voulait lui dire : « Volcan de la Vieille Lune, je suis myope, laid, petit, inintéressant, pauvre, mais orgueilleux, et je t'offre tout ce que j'ai, jusqu'à mon dernier souffle. » Toutefois, il n'arrivait pas à prononcer un mot, paralysé par cette immense tâche. Il leva son visage. Tout près, c'était sa poitrine, et son cœur malheureux battant à l'intérieur. Il parvint à murmurer son surnom quand elle se pencha vers lui pour le relever. « Lève-toi, il va nous voir », dit-elle. Sa phrase fut interrompue par l'effort qu'elle fit pour refouler ses larmes, qui bientôt s'échappèrent de ses paupières, glissèrent sur ses joues et sur ses lèvres. Muo voulut les essuyer, mais sa main était trop sale, noire de poussière de charbon. Alors, dans un élan, il l'embrassa sur la bouche. Ce ne fut pas à proprement parler un baiser, juste un contact innocent, un effleurement de leurs lèvres. Il goûta la saveur amère de ses larmes. Il recula lorsqu'elle s'écarta de lui. Elle resta immobile, ses yeux gonflés ne le quittaient pas, pourtant elle ne le voyait pas et il le savait. Elle avait l'air d'une malade assise parmi des inconnus dans une salle d'attente d'hôpital. Enfin, elle se leva, pleine de grâce, et partit après avoir dit au revoir au professeur Li, dans le bureau envahi par la fumée.

À présent, une vingtaine d'années plus tard, traversant la ville ou du moins un quartier à pied et en uniforme d'embaumeuse, Muo repense à ce lointain baiser, son premier baiser, un baiser d'amour et de désir, un baiser complexe au goût salé de larmes. Il se souvient de sa veste ouatée en velours côtelé noir qui contrastait avec la pâleur de son beau visage, de son pantalon noir, de ses chaussures noires et de son pull à col roulé dont le blanc neigeux frappait le regard. Ce jour de novembre est resté un monument dans son existence, il en a institué une sorte d'anniversaire secret qu'il célèbre chaque année dans une solitude touchante, en portant le manteau bleu marine de ce jour majuscule, presque réduit à l'état de guenille, et son chapeau aujourd'hui rutilant de graisse. (Il est temps de trahir le secret de notre ami psychanalyste : en termes vulgaires, il est encore puceau, mais un puceau qui ne recherche pas les expériences, cela saute aux yeux quand on le voit en présence des femmes.) Ainsi, chargés de lourdes réminiscences sentimentales, ce manteau et ce chapeau de clochard lui procurent une chaleur romantique lors de ces rendez-vous annuels du cœur, au mois de novembre, en Chine ou à Paris.

On voit à peine qu'il pleut. Mais la pluie dégoutte des feuilles d'arbres sur le costume de Muo et mouille ses cheveux. Il regrette que, contrairement aux combinaisons de ski, la sienne n'ait pas de capuche. Un taxi, qui vient dans son dos, ralentit l'allure et glisse le long du trottoir, attendant un signe de lui. Mais il n'en fait pas. Il n'en a pas envie, tout simplement. Il croit avoir retrouvé son chemin, car un repère irréfutable — les latrines, ancien paradis secret des homosexuels — surgit brusquement, derrière une rangée de platanes spectraux, presque sublimes dans le brouillard pluvieux, avec les lettres W.-C. en tubes au néon allumées sur le toit. Muo passe devant et, mû par une curiosité d'historien, il entre dans le bâtiment. Tout y a une saveur féerique. Les lieux sont désormais gardés par un patriarche mélancolique avec des poches sous les yeux et un uniforme qui ressemble à celui du funérarium, assis derrière un guichet vitré, tel un fantôme pâle, sous une lampe de faible puissance. « C'est deux yuans », dit-il, comme un gardien de musée.

En passant devant l'usine de bonbons, Muo sort de sa poche son téléphone portable, mais il contemple avec malaise ce petit objet qui scintille dans le noir, car il ne sait pas qui appeler. Volcan de la Vieille Lune, la seule personne avec laquelle il a envie de parler, est dans une cellule de prison. Il pense à Michel, son psychanalyste français. Il sait, étant donné le décalage horaire, qu'il doit être réveillé. Il compose le numéro, en s'abritant de la pluie sous un hêtre aux feuilles aussi frémissantes que son cœur et à la cime agitée comme son esprit. Il entend un déclic, puis un « oui » prononcé par la voix très lointaine de son ancien mentor, un oui neutre, froid, comme exprimé du bout des lèvres.

Trop souvent harcelé par les appels de patients au bord de la crise de nerfs, Michel a l'habitude de se limiter, en décrochant, à un « oui » le plus neutre possible, et d'attendre dans un silence défensif. L'envie de lui parler déserte Muo. Il coupe son portable, sans lui dire bonjour. Quelques secondes plus tard, une sonnerie retentit dans la poche de sa combinaison.

— Excusez-moi, Michel, marmonne-t-il, je suis confus de vous avoir importuné, mais je suis dans la merde jusqu'au cou.

À l'autre bout du fil, la voix est celle d'une femme chinoise. Muo sursaute, comme brusquement tiré d'un songe et, dans le flottement de son esprit, il croit reconnaître sa mère.

— Où es-tu? Tu es fou, Muo? Pourquoi tu me parles dans une langue étrangère?

C'est l'Embaumeuse. Surpris, il ne comprend pas comment elle a pu lui sortir si complètement de la tête. Il se confond en excuses et se propose d'aller la voir immédiatement.

L'Embaumeuse. Muo ne saurait dire avec précision depuis quand et par qui cette appellation fut attribuée à sa voisine du dessus. À présent, tout le monde y est habitué et l'appelle par ce surnom, même ses propres parents, M. et Mme Liu, deux professeurs d'anatomie, à la retraite depuis une dizaine d'années, qui lui ont laissé leur appartement. Un modeste deux-pièces sous les toits, dans un immeuble de six étages sans ascenseur, en

216

béton, avec une façade blanchie à la chaux, ornée de lignes de ciment en relief, et des fenêtres pourvues de grilles antivol, comme des cages de zoo. Au-dessus de la porte d'entrée de l'immeuble, un ouvrier, un paysan et un soldat en stuc blanc et rose soulèvent ensemble une roue dentée qui ressemble à une guirlande. Voilà l'immeuble où le « mari » de cette veuve encore vierge s'est jeté du sixième étage, la veille de leur mariage.

Après son coup de téléphone, Muo se rend compte qu'il va devoir effectuer, dans l'escalier, une manœuvre digne d'un cambrioleur pour se rendre chez elle en contournant le deuxième étage où vivent ses parents.

Imaginant tous les scénarios possibles, il pénètre dans le vaste domaine de l'université de médecine. La rue de la Petite Inde, bordée de platanes exubérants qui forment sur un kilomètre une voûte de verdure, coupe l'université en deux : le sud est occupé par les bâtiments de la faculté et le campus, et le nord par les immeubles d'habitation des enseignants et employés. (Les universités chinoises ont toujours logé et continuent à loger elles-mêmes leurs salariés. Le président d'un tel établissement jouit de pouvoirs auxquels ses collègues occidentaux n'oseraient pas même rêver : depuis les recrutements, en passant par les rémunérations, les promotions, les remboursements de frais médicaux, les réparations en matière de plomberie, d'électricité, de W.-C. bouchés, les menus et les tarifs des diverses cantines, le planning des grossesses programmées, l'inscription des enfants dans les crèches et les écoles primaires, jusqu'à la distribution des logements, tout dépend de lui. Un vrai roi. De plus, au début des années 90, lors de la vague de réformes, l'université a vendu ses appartements à leurs occupants, ce qui, pour la seule faculté de médecine de Chengdu, a représenté une vente de plusieurs milliers de logements.)

Les immeubles d'habitation y sont répartis en cinq cités : le Jardin de l'Ouest, la Paix, la Lumière, le Bambou, le Bois de Pêchers. Chacune comprend plusieurs dizaines de bâtiments à peu près semblables, de cinq à sept étages, sans ascenseur, groupés en blocs. Longue et pénible traversée que celle de ce royaume endormi. Muo longe sous la pluie la rue de la Petite Inde pendant au moins un quart d'heure, passe par la Cité de la Paix, puis par celle du Bois de Pêchers, et arrive enfin à la Lumière.

Malgré ce beau nom, le portail de l'entrée, hermétiquement fermé, est plongé dans la pénombre. Muo frappe et, avec des cris qui retentissent dans la nuit, il appelle le gardien. Au moment où il commence à perdre la voix, une lampe s'allume au-dessus de sa tête et le portail apparaît dans toute sa grandeur solennelle : sous le toit pentu à tuiles vernissées, orné de chapiteaux sculptés et de figurines mythologiques, c'est une porte immense à deux battants de bois recouverts d'une peinture rouge écaillée, sur lesquels sont collées plusieurs couches d'affiches multicolores : les heures d'ouverture et de fermeture, les interdictions, les règlements, des photos de criminels recherchés, le programme des réunions politiques des résidents, des autocritiques de voleurs, des affiches de films américains, des slogans, des appels aux dons pour les malades du sida, des petites annonces, des lettres de dénonciation publique datant d'une autre époque mais encore parfaitement lisibles, des articles de journaux, anciens ou récents, qui couvrent le monde et couvrent le temps. Soudain, avec un bruit lourd, la petite porte carrée qui troue le bas du portail tourne sur ses gonds rouillés, et le gardien, un jeune homme qui ne connaît pas Muo et a jeté sur son dos un manteau de soldat de l'Armée populaire, apparaît sur le seuil.

— Merci de vous être levé, vous êtes très aimable, dit Muo, et au passage, il lui glisse discrètement un billet de deux yuans dans la main.

Le gardien prend l'argent, le laisse entrer et referme la porte derrière lui. Il soulève la lourde barre de bois qui sert de verrou et se retourne :

— Quelqu'un est mort ? demande-t-il, les yeux fixés sur le costume de Muo, l'air soupçonneux.

— Oui, Liao le boiteux, de l'immeuble n° 11 du troisième bloc, dit Muo, lui-même surpris par la phrase improvisée qui s'échappe de sa bouche.

Liao le boiteux, l'ancien voisin de palier de la famille Muo, est mort il y a une dizaine d'années.

Mais le nouveau gardien, avec l'air de qui présente ses condoléances, hoche la tête et pousse un long soupir de feuilleton télévisé américain, comme si le boiteux était un de ses bons amis.

— Comment vous allez transporter le corps, vous n'avez pas de voiture, crie-t-il dans le dos de Muo.

— Aucune importance. Je viens recueillir son âme.

Cloué sur place par cette réponse énigmatique, le gardien accompagne du regard la silhouette de Muo qui s'éloigne sous la pluie, tel un fantôme, avance vers le premier bloc et passe devant le portail d'entrée sans jeter un coup d'œil aux six immeubles en béton d'une exemplaire similitude. Puis, comme le chemin bifurque devant le portail du deuxième bloc, Muo tourne à gauche et disparaît du champ de vision du gardien.

Deux autres portails percent des murs de brique, face à face, dans une symétrie parfaite : ceux du troisième et du quatrième bloc, l'un et l'autre fermés, avec leurs grilles en acier chromé fouettées par la pluie, leur chaîne métallique peinte en vert comme une plante grimpante, leur cadenas en cuivre dégoulinant d'eau comme si les immeubles contenaient des trésors d'une valeur inestimable.

De nouveau, Muo médite divers scénarios dialogués pour le cas où il rencontrerait ses parents, surtout sa mère. Mécaniquement, il frappe au portail de gauche. Personne ne répond. Il crie et frappe encore, mais, cette fois, il le fait moins fort, et essaie de déguiser sa voix, de crainte que sa mère ne l'entende. Il n'ose pas lever les yeux sur les immeubles en béton dressés tels d'impeccables sosies, avec un contour sombre dont le haut se perd dans le brouillard pluvieux. Depuis son enfance, chaque fois qu'il se trouve devant ces grilles (à l'époque, elles étaient rouillées et fermées à 8 h 30 du soir, au lieu de 11 h 30 aujourd'hui), il éprouve la même peur de sa mère.

Le gardien qui vient lui ouvrir est aussi un jeune homme en manteau de soldat, mais plus petit et plus maigre que celui de la Cité de la Lumière. Il prend le billet de deux yuans, sans regarder ni le donneur ni la mention « pompes funèbres » imprimée sur sa combinaison. Il referme derrière Muo et court vers son logis pour poursuivre sa nuit. L'ombre d'un doute traverse l'esprit de Muo. « C'est un gardien de soixante ans, me semble-t-il, dans le genre de celui des W.-C. payants, qui m'a ouvert la porte quand je suis parti au funérarium, vers minuit. Celui-ci est sûrement son fils ou son gendre, un jeune gars qui le remplace et ne sait pas encore dire merci, mais veut gagner quelques sous pour arrondir ses fins de mois. »

À cette heure, tout le monde dort encore. L'ouvrier, le paysan et le soldat en stuc blanc et rose au-dessus de la porte d'entrée sont les seuls témoins de son arrivée. Il se glisse en silence dans le hall vide, imprégné de cette puanteur familière, comme si quelqu'un venait d'y vomir. Il est trempé, on dirait que des litres d'eau coulent sur son visage, dans son cou, sur le col de sa combinaison. Grelottant de froid, il dresse l'oreille : rien ne bouge.

Rassuré, il gravit l'escalier sur la pointe des pieds. À peine au deuxième étage, notre fils pieux et peureux est à bout de forces, à bout de volonté, à bout de nerfs. Il ne grelotte plus, mais transpire tellement que, de nouveau, sa poitrine se transforme en un étang en période de dégel. Le parcours entre le deuxième et le troisième étage est particulièrement pénible. Plus il avance, plus il sent, à chaque pas, l'odeur de sa maison. Une odeur qu'il ne saurait définir, mais qu'il connaît par cœur et reconnaît même dans une totale obscurité.

Imaginons que, sur le palier du deuxième étage, il y ait deux appartements, comme dans les autres immeubles, celui de la famille Muo à gauche, celui de la famille du boiteux décédé à droite. En s'en approchant sur la pointe des pieds, il n'ose regarder ni la porte de l'un ni celle de l'autre. De toute façon, il n'y voit rien et est condamné à ne pas allumer. Il marche lentement, prenant soin de ne pas faire un faux pas. Du bout du pied, il vérifie qu'il atteint la dernière marche. Confirmé. Il avance doucement en direction du troisième étage. Il sait que son père n'entend plus depuis longtemps, avec son tympan à moitié percé. Quand il regarde la télévision, il pousse le volume du son au maximum. En revanche, sa mère a l'oreille sensible, surtout depuis que sa vue a baissé, à cause de son diabète, elle entend tout, même un éternuement de chat dans l'immeuble d'en face, ou la course des cafards sur son frigo. À l'instant où il croit passer devant leur porte, sa tension nerveuse atteint son apogée, il n'ose respirer, mais soudain, il trébuche et manque tomber. C'est un sac-poubelle en plastique sur lequel son pied gauche a marché. Des ordures s'en échappent, avec, à la tête de la cavalcade, une cannette de Coca qui dégringole l'escalier en retentissant, fonce vers le deuxième étage, tape dans la porte des voisins et rebondit. C'est une vraie catastrophe qui lui coupe le souffle. Son cœur est près d'éclater.

Immobile dans l'obscurité, il lui semble passer une heure à attendre que le vacarme cesse. Quand le silence revient, il est surpris et soulagé de voir que personne ne s'est réveillé, pas même sa mère. Quel miracle ! Peut-être sont-ils trop habitués aux incursions nocturnes des rats. « Chez moi, dans mon immeuble, confia-t-il un jour à son psychanalyste, il y a des hordes de rats, et je vous assure que ce sont les plus gros du monde. »

Il file jusqu'au quatrième étage et, au cinquième, il accélère le pas, exultant, enivré, dans l'état de légèreté physique de qui va à un rendezvous galant. Il passe ses doigts dans ses cheveux, se recoiffe tant bien que mal, met la main en conque devant sa bouche pour vérifier son haleine et essuie les verres de ses lunettes.

Le sixième étage comprend quatre appartements de deux pièces ; celui de l'Embaumeuse est à droite, au bout du couloir, près d'une fenêtre à travers laquelle la lueur pâle d'un lampadaire pose sur la porte un reflet discret qui stoppe la main de Muo sur le point de frapper et la laisse suspendue en l'air. C'est un reflet étrange, une faible teinte jaunâtre à la clarté nacrée de verre. Du bout des doigts, il touche la porte : elle est vitrée ! La veille, quand il est venu proposer à l'Embaumeuse le rendez-vous avec le Juge Di, cette porte, comme toutes les autres, était en métal, blindée, avec des gonds, un loquet, une serrure, un œilleton.

« Ne suis-je pas devenu fou à cause de la résurrection du Juge Di ? » se demande-t-il.

Des étincelles jaillissent d'un briquet jetable et forment une faible flamme qui s'approche de la porte, timidement mais suffisamment. Non seulement elle est vitrée, mais à côté, un petit carton cloué sur le mur porte le nom de M. et Mme Wang, qui n'est pas celui de l'Embaumeuse.

La surprise est si forte qu'il recule dans le noir et redescend quelques marches.

« Ça alors ! se dit-il. Médicalement parlant, j'ai perdu la raison. »

Immédiatement, il vérifie le fonctionnement de son cerveau. Le plus simple et le plus efficace, lui semble-t-il, est de commencer par un test de mémoire, comme par exemple chercher des mots en français. Il n'ose imaginer, l'espace d'une seconde, que sa connaissance de la langue française, si difficile à apprendre, qui lui a coûté tant d'années d'efforts, pourrait s'évanouir en fumée. Il prie Dieu de ne pas l'abandonner.

Le premier mot français qui vient à son esprit est « merde ». Il se souvient des *Misérables* et récite : « ... un général anglais... leur cria : "Braves Français, rendez-vous !" Cambronne répondit : "M... !" Le lecteur français voulant être respecté, le plus beau mot peut-être qu'un Français ait jamais dit ne peut lui être répété ».

Quel soulagement ! Savourant cette belle démonstration de sa mémoire, il pense à un autre mot qu'il aime bien, un mot qui change de sens selon les circonstances, que lui a évoqué le nom de Hugo : « Hélas. » Il se rappelle cette discussion trop connue entre Paul Valéry (son poète français préféré) et André Gide. Au premier qui affirmait que le plus grand poète français devait être Hugo, l'autre répondit : « hélas ! » Il y a un mot, un de ces mots qu'en français il trouve plus beaux, plus doux qu'en chinois ou en anglais : l'amour. Une fois, au cours d'une de ses visites hebdomadaires à la prison de Volcan de la Vieille Lune, à travers la vitre qui les séparait, il lui avait fait part de cette préférence linguistique personnelle et elle avait répété le mot plusieurs fois. Comme elle ne parvenait pas à distinguer le « n » du « l », elle avait supprimé l'article et dit seulement « amour », d'abord du bout des lèvres, puis de plus en plus fort, jusqu'à ce que la grâce et la magie de ce mot résonnent comme une note musicale dans le parloir grouillant des prisonniers et de leurs parents, qui avaient tous été charmés, du gamin au vieillard. Quel parfum enivrant, voluptueux, dans ce mot étranger ! Il avait fallu que les matons intervinssent pour que le mot ne fût pas repris en chœur.

Sa mémoire vérifiée, Muo revient sur ses pas, pour élucider le mystère. De nouveau, il éclaire le carton cloué à côté de la porte où est inscrit le nom des Wang. Il imagine quel effet pourrait leur faire son uniforme du funérarium et, comme il n'a pas envie de leur causer un arrêt cardiaque, il appelle l'Embaumeuse avec son téléphone portable. Au bout du fil, elle a une voix paniquée.

— Où es-tu ? Non !... Bien sûr que je connais les Wang, ils enseignent la culture physique. Tu es devant leur porte ? Mais ils habitent le quatrième bloc, et nous, tes parents et moi, c'est le troisième ! Ça alors ! Tu n'es même pas capable de retrouver ton immeuble !

Il dévale les marches quatre à quatre, passe en courant devant l'appartement qu'il avait pris pour le sien, ralentit, rit et jette un coup de pied vengeur dans le sac-poubelle à moitié vide qui gît sur le palier. Le reste d'ordures s'envole et retombe çà et là dans l'escalier. Dehors, il pleut toujours et,

226

lorsque Muo atteint enfin son immeuble, il est de nouveau trempé, des gouttes d'eau dégoulinent de ses narines, telle une loutre sortie d'une grotte qui a plongé dans un lac et réapparaît devant une autre grotte.

Tout a un aspect sous-marin. Non seulement il peine à respirer, mais les marches en béton devenues muettes cèdent sous ses pas, se rétrécissent, puis se dilatent et reprennent leur forme initiale, on les dirait faites en caoutchouc, il a l'impression de marcher sur un terrain marécageux, mou, fertile et pestilentiel, comme dans ce rêve où il marchait sur un marbre veiné de gris et de noir qui ramollissait sous ses longues enjambées et se changeait finalement en un immense morceau de fromage affiné.

C'est l'Embaumeuse qui a mis notre subtil et sensible psychanalyste dans cet état : elle monte l'escalier avec lui, main dans la main.

Quand il est entré dans l'immeuble, il y a quelques minutes, il a tâtonné, sans trouver l'interrupteur et, comme précédemment, a été condamné à grimper dans l'obscurité, avec la discrétion d'un voleur. Mais, alors qu'il arrivait au premier, quelqu'un alluma la lumière à l'un des étages supérieurs et des tongs en plastique descendirent l'escalier en claquant. Un frisson d'appréhension lui parcourut le dos.

Retenant son souffle, il essaya de déchiffrer le bruit, pour se sauver au cas où ce serait sa mère. Mais depuis le temps qu'il avait quitté la Chine, il n'était plus capable de reconnaître, uniquement par leur bruit sur des marches d'escalier, la matière dont des tongs étaient faites (plastique ? cuir ? caoutchouc ? mousse ?), à qui elles appartenaient (un homme ? une femme ? un timide ? un violent ? un tendre ? un sévère ?), et quelquefois la disposition sentimentale de leur propriétaire : quand quelqu'un était admis au Parti communiste, ses tongs changeaient de timbre, de résonance, presque de signification, et pendant longtemps, elles semblaient chanter l'hymne national.

Les tongs qui descendaient évoquaient un curieux mélange de fougue et de nonchalance. La lampe de service s'éteignit de nouveau, mais l'obscurité ne modifia pas le rythme des pas. Ils franchirent le deuxième étage sans ralentir. Muo reprit timidement son escalade, et le bruit de ses chaussures, au timbre grave, à la sonorité étouffée, finit par rejoindre celui des tongs au ton plus aigu, au crépitement cristallin, pour former ensemble une sérénade d'une discrétion qui semblait concertée.

L'escalier montait, tournait après une vingtaine de marches et montait de nouveau. Muo entendit l'Embaumeuse demander :

— C'est toi ?

— Doucement, dit-il d'une voix très basse, tu vas réveiller ma mère.

À quelques mètres à peine, il vit se détacher sur le palier du deuxième étage une ombre qui paraissait légèrement pâle dans ce noir d'une densité inhabituelle. Le bruit des tongs ne ralentit ni n'accéléra, la fine silhouette descendait sans la dévaler cette partie de l'escalier si abrupte. Elle gardait le même rythme, les mêmes enjambées régulières. Sans comprendre pourquoi, il s'entendit dire d'une voix étouffée :

— Attention, ma mère a l'oreille sensible...

Sa phrase se coupa net. Le concerto des tongs se tut. Dans le silence, il perçut dans sa tête une sourde résonance. La main de l'Embaumeuse prit la sienne. Sa paume tendue et chaude frémit, ses doigts serrèrent nerveusement les siens. Il y sentit quelque chose de dur et comprit que c'était son alliance. Son visage, si près du sien, sentait le produit pharmaceutique. Il le frôla.

— Qu'est-ce que tu as mis comme eau de toilette ? lui chuchota-t-il.

— Rien. Je dois sentir le formol.

— Non.

— Tu es sûr ?

— Oui.

— Tant mieux. J'ai horreur de sentir le formol après le boulot.

— On dirait de la teinture d'iode. Tu n'es pas blessée ?

— Non. J'ai simplement fait un masque hydratant. Ton Juge Di m'a tellement effrayée qu'arrivée chez moi, j'en tremblais encore. Alors je me suis fait un masque. Ça brûle un peu la peau mais ça me calme, tu ne peux pas savoir. La preuve : je ne tremble plus. L'affreuse histoire de ce soir m'est sortie de la tête.

— J'ai failli en mourir de peur.

Escalade titubante, main dans la main, dans l'obscurité inhabituelle; en chuchotant, ils marchent à tâtons ou trébuchent comme deux danseurs de comédie. Quand ils passent devant chez Muo, la porte est fermée, les lumières éteintes, mais il croit entendre sa mère tousser.

— Comme tu as la main froide, mon pauvre. Je n'arrive pas à la réchauffer.

— Je suis trempé. Tu as vu ma combinaison ? J'ai la tenue officielle du funérarium, c'est peut-être la tienne, elle est trop petite, elle me serre.

— Tu vas te changer chez moi. J'ai gardé des vêtements de mon mari, en souvenir. La taille devrait te convenir.

4

Les raviolis sont cuits

Quelques minutes plus tard, les pieds nus de Muo sont chaussés d'une paire de pantoufles en daim bleu foncé brodées de trois petites fleurs, dans trois nuances de mauve : une eupatoire, un statice et une scabieuse. Des pantoufles usées, aux semelles qui claquent.

À l'entrée de son appartement, comme le font tous les Asiatiques, l'Embaumeuse a aligné ses chaussures sur les étagères d'un petit meuble. Assis sur un tabouret en plastique dans l'étroit vestibule, Muo a enlevé ses chaussures éculées, gonflées de pluie, couvertes de boue, et les a mises à côté de baskets rouges et noires, d'espadrilles, de tongs à semelle plate, de hautes bottines blanches à lacets... Elles ont toutes la même taille, nettement plus petites que la paire de pantoufles en daim. Ces dernières, qui ont appartenu au défunt mari de l'Embaumeuse, sont trop grandes pour Muo. Quand il croise les jambes, l'une pend en l'air et ne tient que par l'orteil de son pied nu. Il ne les aime pas, mais n'a pas d'autre choix.

— Elles ne sont pas mal, ces pantoufles, lui dit l'Embaumeuse. On les a achetées quelques semaines avant notre mariage, dans le centre commercial du Peuple. Cinq yuans cinq fens, je m'en souviens encore. Depuis sa mort, je les garde dans le meuble à chaussures, parfois je les brosse et je les porte, mais elles sont trop grandes pour moi.

Un peu comme dans le cabinet d'embaumement, sa salle de séjour est éclairée par cinq ou six lampes de faible puissance, qui forment des taches lumineuses, des halos d'un blanc mat, informes, et créent une ambiance confinée, presque souterraine. Elle traverse la pièce avec la légèreté d'un petit oiseau et la joie d'une jeunesse retrouvée, le visage couvert du masque crémeux. (Sur son peignoir court, en soie rose, sont brodés un paysage doré, des fleurs bleues et des oiseaux blancs.)

— Qu'est-ce que tu veux manger ? Au frigo, j'ai des raviolis congelés, farcis au céleri et à l'agneau, ça te va ?

Sans écouter la réponse, elle disparaît derrière la porte de la cuisine.

— Enfin un homme chez moi, soupire-t-elle dans sa cuisine.

Dans l'appartement, une mélancolie triste et froide de vieille fille sans enfant flotte dans l'air comme une fine fumée, une poussière en suspension, une odeur d'encens. Le plancher est protégé

par une immense natte de bambou finement tressée. Par endroits, devant le sofa, le téléviseur et les
deux fauteuils en cuir, la natte est protégée par des
bouts de moquette de différentes couleurs. Il n'y a
pas de table où prendre les repas. Elle mange dans
la cuisine ? Le canapé et les fauteuils sont toujours
recouverts du plastique du fabricant. Le téléviseur,
qui trône sur un guéridon, est garni d'une housse
en velours pourpre et la télécommande enveloppée dans du papier Cellophane qui crisse sous les
doigts. Quant au téléphone, il est couvert d'une
serviette-éponge rose pâle. Une photo de famille
en couleurs, agrandie et encadrée, est accrochée
au mur. Pas de photo individuelle d'elle ou de son
mari, mais quelques silhouettes de lui, en papier
découpé. Une seule représente le couple, lui pédalant sur son vélo, à contre-vent, les pans de son
imperméable soulevés, le corps penché sur le guidon, et elle assise derrière, sur le porte-bagages,
occupée à tricoter un pull-over qui flotte dans l'air.
    Elle possède un trésor, une collection de
marionnettes à laquelle Muo voue une admiration
sans bornes. Il est comme envoûté chaque fois
qu'il voit les petits personnages drapés dans leurs
costumes de satin ou de soie colorés, des empereurs en robes brodées de dragons, des impératrices parées de bijoux, des lettrés tenant un
éventail, des généraux bardés de sabres et de
lances, des mendiants, etc., qui vous regardent à
travers le verre dépoli d'une vitrine qui occupe la

partie haute d'un meuble à tiroirs. C'était un cadeau de son mari qui avait hérité la collection d'un de ses grands-oncles. Il y en a une vingtaine, toutes plus ravissantes les unes que les autres, « d'une beauté à couper le souffle ». Muo pourrait rester des heures à les admirer. Avant sa mort, le mari avait installé des lumières tamisées dans la vitrine. Sur le côté, plusieurs boutons, dont chacun actionne une lampe minuscule, sont dissimulés dans les plis du velours qui tapisse le fond et les parois du meuble. Muo s'en approche et ouvre la vitre. Presque à genoux, littéralement ébloui, il allume les lampes l'une après l'autre et, comme des projecteurs sur une scène de théâtre, elles projettent sur les marionnettes des faisceaux de lumière. L'Embaumeuse vient vers lui et fait souffler sur sa tête un sèche-cheveux ronronnant. Les vêtements des marionnettes s'agitent dans le courant d'air, les éventails des lettrés frissonnent, les bijoux des impératrices cliquettent. Dans un état de pur émerveillement, Muo ne peut empêcher sa main de caresser les tongs de l'Embaumeuse, puis son pied gauche, particulièrement fin, dont l'arête osseuse vibre sous ses doigts.

Le bruit affreux des raviolis qui débordent de la casserole marque le terme de ce prélude idyllique. Elle s'écarte et court vers la cuisine. Devant Muo, toujours à genoux, les marionnettes tremblent sous ses mains fiévreuses. Elles se dandinent, vacillent, soulèvent gracieusement leurs longues manches, hochent leurs têtes coiffées de couronnes ou de hauts chapeaux et saluent leur unique spectateur en extase. Les verres de ses lunettes sont embués, et il ne voit devant lui que des taches colorées qui dansent, se fondent, se transforment en milliers d'étoiles, en une flamme qui se soulève, en myriades de vers luisants qui voltigent dans cette nuit excitante.

Sur les instances de son hôtesse (perfectionniste de la cuisson des raviolis, elle considère que le goût de cette délicate nourriture a été gâté par le précédent débordement, et elle en fait cuire d'autres), Muo va troquer son uniforme mouillé contre des vêtements secs. Dans le placard, il se perd dans la quantité de cintres qui portent, d'un côté, ses vêtements à elle : des combinaisons en satin à bord festonné, un manteau en fourrure synthétique, des chemisiers, des robes, des jupes, etc., et de l'autre des habits de son mari, desquels émane une lourde odeur camphrée : une veste bleue à col mao, un complet anthracite à gilet assorti, une chemise blanche à col amidonné auquel est accroché un nœud papillon de soie noire, des pantalons, un blouson de cuir usé, des ceintures, des casquettes de soldat, mais rien pour l'été. Ces vêtements impeccablement pendus, qui évoquent l'aspect extérieur du mort, laissent Muo interloqué. Il ouvre l'armoire à glace. À l'intérieur, trois couleurs principales dominent dans les piles de linge fleurant la lessive : le blanc, le rose et le bleu. Un survêtement a sa préférence, il le sort, le déplie, avec le sentiment d'avoir en main quelque chose de vivant, de palpitant. Il referme la porte de l'armoire et va se changer dans la salle de bains.

Le néon du plafond diffuse une réverbération lumineuse dont la lueur glacée mêlée aux reflets blancs de la baignoire en émail, de la cuvette des W.-C. et du lavabo donne à la pièce un aspect crépusculaire. Au-dessus du lavabo et d'une étroite étagère en verre où sont posés une brosse à dents, une trousse à maquillage, des tubes de crème et des flacons de lotion, un miroir ovale lui renvoie son reflet de faux employé du funérarium transformé, avec le survêtement du mari de l'Embaumeuse, en étudiant des années 80. (Ce survêtement en velours bleu ciel, avec des coutures ajourées sous les bras, est orné, sur la poitrine, d'une torche rouge et de l'emblème jaune de la Ligue de la jeunesse communiste. Muo se rappelle que c'était la tenue de l'équipe universitaire de basket.) Il contemple son image dans le miroir, fasciné par sa métamorphose. Il se souvient de certaines expressions du propriétaire des habits et les imite, par jeu. Il est stupéfait de la ressemblance qu'il perçoit dans son regard et la petite moue de sa bouche.

Cette inspection a pour résultat de raviver dans son esprit la cruelle angoisse qui le tenaille depuis l'incident du funérarium. « Le passage à l'acte. Voilà ce qui t'attend, Muo ! se dit-il, mais tu ne peux quand même pas mettre un terme à ton long célibat par obligation de remerciement, en remboursement d'une dette morale. Il faut que tu te sauves. Même si c'est pour toi l'occasion de faire une sensationnelle démonstration de ta virilité, tu dois rester fidèle à tes principes ! Tu ne dois rien à personne. Strictement rien ! »

Il sort de la salle de bains et tire la porte derrière lui, avec une nonchalance feinte. Elle se referme dans un déclic sourd et métallique. Il dresse l'oreille et entend son hôtesse s'affairer dans la cuisine. S'il veut tenter une évasion, c'est incontestablement le meilleur moment. Mais une phrase de Freud ou d'un autre maître (son esprit est dans une telle confusion qu'il n'est plus en mesure de préciser, de mémoire, la source exacte de la citation) résonne dans sa tête : « ... de nombreux assassins se réfugient sous le masque de patriotes de guerre, de même que les impuissants se déguisent souvent en ascètes. »

« Je ne suis pas impuissant, Dieu merci. Je ne me déguise pas en ascète mais en étudiant amateur de basket, glousse-t-il, en regrettant d'être le seul témoin de cette boutade. Mais suis-je si sûr de ma virilité ? »

Il baisse la tête et constate la protubérance indiscrète de son sexe sous le pantalon de sport du défunt mari. « Attends, réfléchis. C'est peut-être le jour ou jamais, l'occasion d'acquérir un savoir-faire qui se révélera un jour utile », se dit-il. La vérité est que, bien qu'il se soit farci le crâne de livres de psychanalyse, d'études de mœurs, d'histoire des seins ou d'histoire de la sexualité depuis l'Antiquité, sur le plan pratique, il manque cruellement d'expérience.

Il regagne la salle de séjour. À sa surprise, ses jambes ne se précipitent pas vers la droite, c'est-à-dire la porte d'entrée, mais se dirigent, d'un pas vigoureux et impatient de mari qui rentre du travail et meurt de faim, vers la gauche, c'est-à-dire la cuisine.

— Ils sont prêts tes raviolis ? demande le faux mari. Ça sent drôlement bon.

Debout à côté du réchaud sur lequel est posée une casserole, elle tourne la tête. Voir les vêtements de son époux endossés par un autre lui transperce le cœur. Elle pousse un gémissement plaintif, flûté, mélange d'appréhension et de joie. Elle pense s'évanouir. Ses paupières se ferment, un frisson lui parcourt l'échine. Elle rouvre les yeux, contemple cette tenue de sport des années 80, déchirée et rapiécée par endroits (elle reconnaît sa façon de faire des reprises), avec son petit col haut et son échancrure en V où un bouton ne tient plus qu'à un fil. Tandis que Muo s'approche d'elle, le bouton s'agrandit dans son champ de vision.

— Il faudra que je le recouse, dit-elle en le frôlant d'une main, tandis que l'autre continue à remuer les raviolis dans la casserole.

Avec brutalité, Muo agrippe sa taille et l'embrasse, maladroitement mais si passionnément qu'il manque la renverser sur le vaisselier. Il sent les muscles souples de l'Embaumeuse onduler et palpiter sous ses mains. Sa taille se tord. Leurs langues, d'abord dans un étonnement courtois, un peu gêné, qui se transforme rapidement en chaude ivresse, se mêlent, se caressent, s'explorent, roulent comme deux dauphins d'une bouche à l'autre. Dans son innocence, Muo savoure les effluves de céleri des raviolis, l'odeur pharmaceutique du masque de son amie, le parfum de sa bouche, la dureté de ses dents comme des écueils au fond d'une grotte, le ronronnement du frigo, le grincement du vaisselier, les gémissements qui jaillissent de leurs gorges, la vapeur qui monte de la casserole et entoure leurs corps enlacés, à la manière d'une moustiquaire en tulle laiteux, d'une écharpe flottante, d'un brouillard paradisiaque. Les yeux fermés, elle gémit voluptueusement quand il lui caresse les cuisses. Il est surpris de la voir en cet état, presque méconnaissable, l'air vague et rêveur, le visage rayonnant d'une lascivité candide, proche de la béatitude, qui lui donne un charme neuf. Ils brûlent comme deux morceaux de bois sec dans un feu. Ils n'ont pas le temps d'aller dans la chambre. La main de l'Embaumeuse se glisse dans le pantalon de sport, le baisse et le fait tomber sur le carrelage, autour des pieds osseux de Muo. À son tour, elle se débarrasse de son pantalon et de son slip rose qu'elle rejette d'un coup de pied. Ils font l'amour debout, contre le vaisselier dont la porte à deux battants ne résiste pas à ce séisme et cède, crachant à chaque secousse des poignées de baguettes en bambou, de cuillères et de fourchettes en plastique. Puis l'onde sismique court le long du mur et ébranle une étroite étagère en bois, accrochée au-dessus de leurs têtes. Parmi des pots entassés en une pyramide branlante, un sac de farine se renverse sur la planche avec un bruit mat. Par bouffées la poudre blanche s'échappe (suivant la force et le rythme des secousses), s'envole en nuages de poussière mêlée de bouts de papier (des notes? des factures à payer?) qui atterrissent sur leurs cheveux, leurs épaules, leur visage, et même sur les raviolis ébouillantés. Certains restent collés au masque hydratant de l'Embaumeuse. Muo lui chuchote : « Il neige ! » Elle ne répond pas. De nouveau, il est stupéfait de la voir dans une telle extase. Il sait qu'elle ne l'a pas entendu. À cet instant, il croit saisir la quintessence de l'art contemporain. À elle seule, ma chérie, mon Embaumeuse, incarne toutes ces femmes dont les portraits figurent dans les grands musées, avec les yeux d'un seul côté de la figure ou des visages brisés en plans incurvés, angulaires, rectilignes, et surtout un tableau de Picasso dont il sait qu'à partir d'aujourd'hui il sera un admirateur inconditionnel : la *Femme à la mandoline*, avec sa poitrine qui fond, ses épaules qui se disloquent, il comprend maintenant dans quelle frénésie, de quelle heureuse manière. Il se rappelle sa tête, simplifiée, épurée jusqu'à n'être plus qu'une minuscule forme carrée portant, en son centre, un œil immense qui jaillit d'une mandoline piriforme de couleur sombre. Le premier acte sexuel de Muo, qui se déroule de manière aussi idéale que dans un manuel, est en train de se transformer en thèse de doctorat sur l'œuvre de Picasso. Il rêve de devenir ce dernier, non pour son génie ou sa célébrité, mais pour son regard pénétrant, cynique, désinvolte. D'un œil de grand jouisseur, Muo jette un regard picassien sur les raviolis qui culbutent dans la soupe couverte d'écume, sein blanc du bouillon, vagues, marée, chevaux à crinière neigeuse qui déferlent, hennissant et galopant... À l'instant où tout va déborder, elle saisit une cuillère et remue le bouillon. Il regarde sa main et les raviolis qui redescendent au fond de la casserole, surpris par ce réflexe qui tend à prouver qu'en dépit de leur effervescence elle reste en contact avec le monde extérieur. Il pense aux corps morts que sa main a touchés, cette main grasse de sueur et de crème, cette main luisante, presque fluorescente, cette main de vierge, saupoudrée de farine, à laquelle il a abandonné son sexe. Il l'entend l'appeler « mon homme » en un chuchotement haletant et chaud. La sensation est à la fois stupéfiante et érotique. Il découvre qu'il est un peu amoureux d'elle. Il a envie de lui dire « je t'aime », un gargouillis fuse du fond de sa gorge. Soudain, les yeux fixes, le corps figé, elle crie : « mon mari ». Silence total. Il n'entend plus ni le bourdonnement du frigo ni le bouillonnement des raviolis. Seul ce mot sacré résonne dans l'air.

Il ne parvient à décider si l'appellation le pare d'une future responsabilité de chef de famille, le rabaisse au statut de simple remplaçant, ou encore à celui de victime.

Elle lui enlève ses lunettes, les pose sur le vaisselier, prend son visage entre ses mains et le couvre de baisers.

— Serre-moi fort, mon mari, dit-elle dans un cri assourdissant. Ne m'abandonne plus jamais.

Sans lunettes, tout en continuant à se trémousser, il tourne plusieurs fois les yeux vers le plafond puis vers le sol, respire profondément et dit :

— Ton mari te fait ses amitiés.

Cette phrase est si inattendue qu'elle le considère un moment d'un air égaré, puis elle rejette la tête en arrière et éclate d'un rire qui les secoue tous les deux. Cette secousse délicieuse est fatale à Muo et lui arrache un flot de sperme.

— Déjà ? demande-t-elle, surprise. Les raviolis ne sont pas encore cuits.

— Excuse-moi, marmonne-t-il en remontant son pantalon et en cherchant ses lunettes.

Sa vue retrouve vie. Quelle incongruité ! La première chose que considèrent ses yeux dépucelés, c'est un ravioli. Un ravioli troué qui dérive comme un papillon blessé et descend lentement, en larges spirales, au fond de la casserole, laissant derrière lui une tourbillonnante traînée de céleri et de viande cuite.

Il s'assied par terre, contre la porte du frigo qui ronronne. Elle prend un morceau de papier, se baisse et essuie un filet de sang le long de sa jambe. Puis, avec un autre papier, elle essuie des restes de matière séminale sur la peau de Muo.

« Je ne suis plus vierge », pense-t-elle. Des larmes coulent sur son visage et creusent des sillons dans la croûte bleutée de son masque hydratant saupoudré de farine.

— Viens, lui dit-il en lui donnant un baiser sur la joue. On va manger, j'ai une faim pas possible.

— Attends, je vais d'abord me laver.

Les raviolis ont un goût de cendre, mais la sauce qu'elle a préparée est délicieusement épicée, avec du vinaigre doux, de la ciboulette hachée, de la purée d'ail et quelques gouttes d'huile de sésame. Face à face devant la table basse nappée d'une feuille de journal, ils mangent sans parler. Leur silence est un rien lugubre. Muo se force à engloutir tout ce qu'elle lui sert, de peur de l'offenser. Heureusement, elle a l'idée de sortir une bouteille d'alcool en faïence, un alcool coûteux, nommé « Fantôme de l'ivresse », réputé pour sa puissance, son arôme exquis et son emballage original, en forme de sac chiffonné. Quelques gorgées suffisent à remonter le moral de l'éjaculateur précoce. Le semi-naufrage que vient de connaître sa virilité s'estompe. Il a une bonne nature. Il ne peut s'empêcher de braver des périls auxquels il a déjà succombé. Il a passé sa vie à affronter ses défaites et, chaque fois, il a fini par succomber davantage. C'est sa nature. D'un œil picassien, il guette l'occasion de reprendre leurs ébats. Pour laver son déshonneur, sauvegarder son amour-propre.

Il sait par instinct qu'il lui reste deux ou trois heures pour redevenir fier de sa virilité avant de quitter cet appartement et d'affronter le monde extérieur.

Afin de mieux concentrer l'énergie que lui prodigue le « Fantôme de l'ivresse », il refuse de partager avec elle la pastèque qu'elle sort du frigo. Elle la coupe avec un couteau de cuisine, le jus glisse sur la lame tranchante et imprègne le papier journal qui couvre la table. Elle recrache les pépins dans un bol en porcelaine. Chaque fois qu'elle mord dans le fruit, du jus rouge lui coule sur le menton. Muo est accablé par une envie de dormir qu'il n'a jamais connue auparavant : un engourdissement de plomb, où d'abord sa pensée se réfugie avec volupté, puis son corps, qui semble effectuer une chute verticale. Ses paupières s'alourdissent, ses lunettes tombent de son nez dans les peaux de pastèque. Il s'efforce de ne pas succomber à ce coup de pompe et, souriant, remet ses lunettes sans les essuyer, réprime un bâillement, se lève et se dirige vers la salle de bains, la bouteille de « Fantôme de l'ivresse » à la main.

— Je vais prendre un bain, et je reviens.

— Attends, dit-elle. Je ne veux pas rester seule.

Il reprend ses esprits après avoir plongé plusieurs fois la tête dans l'eau chaude de la baignoire. Combat difficile que celui dans lequel il s'est engagé. Son corps est toujours langoureux. Il constate avec angoisse que son sexe rétrécit de plus en plus, jusqu'à disparaître sous une touffe de poils flottants, tandis que l'Embaumeuse, assise sur une chaise à côté de lui, les pieds posés sur le rebord de la baignoire, applique un vernis nacré sur les ongles de ses orteils.

— Ce soir, au funérarium, dit-elle, j'étais morte de peur avec ton Juge Di. En tant d'années de métier, c'est la première fois que ça m'arrive, un mort qui se réveille. Jusque-là, je n'avais vu ça que dans un film d'horreur hongkongais. Quelle frayeur !

Tel un robinet ouvert, dont l'eau ne cesse de couler à flots, elle parle, parle, succombant à ce bonheur vieux comme le monde, après l'amour : la confession. Elle n'a pas conscience que son monologue n'évoque que son mari mort, sans accorder la moindre place au pauvre Muo. Pas une phrase à son sujet. Il est consterné par un tel transfert d'identité, comme si après la gifle de son échec sexuel, il continuait à recevoir des coups de poing. « Que la femme est cruelle ! Quelle merveilleuse créature ! » se dit la malheureuse doublure en glissant au fond de la baignoire, pour laisser l'eau la submerger et remplir le conduit de ses oreilles.

— De toutes mes interventions, celle que je n'oublierai jamais, c'est l'embaumement de mon mari. D'habitude, dans notre métier, on ne touche pas au corps d'un proche, que ce soit un parent, un ami, ou même un voisin. C'est une règle d'or. Mes quatre collègues s'étaient chargés du travail. J'étais restée en bas. J'attendais. Ils avaient commencé par le nettoyage du corps, et continué par le massage. Comme il était tombé du sixième étage, des veines avaient éclaté. Il fallait beaucoup de minutie et de patience pour rendre de nouveau fluide son sang coagulé. Mais, tout à coup, je suis montée. Je leur ai demandé de partir, de me laisser poursuivre les soins seule, et faire le plus difficile : restaurer le crâne. Ils étaient soulagés de s'épargner ce travail éprouvant, ingrat surtout. Je les comprenais, ils savaient que, malgré tous leurs efforts, le résultat me décevrait toujours : son crâne était presque fendu en deux, comme une pastèque frappée avec une hache. Le sang noirci, la cervelle séchée et surtout les nombreuses crevasses qui fendillaient la tête rendaient sa restauration hasardeuse. On marchait sur le fil du rasoir. Au moindre faux pas, elle s'effondrerait en morceaux. Personne ne pourrait les recoller. Pas même moi. Le pire des cauchemars. J'ai retenu mes larmes et mon souffle. J'osais à peine respirer en entamant les travaux. J'ai choisi l'aiguille la plus fine. Le fil, importé du Japon, était celui qu'utilisent les chirurgiens, je l'ai mordu sans pouvoir le casser, c'était vraiment de la bonne qualité. Le crâne était fendu sur une vingtaine de centimètres; il y avait au moins cinq centimètres entre les deux bords de l'ouverture. J'ai commencé à coudre la partie la plus étroite. Au rez-de-chaussée, mes collègues s'entraînaient à la danse, avec un magnétophone qui jouait un air de valse triste et lent au piano. (Tu sais qu'à cette époque, la valse était à la mode. Un milliard de Chinois la dansaient. C'était avant la folie du mah-jong.) Je n'avais jamais entendu de valse aussi triste, encore plus triste que ces requiem que les Occidentaux chantent à la télé, avec des bougies à la main et des femmes à voilettes...

Dans un état de semi-inconscience, vaincu par le sommeil et l'effet de l'alcool, Muo écoute cette confession proférée par une voix qui lui semble venir d'un autre monde et qui tient moins de la parole humaine que d'une vague présence sonore flottant dans l'air. Peut-être la voix d'un fantôme ressemble-t-elle à cela ? Il ne sait plus si le décor est réel ou imaginaire, si elle parle vraiment ou s'il rêve qu'elle le fait. Par hasard, il ouvre les yeux et voit, à travers les ondulations de l'eau, un petit serpent souple qui grimpe entre ses cuisses. Il tend doucement la main pour le surprendre. Mais il le manque. Le serpent réussit à lui échapper en disparaissant dans l'eau. Il n'a attrapé qu'une poignée de poils sombres, ce qui le fait glousser. Il ramasse la bouteille de « Fantôme de l'ivresse » et boit au goulot, tandis que son autre main reprend le jeu de cache-cache avec le petit serpent mystérieux.

— Les sutures crâniennes ont été très longues à réaliser. Un véritable marathon. Point par point, millimètre par millimètre, j'ai recousu son crâne. L'os était dur, sa chevelure emmêlée, j'ai dû changer deux fois d'aiguille avant d'arriver au bout. J'ai alors appliqué une couche de cire sur son visage. À ce moment, dans le magnétophone, la valse triste et lente fut remplacée par un tango, plus joyeux ; pourtant, il y avait quelque chose de douloureux dans cette musique, et même dans le bruit des pas de danse de mes collègues. J'ai pleuré en poursuivant mes travaux. Imagine à quel point je pleurais : la cire dont j'avais recouvert son visage, qui devait résister au temps et aux variations climatiques mais qui, pour l'instant, était encore molle, fut toute trouée (elle était pourtant épaisse de deux millimètres) par mes larmes qui tombaient dessus goutte à goutte. C'était affreux. J'ai dû tout refaire en m'efforçant de me contenir. Après, je l'ai maquillé. J'ai fardé ses yeux, de sorte que ses paupières retrouvent leur teinte habituelle. Je l'ai coiffé. Mais à la fin, ce fut l'horreur. Alors que j'étais sur le point de quitter la salle, un détail m'a tracassée et je suis revenue sur mes pas. Je l'ai contemplé, et j'ai compris ce qui manquait : le sourire. Je me suis approchée de lui et, du bout des doigts, j'ai massé doucement les coins de ses lèvres, mais, à l'instant où un sourire commençait à se dessiner, j'ai entendu un bruit dans son crâne. Un grincement très fort, lent, continu, comme celui d'une vieille porte. J'ai sursauté. J'ai vu la plaie se rouvrir, béante, noire, tous les points de suture s'étaient rompus. J'ai pris sa tête entre mes mains en criant comme une folle. Mais la musique était trop forte pour qu'on m'entende, quelqu'un avait poussé le son au maximum. L'air de tango entrait dans sa phase romantique, prenait un envol onirique. Je me suis efforcée de retrouver mon calme. Dieu sait combien ce fut difficile. Dans un effort surhumain, j'ai tout repris de zéro, une nouvelle fois j'ai cousu la plaie qui refusait de se fermer... qui s'entêtait à... Qu'est-ce qui t'arrive, Muo? Tu pleures? Attends, donne-moi tes lunettes. Calme-toi... Dis-moi pourquoi tu pleures. Pour moi?... Mais, tu bandes! Tu as vu? Tu bandes dans l'eau!... Attends, où tu m'emmènes? Tu es fou! Mes habits! (Bruit des vagues soulevées par son entrée dans la baignoire.) On est fous tous les deux... Oui, mets tes mains là... Ça te plaît? Enlève mon soutien-gorge, il est tout mouillé, il colle à ma peau. Aïe! tu me fais mal. Tu mords! Tète-moi doucement. Je suis une louve. Ta louve. Tète encore, l'autre côté. Je suis bien avec toi. Je ne suis pas trop lourde? J'ai peur de t'écraser avec mon poids. Je suis un peu forte. Sinon, comment je pourrais exercer mon métier? Il faut des gens costauds pour porter les corps. Attends, laisse-moi faire. C'est pas facile à enlever. Tu as encore l'esprit clair ? Moi, je ne sais plus ce qu'on fait... Je ne sais plus où on est... Ne bouge pas. C'est moi qui fais tout. Comme ça, ça me plaît. Hum, vraiment, ça me plaît. Tu es mon homme. Soulève-toi un peu, doucement, doucement. Encore, s'il te plaît. Je suis morte de bonheur. Morte, morte, morte.

La fenêtre de la salle de séjour, doublée d'une moustiquaire faite d'un châssis en bois recouvert de gaze sombre, est assez large et basse pour que Muo, vaincu terrestre et héros aquatique, puisse s'asseoir dessus sans difficulté, malgré son ivresse. Il a même l'impression qu'il pourrait sauter par-dessus. Il se penche à l'extérieur, autant que le lui permet le châssis en bois, mais ne voit rien qu'un sombre et secret miroitement à ses pieds.

Pris de vertige, il décide de chevaucher la rambarde, une jambe à l'intérieur de l'appartement, et il s'amuse à balancer l'autre avec insouciance au-dessus du vide mystérieux et de la pénombre luisante, presque mouvante, du gouffre qui l'attire. La pluie a cessé. Un invisible pinson pépie gaiement, et un canari lui répond de sa voix cristalline. Au loin, un rayon laiteux jaillit à l'horizontale d'un projecteur perché sur la tour de la télévision, et trace dans l'obscurité un cône mouvant. Muo est sûr d'avoir déjà vu cette image, sans savoir où. Dans une chambre d'hôtel? Chez un ami? Dans un film?

Quelle force, ce « Fantôme de l'ivresse »! Il a la gorge brûlée, la poitrine secouée de hoquets à forts relents d'alcool.

« Ça y est, songe-t-il, j'ai perdu la tête. »

Il regrette de ne pas avoir emporté son cahier. Il n'a rien noté de cette journée si mouvementée, pas même quelques mots, une petite idée. Quelle perte! Il sait que, à cause du « Fantôme de l'ivresse », il va tout oublier et que, demain matin, il ne se souviendra plus de rien. Il descend de la rambarde, rechausse les pantoufles du mari et cherche partout un stylo et du papier. L'Embaumeuse, qui est restée dans la salle de bains, lave en chantonnant ses sous-vêtements — vestiges de sa chasteté — dans le lavabo.

Il revient vers la fenêtre et s'installe de nouveau à califourchon sur le rebord, dans un équilibre précaire. Cette fois, il oublie d'enlever les pantoufles. Sur une des grosses boîtes d'allumettes qu'il a trouvées dans la cuisine, il griffonne :

« Je ne suis pas Fan Jing. Mais j'ai vraiment perdu la tête. Dans ce monde où le succès tient lieu de vertu cardinale, ma folie n'a cependant rien à voir avec mes exploits sexuels, bien au contraire. »

(Fan Jing, à qui il fait allusion, est un vieil étudiant à tête chenue, fameux personnage des *Histoires secrètes des lettrés chinois*, qui, année après année,

essaya sans succès d'être admis au concours man-
darinal annuel, jusqu'à l'âge de soixante ans. Le
jour où, enfin, il apprit la nouvelle de sa réussite
aux examens, à soixante et un ans, il fut pris d'une
telle joie, d'une telle excitation, que son esprit bas-
cula immédiatement dans la folie.)

Muo lève les yeux. Au-dessus de sa tête, le ciel
est dégagé mais une odeur de pluie flotte encore, et
des étoiles dont il ignore le nom semblent à portée
de sa main. La peinture blanche du châssis de la
fenêtre est écaillée ou rongée par les rats, elle
tombe en miettes. Il contemple le reflet de son
visage dans la vitre : ses cheveux sont hérissés
comme des herbes sauvages. Deux points lumineux, reflets concentrés des deux lampes du salon,
dansent sur les verres de ses lunettes comme deux
minuscules feux follets, remontent vers son front,
redescendent sur son nez et disparaissent quand il
baisse la tête. Il relit ce qu'il a écrit sur la première
boîte d'allumettes et en éprouve un sentiment de
fierté qui, tel un baume apaisant, rafraîchit sa tête
brûlée et son cœur chaviré. Il prend une deuxième
boîte et y griffonne :

« S.O.S. J'ai perdu la tête. S.O.S.

« Quelle découverte horrible que celle de ma
vraie nature : j'aime toutes les femmes avec lesquelles j'ai envie de faire l'amour. Le règne absolu
de Volcan de la Vieille Lune s'est effondré,
l'amour unique est un champ de ruines. Un autre
vit en moi, plus jeune, plus vivace, une sorte de

monstre aquatique. Je viens d'assister à un de ses très grands moments. Lequel de nous deux est vrai ? »

Aussi gros qu'un moucheron, un moustique danse autour de lui en bourdonnant un air de violon. Il se heurte aux verres de ses lunettes et finit par atterrir sur son poignet gauche, couvert de grosses veines.

— Qu'est-ce que tu veux, mon petit chéri ? demande-t-il au moustique.

Doucement, très doucement, du bout des doigts de sa main droite, il tend la peau de son poignet où le pauvre insecte est sur le point de pomper son sang. Soudain, il relâche sa tension, ses pores se referment et le moustique, la trompe coincée, ne peut plus partir. Pendant quelques secondes, il s'amuse à le regarder plier ses ailes, rétrécir encore et encore, jusqu'à devenir presque aussi minuscule qu'un pore de sa peau. Enfin, dans un violent battement d'ailes, il prend son envol comme un hélicoptère, s'élève à hauteur des lunettes de Muo, lui pique le nez et disparaît sous ses pieds, dans un plongeon.

Réflexion faite, Muo se dit qu'il doit lui aussi s'enfuir, comme ce brave moustique.

Il sent par instinct et sait par cynisme que l'Embaumeuse, qui a quarante ans comme lui, ne cherche pas seulement une aventure mais un nouveau mari. Ce qui, en soi, est plutôt légitime et humain. Elle veut fonder une famille. Être la femme du premier psychanalyste chinois. Quel bon choix ! D'ailleurs, dans cette perspective, elle lui a fait l'énorme faveur d'accepter le rendez-vous avec le Juge Di.

« Comment échapper à ces complications, se demande-t-il en tremblant de froid, à cheval sur le rebord de la fenêtre. Comment raconter tout cela à Volcan de la Vieille Lune ? »

À cet instant, il a envie d'attacher sur lui le lot de boîtes d'allumettes, d'y mettre le feu comme au détonateur d'une bombe, de se laisser tomber en chute libre, tel un avion en flammes, de faire des culbutes dans le vide, de traverser nuages et brouillard avec, derrière lui, une colonne de fumée noire.

Mais, à travers cette fumée imaginaire, il voit « l'autre » — le monstre aquatique — se cogner la tête contre un hublot en criant qu'il veut sortir.

L'idée de prier lui traverse l'esprit.

Jusque-là, il ne l'a jamais fait. Comment prie-t-on ? Il hésite. Choisira-t-il le bouddhisme ? Le taoïsme ? Dans les deux cas, les adeptes prient avec les mêmes gestes, à genoux, les mains jointes à hauteur de poitrine. Quant au christianisme, il ne sait pas très bien. Durant son enfance, les religions étaient si sévèrement interdites que ses parents ne l'ont jamais emmené dans un temple ou une église. La première fois qu'il a vu quelqu'un prier, il avait sept ans. C'était en pleine Révolution culturelle. Un jour, sa mère fut emmenée par des Gardes rouges, pour un interrogatoire. Vers minuit, elle n'était toujours pas rentrée. À l'époque, ses grands-parents vivaient avec eux, dans le même appartement. Cette nuit-là, il ne parvint pas à s'endormir. Il se leva et, en passant devant la chambre des deux vieux, il fut surpris par une lumière étrange. Agenouillés sur leur lit, face à une bougie (ils n'avaient pas osé allumer une lampe?), ils étaient en train de prier. Personne n'avait jamais expliqué à l'enfant ce qu'était une prière. Mais il comprit tout de suite que c'en était une, même s'il était incapable de dire de quelle religion il s'agissait. Si leurs gestes échappent à sa mémoire, il se souvient en revanche de ce feu pâle, vacillant, duquel émanait une lueur sacrée, qui auréolait ses grands-parents; leur visage ridé, crispé, douloureux, désespéré, avait pris une expression d'intérêt passionné, de vénération et de dignité. Ils étaient beaux, tous les deux.

« Qu'est-ce que je peux demander au Ciel? songea-t-il. De s'intéresser à moi? De m'aider à m'enfuir? De me délivrer de cette femme? N'est-ce pas trop prétentieux de penser que le Ciel ou Dieu s'occupe de nous? Si je me suicide maintenant, s'en souciera-t-il? Sentira-t-il la puanteur que mon cadavre répandra dans la cour et qui imprégnera tous les habitants de l'immeuble? Ou se félicitera-t-il de ma délivrance, de la fin de mes ennuis, de cette purge totale et radicale?

« Probablement la fenêtre exerce-t-elle sur moi

un étrange effet, continue-t-il de songer. La tentation de se jeter par une fenêtre est-elle un phénomène rare ? Ou est-ce une fenêtre maudite qui s'offre à moi ? Il y a dix ans, elle a soumis à la tentation le mari homosexuel de l'Embaumeuse et a triomphé de lui. Peut-être ne s'est-il pas suicidé mais a-t-il été tué par l'appel d'une fenêtre, la profondeur d'une honte. Moi aussi j'appartiens sans doute à cette race de gens (quelle en est la proportion dans l'ensemble des êtres humains ? Cinq pour cent ? Dix ?) qui ressentent une manière de déclic en haut d'une plate-forme vertigineuse. Mes années de psychanalyse, tous les livres de Freud pleins de sagesse et de perspicacité n'y peuvent rien. Un réflexe naturel, clic-clac, comme un homme qui réagit au parfum d'une femme. »

Avec l'impression de se trouver dans un brouillard fluide, il se prend à imiter les gestes qu'il avait vu faire son grand-père en cette lointaine nuit de son enfance. Il abandonne sa position à califourchon pour s'accroupir sur le rebord de la fenêtre, tel un oiseau perché. Un oiseau à lunettes, avec des pattes osseuses, au bord d'une falaise de six étages. Il cherche à se redresser, tout en gardant son équilibre. Il semble prêt à s'envoler et — ouf ! — parvient à s'agenouiller sur le rebord de briques rose pâle enduites d'une couche de ciment que la pluie a mouillée, et dont la fraîcheur pénètre le pantalon qu'il a emprunté. Il contemple le vide comme s'il s'agissait d'un étang dans lequel il hésite à plonger.

Une voix murmure à ses oreilles. Une illusion ? Non. Un moustique. « Salaud, se dit-il, il est revenu. Je reconnais sa chanson. » L'insecte se pose sur le bout de son nez, prêt à replonger sa trompe dans une de ses veines. Muo agite la tête pour le faire partir, avec des mouvements qui ont la précision d'un grand numéro d'acrobate. Un rien plus fort, il chuterait en bas de l'immeuble.

Le vent souffle, froid mais supportable. Le ciel nuageux se reflète dans la vitre sombre. Il cherche des mots pour formuler un vœu. Avec un déchirement, il se dit que le plus beau vœu du monde eût été de conserver sa virginité jusqu'à la sortie de prison de Volcan de la Vieille Lune pour la lui consacrer. Maintenant, c'est trop tard. Il repense au Juge Di, à l'Embaumeuse, et l'amertume l'emporte comme un ouragan.

Il a le sentiment d'être un moustique blessé, ratatiné, les ailes repliées, les pattes — bien plus longues qu'on ne le croit — ramassées sur elles-mêmes, le corps minuscule, agonisant, pelotonné, tremblotant dans la paume d'un inconnu — le Destin. Soudain, il prie, les mains jointes sur la poitrine, comme son grand-père. Mais ce qui s'échappe de sa bouche est une vieille chanson de son enfance, qu'il n'a pas chantée depuis des années :

> *Mon père est chef de la cantine,*
> *On l'accuse d'avoir volé des tickets.*
> *Des tickets de quoi ?*

De rationnement de riz et d'huile.
Mon père est à genoux sur une table
Ligoté par de grosses cordes,
La foule lui demande des comptes,
Des comptes ! Des comptes !

Sa voix, un peu pâteuse à cause du « Fantôme de l'ivresse », est d'abord inaudible, chuchotée du bout des lèvres, à la manière d'une prière. Mais peu à peu, elle se débride, se fait aussi rauque que les cris de l'oiseau qui, perché sur le toit d'en face, lui répond. C'est une voix teintée d'ironie joyeuse, un écho confiant. À la fin du premier couplet, il fredonne le refrain en claquant les lèvres pour imiter une trompette et glousse de plaisir car il découvre dans sa voix des intonations de l'idole de son enfance, un voisin surnommé l'Espion, fils d'un professeur de pathologie, devenu pendant les années de rééducation chef d'une bande de voleurs et condamné à vingt ans de prison pour l'attaque d'une banque à main armée, dans les années 70. C'était la chanson préférée de l'Espion ; son chapeau flottait sur ses cheveux exubérants et vibrait d'une joie sauvage chaque fois qu'il la fredonnait en se promenant, la sifflait dans un escalier ou la chantait à tue-tête pour draguer les filles. Pauvre Espion ! Il avait sa façon à lui de chanter, ses petites fioritures.

À la fin du deuxième couplet, avec une série de trémolos, Muo fredonne le refrain à la fois triste et gai, qui chasse de son esprit le poids des échecs, de sa trahison, et le souvenir du Juge Di amateur de vierges. D'une voix voilée, il berce sa conscience avec cet air de bandits. Brusquement, quelle interruption ! Ses hanches sont enserrées par deux bras puissants. Il pousse un cri de frayeur, tandis que le ciel étoilé tourne, chavire, se renverse et que ses pantoufles brodées font une chute libre dans le vide, comme deux corps éthérés.

Son cri se répand entre les immeubles, se mêle à ceux de deux oiseaux, une grive et un moineau jaseur. La pluie se remet à tomber. Bruit de gouttes d'eau sur les vitres.

C'est l'Embaumeuse qui l'a pris par les hanches. En sortant de la salle de bains, quand elle l'a aperçu sur le rebord de la fenêtre, elle a cru voir son défunt mari. Elle s'est approchée doucement, centimètre par centimètre, pour ne pas l'effrayer, puis, comme un éclair, a bondi pour le prendre dans ses bras et le faire tomber à l'intérieur de l'appartement. Ensemble, ils ont roulé sur le parquet, enlacés.

Elle a de la force. Ce n'est pas pour rien qu'elle est considérée par ses collègues masculins comme la perle de sa profession. Tout en pleurant, elle le pousse dans un placard dont elle ferme les battants métalliques avec un gros cadenas.

— Je ne veux pas te recoudre le crâne, dit-elle en réponse à ses cris désespérés et à ses coups de pied. C'est pour ta sécurité, je te jure.

TROISIÈME PARTIE

PETIT CHEMIN

N'avale pas ma dent

Muo regarde les rails de chemin de fer qui s'étirent et luisent des derniers reflets soyeux du jour qui s'enfuit, à la gare de Chengdu. Il est dans la salle de vente des billets, à côté d'une fenêtre dont les vitres cassées sont couvertes de toiles d'araignées à travers lesquelles filtre une lumière d'un jaune cristallin. Les grilles rouillées de la fenêtre ont une couleur de cuivre antique, d'un vert splendide. « Là-bas, se demande-t-il, dans la prison de Volcan de la Vieille Lune et de la nouvelle prisonnière, l'Embaumeuse, la même lumière, si douce et si pure, s'attarde-t-elle sur les miradors (combien sont-ils ? Quatre ? Un à chaque coin du mur d'enceinte ?) et les silhouettes des gardes armés qui y font le guet, immobiles comme des statues ? »

Depuis une demi-heure, le visage enfoui sous un capuchon gris, il fait la queue devant le guichet. À côté de lui deux femmes se disputent, puis leurs familles s'en mêlent, toutes générations confondues. Rumeur de voix sourdes, annonces dans les haut-parleurs, odeurs de sueur, de mégots, de nouilles instantanées... La longue file d'attente s'ébranle mais se fige de nouveau, et s'éternise dans une éprouvante somnolence.

De l'autre côté de la fenêtre aux vitres cassées, la nuit commence à envelopper le monde dans sa mystérieuse étreinte. Le long des rails, des feux de signalisation rouges et verts, irisés dans la brume légère comme les lueurs des feux follets des contes de fées, lui rappellent le gyrophare des four-gonnettes de police qui patrouillent peut-être en ville à la recherche d'un psychanalyste à lunettes devenu l'ennemi juré du Juge Di.

« Tu dois rassembler tes forces et garder ton calme, Muo, tente-t-il de se rassurer. Personne ne viendra t'arrêter à cette heure. Les flics sont tous en train de dîner dans des restaurants. »

Malgré cela, à peine une silhouette en uniforme apparaît-elle au seuil de la salle qu'un grelottement parcourt ses jambes. Au fur et à mesure que la sil-houette se faufile dans la foule et s'approche de lui, le grelottement fait place à une vive crispation musculaire, juste au-dessus des genoux. Dieu merci, l'agent pressé se rue vers les toilettes, au fond de la salle.

Plus on s'approche du guichet, plus on doit jouer des coudes, et plus Muo se sent en sécurité dans la foule qui se bouscule, se pousse, se presse et s'étouffe. Une femme a perdu une chaussure, un escarpin au contrefort cassé, à la semelle trouée. La main de Muo frôle les grilles chromées du guichet.

— Un billet pour Kunming, crie-t-il. Par le train de ce soir, 21 heures.

— Parlez plus fort, je n'entends rien, hurle l'employée dans un micro. Pour aller où?

— Kunming.

À cet instant, charriée par la bousculade, sa main rate le barreau qu'il cherchait à saisir, il est écarté, puis revient en criant le nom de sa destination. Lorsqu'il finit par obtenir un billet, il n'y a plus de place dans les wagons-couchettes mais seulement dans les wagons à sièges durs, comme en cette nuit, il y a quelques mois, où on lui a volé sa valise Delsey.

Quelques minutes plus tard, la tête dans son capuchon gris (défroque gênante pour la saison, qui lui donne un aspect clownesque), il dîne incognito dans la pénombre d'un fast-food chinois de la gare, une de ces innombrables échoppes qui jalonnent les hautes colonnades voûtées, dans le style soviétique des années 50, transformées en une galerie mal éclairée, occupée par des petits commerces d'alimentation, des boutiques de souvenirs, des consignes à bagages, des kiosques à journaux et magazines affichant en couverture des stars sexy, occidentales ou chinoises.

Une mouche bourdonne.

Pas d'assiette ni de bol. Dans une boîte rectangulaire en polystyrène, des morceaux de poulet frit et froid, des tranches de calmar empâtées de purée de piments rouges, froides aussi, de même que les nouilles sautées baignant dans l'huile. Bon marché. Cinq yuans le tout, un verre de lait de soja compris. Moins cher qu'un ticket de métro parisien. À fugitif pauvre, repas économique. Le poulet n'a aucun goût. Une vraie catastrophe. Il essaie un morceau de calmar frit, c'est encore plus pénible, il mord furieusement, mais la chair résiste, dure comme un caillou. Il ne peut l'entamer. Il entend une annonce dans le haut-parleur et écoute. On cherche un dénommé Mao, un nom qui ressemble au sien. La chair de calmar finit par céder et il la mastique comme un chewing-gum Soudain, « qu'est-ce qui m'arrive ? » se demande-t-il avec le sentiment que l'intérieur de sa bouche n'est plus le sien, qu'il est entré dans une phase qu'un historien ou un biographe baptiserait « après le calmar ». Une cavité ? Minutieusement, sa langue inspecte ses dents, les touche l'une après l'autre : une incisive a disparu.

Bourdonnement de la mouche.

Du bout de la langue, il explore le trou béant entre deux de ses dents, dont la largeur et la profondeur le surprennent. Curieusement, il n'y a pas une goutte de sang.

Toujours à l'aide de sa langue, il cherche la dent perdue dans sa bouche, mais en vain. Il croit l'avoir avalée, ainsi qu'on le fait d'un os ou d'une arête. L'angoisse monte. Sa salive, qu'il avale à petites gorgées, a du mal à passer. Où est sa dent ? Encore dans sa gorge ? Déjà dans son estomac ? Quel soulagement lorsqu'il la trouve enfin dans la boîte en polystyrène, enfouie dans les nouilles sautées : elle est intacte, couleur de thé, brune par endroits, presque noire au bout. C'est la première fois qu'il contemple une de ses dents « en direct », et non son reflet dans un miroir. Il est surpris par sa laideur : elle est longue, au moins trois centimètres, avec une racine pointue, en forme de talon aiguille, et lui fait penser aux dents des vampires dans les films d'horreur ; quant à l'autre bout, dont il utilise depuis quarante ans l'arête tranchante pour mordre, il ressemble à un éclat de silex couvert d'éraflures imprimées par le temps.

Avec la précaution et l'attendrissement d'un archéologue, il l'enveloppe dans un morceau de serviette en papier. Il allume une cigarette, mais le goût de la fumée, à travers la cavité nouvelle, n'est plus le même.

Rongé de colère, il quitte le fast-food et va dehors, de l'autre côté de la place de la gare. Le souvenir de la fille rencontrée il y a quelques mois dans le train de nuit traverse son esprit, tel un flash. Il décide d'acheter une natte de bambou qu'il étalera comme elle, cette nuit, sous un siège dur.

Tout à coup un effluve de mauvais parfum

assaillit son nez et un chuchotement de femme, près de son oreille, le fait sursauter :

— Vous cherchez un hôtel, patron ?

— Désolé, je pars dans deux heures.

— Dans ce cas, insiste la femme lourdement fardée en lui emboîtant le pas, nous avons un karaoké, avec de jolies filles. Allez, patron, décontractez-vous, la vie est trop courte.

— Merci. Par ailleurs, je ne suis pas patron.

— C'est le mot à la mode pour dire « monsieur ». Vous voulez que je vous appelle autrement, quelque chose de plus intime, peut-être ?

— Fous-moi la paix ! crie-t-il violemment en approchant son visage de celui de la femme.

L'effet est immédiat : le trou noir au centre de sa bouche grande ouverte, dont la largeur et la profondeur sont accentuées par le sombre éclairage d'un lampadaire, cause un choc à la femme, qui s'enfuit aussitôt.

En face de la gare, dans un magasin encore ouvert, il ne trouve pas de natte et se contente d'acheter un de ces imperméables en plastique rose pâle destinés aux cyclistes, aussi mince qu'une feuille de papier.

Le train à destination de Kunming démarre avec seulement dix minutes de retard. En regardant les rues de Chengdu, la ville du Juge Di, défiler derrière la fenêtre, il goûte un moment de détente, un soulagement provisoire. Il sort son cahier et note :

« Ezra Pound, lors de son arrestation, a ramassé un fruit d'eucalyptus, en souvenir. Moi, c'est une dent tombée qui conservera la mémoire de ma fuite. »

L'Embaumeuse va passer sa première nuit en prison. Son arrestation eut lieu le lendemain de la résurrection du Juge Di, par un matin tranquille, au ciel bleu et serein. Dans la salle d'embaumement, les stores vénitiens froufroutaient sous le souffle léger de l'air conditionné. Le téléphone sonna. C'était le directeur du funérarium. D'une voix anodine, il demanda à l'Embaumeuse de venir dans son bureau, à propos d'un dossier de remboursement de frais médicaux. Après avoir ôté ses gants mais gardé sa blouse blanche, elle se présenta chez le directeur où elle fut arrêtée par deux policiers en civil. Certains témoins prétendirent qu'elle était menottée lorsqu'elle grimpa dans le fourgon noir du tribunal garé à l'entrée du bâtiment administratif.

— J'ai cru que c'était un fourgon de croquemorts, dit un employé du funérarium à Muo, venu la chercher en taxi vers midi pour l'emmener déjeuner.

Les deux cents mètres qu'il parcourut pour retourner au taxi lui parurent interminables. Ses genoux se dérobaient, comme s'il était sur le point d'être foudroyé par une crise cardiaque. Pris de contractions incontrôlables, ses mollets tremblaient comme feuilles au vent et, quand il parvint enfin à s'asseoir dans la voiture, il ne put maîtriser ses tremblements qu'en tenant à deux mains ses muscles débridés.

Quel dilemme que le sien : devait-il se rendre à la police en criminel repentant ou partir en cavale comme un mauvais sujet? En appelant à la rescousse toutes les ressources du bon sens, il opta d'abord pour le premier choix et décida, avec sang-froid, de faire quelques courses dans la perspective d'accomplir une longue peine. D'une voix de somnambule, il demanda au chauffeur de taxi de le conduire à la librairie La Cité des livres, au centre de la ville. Il y acheta les sept volumes de l'œuvre de Freud traduit en chinois (que son séjour en France l'avait changé, et qu'il était loin de la réalité; il ne s'était même pas posé la question de savoir s'il était possible de lire — Freud ou n'importe qui d'autre — dans une prison chinoise), les deux volumes du *Dictionnaire de la psychanalyse*, en français, dans un coffret bleu, qui lui coûtèrent une fortune, et un recueil des commentaires de l'œuvre de Zhuangzi, son auteur chinois préféré. Il répartit ces nourritures spirituelles de futur prisonnier dans deux grands sacs plastique que lui donna le vendeur. Enfin, pour ne pas rentrer chez lui et éviter ainsi les adieux à ses parents, il acheta du linge, des serviettes, une brosse à dents et une paire de tennis noires, très solides, qui lui serviraient de chaussures de travail. Il savait au moins, pour l'avoir tant entendu dire, qu'on travaillait dans une prison chinoise.

Il reprit un taxi et descendit au carrefour du marché aux mules et chevaux, près du tribunal. (Il serait trop dangereux, jugea-t-il, d'aller se rendre en taxi. Fou comme l'était le Juge Di, il aurait pu voir dans ce geste une provocation.) Il devait faire un dernier bout de chemin à pied. À chacun de ses pas, les sacs de livres pesaient tellement qu'il se courbait de plus en plus, avec l'impression que les poignées en plastique s'allongeaient, s'amincissaient, prêtes à se rompre à tout moment, et que, dans un bruit qui ferait se retourner tout le monde, les livres allaient tomber sur le trottoir jonché de feuilles mortes, de crachats et de crottes de chiens. À l'instant où il aperçut la colline du palais de justice, les contractions musculaires le reprirent, et une crampe au mollet, qui aurait fait hurler l'homme le plus résistant, le paralysa presque. Il s'arrêta, posa les sacs par terre, s'assit dessus et attendit que la douleur fût passée pour reprendre sa marche avec un boitillement qui lui donnait une démarche burlesque.

Quarante-huit mots, avait-il lu quelque part, ni plus ni moins, juste quarante-huit, suffisaient pour vivre dans les casernes du monde entier. Combien de mots fallait-il pour vivre dans un pénitencier chinois? Cent? Mille? Quoi qu'il en soit, ces dix volumes de livres en français et

chinois le placeraient sans doute parmi les prisonniers les plus riches et même aristocratiques.

La raideur convulsive de ses jambes s'atténua
légèrement. Avançant de son pas claudicant, il
longea le trottoir, ses deux sacs dans les mains.
« Si un jour je devenais milliardaire, se promit-il,
j'achèterais des livres, des livres, et encore des
livres, que je répartirais selon leur matière. Je garderais tous les ouvrages de littérature chinoise et
occidentale dans un appartement parisien que
j'acquerrais peut-être dans le cinquième arron-
dissement, rue Buffon, à côté du Jardin des
Plantes, ou au cœur du quartier Latin. Tous mes
livres de psychanalyse seraient à Pékin, où je rési-
derais la plupart du temps, sur le campus de l'université, au bord du lac " Sans Nom " (oui, c'est
ainsi que s'appelle ce très beau lac). Les autres
livres, d'histoire, de peinture, de philosophie, etc.,
je les laisserais dans un petit studio qui me servi-
rait de bureau, à Chengdu, près de chez mes
parents. »

Subitement, il se rendit compte de sa pauvreté
et prit conscience que, dans ce monde, il n'avait
jamais possédé et ne posséderait probablement
jamais rien, pas même une chambre de bonne ou
un étroit taudis pour y entreposer ses livres.
« Peut-être, se dit-il, ces dix volumes sont-ils ma
dernière fortune, toute la richesse de ma vie. »
Brusquement, il se mit à pleurer. Il boitait, les
larmes ruisselaient sur ses joues. Il voulait faire en

sorte de ne pas être vu, mais ses mains, occupées par les lourds fardeaux, ne pouvaient venir à son secours. Il voulait s'arrêter de pleurer, mais en vain. Il sanglotait. Les passants le regardaient. De même que les chauffeurs de voitures ou de bus. Certains avaient l'air inquiet. Mais le monde extérieur était pour lui si lointain.

« Incroyable ! Je chiale à cause de l'argent ! marmonna-t-il. Saleté d'argent ! À l'instant où on va me foutre en taule, tu ne peux pas me laisser une seconde de répit, et m'épargner de me donner en si vilain spectacle dans la rue ? »

À travers ses larmes, il se voyait avancer clopin-clopant, lentement, péniblement, deux sacs dans les mains, telle une fourmi solitaire qui transporte une miette de pain en grimpant, grimpant...

Scénariste de la scène déterminante de son film autobiographique, il s'imaginait ensuite pénétrant dans le palais de justice, et entendait l'écho de ses pas résonner dans le long couloir voûté à colonnades de marbre. Le soleil jetait des taches d'or sur les verres de ses lunettes. Bientôt, il descendrait au niveau des bureaux des juges, qui s'enfonçaient dans le sol en se rétrécissant et s'assombrissant. Il traverserait ces zones où s'échelonnaient les diverses nuances de l'horreur. Sitôt qu'il pousserait la porte du Juge Di, celui-ci se mettrait à hurler d'une voix aiguë d'homme qui a peur de mourir, croyant que les deux sacs plastique sont bourrés d'explosifs. Il le supplierait de lui laisser la vie sauve. Mais Muo (après une série de gros plans, en champ contrechamp), un peu fatigué, enlèverait ses lunettes, essuierait du bout de sa manche ses verres embués, et lui dirait simplement : « Menottez-moi et libérez l'Embaumeuse ! » Il parlerait comme le capitaine du *Titanic* qui, ayant choisi de mourir à bord, envoya en priorité les femmes et les enfants sur les canots de sauvetage. (C'est fou ce que le cinéma peut vous détraquer, même quand vous êtes sur le point de vous constituer prisonnier dans un palais de justice.) Il se voyait écrire la première page de son journal intime, en français, à la lumière blafarde d'une cellule surpeuplée, dans le vacarme des ronflements de ses co-détenus : « En quoi consiste la différence entre la civilisation occidentale et la mienne ? Qu'a apporté le peuple français à l'histoire mondiale ? Selon moi, ce n'est pas la révolution de 1789, mais un esprit chevaleresque. Voilà ce que j'ai accompli aujourd'hui, un geste de chevalier. »

Le palais de justice, édifice ultramoderne construit par un architecte australien sur la colline qui, selon la légende, abritait le tombeau du général Zhang Fei de l'époque des Trois Royaumes, était un château de verre étincelant. Le soleil tombait d'aplomb sur cet immense diamant, l'éclaboussait, argentait les pluies artificielles qui arrosaient la pelouse, et suspendait des gouttes d'eau à la pointe de Benchai, le beffroi massif qui surplombait le palais tel le donjon d'une forteresse et baignait dans le ciel bleu son cadran en marbre dont les aiguilles marquaient trois heures. (Voilà un architecte qui ne manquait pas d'humour : le beffroi évoquait à tous les habitants de la ville ce proverbe chinois attribué au puissant roi des Enfers : « Quand c'est l'heure, c'est l'heure. »)

Une, deux, trois... la tête baissée, Muo compta les marches tout en gravissant l'escalier qui menait à l'entrée du château de verre où plusieurs soldats en uniforme, dont certains étaient armés, regardaient en silence les sacs plastique qui grinçaient sous le poids des livres. Essoufflé, attentif au décompte des marches, il monta lentement. Parvenu au milieu de l'escalier, les forces lui manquèrent et il s'arrêta. Il reprit son souffle et regarda, en contre-plongée, les soldats dont les silhouettes sombres se découpaient sur la façade vitrée. L'un d'entre eux, qui ne portait pas d'arme, descendit quelques marches et, les mains sur les hanches, il cria à la manière d'un contremaître autoritaire :

— Déjà fatigué ?

— Épuisé.

— Allez, encore un petit effort.

Les bras croisés, l'air amusé, le soldat suivit du regard son escalade.

— Qu'est-ce que tu trimballes, dans ces sacs ?

— Des livres, répondit Muo, assez satisfait de

sa voix calme et neutre. Je viens voir le Juge Di. Je suppose que vous le connaissez.

— Tu n'as pas de chance. Il vient de sortir.

— Je peux l'attendre dans son bureau, dit Muo, avant d'ajouter sur un ton solennel : j'ai rendez-vous avec lui.

Il lui restait encore une dizaine de marches, les dernières à gravir, quand un incident comique se produisit. Il transpirait tellement que ses lunettes glissèrent du bout de son nez. Par réflexe, il laissa choir les sacs pour les rattraper — vraiment par hasard — au milieu de leur chute, et les chefs-d'œuvre de Freud s'échappèrent du sac gauche, les commentaires du Zhuangzi du droit. Avec un pincement au cœur, il les vit, ou plutôt les entendit dévaler les marches, d'abord ensemble, puis s'éparpillant çà et là.

Comme des pantins dont on aurait coupé les fils, les soldats rirent et s'agitèrent. L'un d'eux épaula son fusil, visa un des livres et fit semblant d'appuyer sur la détente. Il simula le choc que la crosse eût infligé à sa mâchoire, ajusta un autre livre, imita le bruit d'un tir de balle et feignit la joie de qui a touché sa cible.

Le flacon de mousse à raser Gillette, le shampooing antipelliculaire et la brosse à dents que Muo venait d'acheter poursuivirent leur cavalcade, surtout le flacon Gillette, qui rebondit avec un timbre métallique de grelot, rebondit de nouveau et finit par atterrir au pied de l'escalier où il descendit le récupérer. Lorsqu'il remonta, fatigué, les produits de toilette de sa future vie pénitentiaire à la main, il vit qu'un homme d'une cinquantaine d'années, grand et frêle, avec sous le bras un cartable en cuir bourré de dossiers, se penchait sur un des livres. Pour mieux voir, il inclinait exagérément son corps vers le sol. Sa tête était petite, étroite, pointue, son cou était long. Il faisait penser à une cigogne.

— Tu connais ces livres ? demanda-t-il à Muo. Celui-ci se contenta de hocher la tête.

— C'est le cas de le dire, mon garçon, je te demande de répondre par oui ou par non, dit la Cigogne d'une voix menue mais rauque. Je vais répéter ma question.

— Oui, je les connais, dit Muo.

— Tu répondras quand j'aurai répété ma question. Tu connais ces livres ?

— Oui.

— Ils sont à toi ?

— Oui.

— Suis-moi. J'ai oublié mes lunettes dans mon bureau. J'en ai besoin pour vérifier quelques détails, dit-il en sortant sa carte professionnelle, munie d'une photo. C'est le cas de le dire, je suis le juge Huan, président de la commission anti-publications clandestines. Les livres de Freud sont strictement interdits.

— Mais je viens de les acheter à la librairie.

— Justement. C'est le cas de le dire, je veux

voir qui les édite, qui les imprime et sous quel faux numéro d'autorisation.

Au contraire de son collègue le Juge Di, qui aimait les bureaux en sous-sol, la Cigogne avait perché son nid au cinquième étage, le plus haut du château de verre.

Dans l'ascenseur, se produisit un malentendu. Muo évoqua le nom du Juge Di, et la Cigogne le prit pour un hôte du juge ou son conseiller en psychologie. Tenant à s'excuser de sa brutalité précédente, il se montra plus détendu et très bavard, se plaignant du manque de personnel dans son service, du fait qu'il devait travailler dur, dans une solitude monacale, souvent jusqu'à une heure tardive. Le bavardage ordinaire. La gymnastique quotidienne de tous les fonctionnaires, avec sa langue de bois, son vocabulaire officiel, ponctué de rires théâtraux qui faisaient vibrer la cage vitrée et transparente de l'ascenseur. Une conversation un peu fatigante, d'ailleurs, parce qu'il ne pouvait pas dire trois phrases sans ajouter : « c'est le cas de le dire » (une expression souvent utilisée par le secrétaire général du Parti, aussi chef de l'État, dans ses interviews télévisées). Il parla de ses origines modestes et de son parcours : l'ascension fulgurante d'un instituteur communiste, reconverti dans la justice aux ordres du Parti, à la fin des années 90. Avec résignation, il reconnut qu'il lui était impossible de rivaliser avec certains de ses collègues, venus de l'Armée.

— C'est le cas de le dire, avoua-t-il sur un ton où se mêlaient amertume et flagornerie, le tout-puissant Juge Di avec qui tu as rendez-vous, par exemple, me fait souvent peur.

La porte de son bureau, sur laquelle était inscrit le nom de la commission, était fermée par trois serrures : une sur la lourde et scintillante grille de protection et deux autres sur des battants vitrés, à des hauteurs différentes. La Cigogne sortit un trousseau de clés qui tinta dans le silence, puis il désamorça l'alarme en composant un numéro sur un digicode encastré dans le mur. Le déclic des serrures, le grincement de la grille, le glissement des portes vitrées, tous ces bruits s'enchaînèrent et se terminèrent par le vrombissement d'un climatiseur.

Mais le courant d'air de la climatisation ne put chasser la forte odeur qui assaillit le nez de Muo dès l'ouverture de la porte. Une odeur de vertu, de morale, de pouvoir, d'existences secrètes, de corps enfermés, de cadavres exquisément desséchés.

La première salle de la commission anti-publications clandestines était très grande et très sombre à cause des stores baissés. Pas à pas, Muo suivit la Cigogne. Au début, il crut pénétrer dans une cave. Ses yeux myopes distinguaient à peine des ombres indécises, des lueurs éparpillées, égarées, mais quelques secondes après, il comprit qu'il était entouré de tous les livres interdits, dont certains valaient une fortune, entassés pêle-mêle sur des étagères dont la plus haute touchait le plafond. Des relents de papier moisi submergeaient la pièce. Comme dans les maisons traditionnelles chinoises, il y avait, au milieu du plafond, une petite ouverture qui projetait un faisceau de rayons lumineux en forme de cône gris pâle dans un espace limité au centre de la salle, le reste étant dans l'ombre. Muo avait l'impression de marcher dans une bibliothèque abandonnée. Les larges rayonnages sans numérotation, en contreplaqué de piètre qualité, courbaient sous le poids des livres qui, eux non plus, n'étaient pas cotés. Les lignes parallèles des étagères qui couvraient les murs rayaient la salle, ondulaient, certaines avaient la forme d'un arc, d'autres, surtout celles du bas, avaient cédé sous le poids des ouvrages et rasaient les carpettes poussiéreuses.

Arrivé au centre de la salle, dans la zone la plus éclairée, Muo profita d'un moment d'inattention de la Cigogne pour poser ses sacs et tirer au hasard un livre sur un rayonnage. C'était *Les Mémoires du médecin particulier de Mao*, avec, en première de couverture, une photo noir et blanc du praticien en short, un sourire béat sur les lèvres, à côté de Mao en chemise tombante et pantalon large, les yeux plissés pour se protéger d'une lumière trop crue. Furtivement, Muo l'ouvrit et tomba sur la page évoquant une maladie que Mao devait au phimosis, dont il était porteur sain mais qui contaminait toutes ses partenaires sexuelles. Un jour, ce médecin lui conseilla (avec son sourire béat?) de laver fréquemment son organe, ce à quoi le Président répondit qu'il préférait le tremper dans le sexe des femmes. Muo referma le livre et le reposa sur l'étagère. Poursuivant son chemin, il passa par les rayons des livres politiques, pour la plupart des témoignages ou analyses sur les événements de la place Tian'anmen, en 1989, mais aussi des documents sur les luttes de pouvoir au sein de la direction du Parti, sur la mort suspecte de Lin Biao, sur la vraie personnalité de Zhou Enlai, des archives sur les famines des années 60, sur les massacres d'intellectuels, sur les camps de rééducation, sur le cannibalisme révolutionnaire... Muo, dont la tête tournait, se perdit dans ce labyrinthe rempli de livres, d'archives, de rapports sur des sujets sanglants pleins de cruauté et de complots, avant de se retrouver nageant, pataugeant, s'ébattant dans un océan de romans érotiques, d'ouvrages licencieux de moines libertins, au milieu de l'œuvre de Sade, d'anciens manuels réédités clandestinement, de recueils de xylogravures pornographiques de la dynastie des Ming, de différents exemplaires du Kama-sutra chinois, de plusieurs dizaines de versions du Jing Ping Mei (que Muo avait lu en France, et qui l'avait tellement inspiré qu'il avait failli en faire une thèse de psychanalyse, mais son projet n'avait pas dépassé le stade

281

de petites notes éparpillées sur des cahiers). Il y avait même deux étagères remplies de très anciens livres en papier d'époque, cousus avec du fil. Muo demanda à la Cigogne quel en était le contenu et pourquoi ils étaient prohibés.

— Ce sont les recherches secrètes des taoïstes sur l'éjaculation, répondit la Cigogne.

— Vous voulez dire la masturbation ?

— Non, l'éjaculation, ou plutôt la non-éjaculation. Ils ont étudié, pendant des centaines d'années, la façon de faire circuler le sperme dans le corps, pendant l'acte sexuel, pour l'amener jusqu'au cerveau et l'y transformer en une sorte d'énergie surnaturelle.

Muo faillit sortir son cahier pour y noter les références des livres. « Quel regret, se dit-il, que je ne puisse les avoir avec moi en prison ; j'en aurais écrit des volumes et des volumes de commentaires. »

La deuxième salle, plus petite que la première, avait le même éclairage. Ici, pas de livres ni d'étagères mais des boîtes de films chromées, baignant dans une lumière sépulcrale. Des bobines de films s'empilaient, se superposaient, s'étageaient, s'écrasaient par dizaines, par centaines, par milliers. À cet affreux entassement de cadavres, le cône lumineux donnait un éclat glacial et sinistre. Certaines piles s'étaient effondrées, des pellicules s'échappaient de leur bobine, déroulées comme des serpents morts, formant des boucles, des cercles, s'épanouissant en nœuds énormes, calcinées par endroits, ou couvertes d'une couche de moisissure verdâtre.

Le bureau de la Cigogne, président et seul employé de cette commission, se trouvait dans la troisième salle. Pendant que, muni de ses lunettes, le corps penché sur les livres de Freud, le cou allongé, celui-ci examinait chaque volume et notait toutes les références douteuses dans un long cahier noir en simili cuir relié, Muo découvrit des documents qui lui firent plus froid dans le dos que ceux des deux salles précédentes. Partout des lettres de dénonciation. « Ma collection personnelle », déclara la Cigogne avec fierté.

Celles qu'il avait déjà lues étaient minutieusement étiquetées, rangées et enfermées comme des objets de musée dans sept armoires d'ébène, ornées de figures gracieusement sculptées et vitrées de haut en bas. Chaque armoire avait sa spécialité.

La première, les lettres de dénonciation entre pères et fils ; la deuxième, entre maris et femmes ; la troisième, entre voisins ; la quatrième, entre collègues ; la cinquième et la sixième recelaient les dénonciations de corbeaux. À l'intérieur de chaque armoire, les lettres étaient réparties par sujets et glissées dans des chemises de différentes couleurs, qui formaient comme un arc-en-ciel. Le rouge était réservé aux sujets politiques ; le jaune aux affaires d'argent ; le bleu aux relations sexuelles en dehors du mariage; le violet à l'homosexualité; l'indigo aux violences sexuelles; l'orange aux jeux clandestins; le vert aux vols et cambriolages.

La septième armoire recelait des lettres d'« auto-dénonciation ». Comme la clé était sur la serrure, Muo l'ouvrit après en avoir demandé l'autorisation. La plupart, datant de la Révolution culturelle, étaient épaisses; certaines faisaient plus de cent pages et ressemblaient à ces romans auto-biographiques où l'auteur dévoile sans pitié les recoins les plus obscurs de son existence, avec ses idées lascives, ses désirs cachés, ses ambitions secrètes.

Entassés dans un coin, plusieurs cartons à éti-quette rouge étaient remplis de lettres en attente de lecture et de classement. Visiblement, la Cigogne était débordée par sa passion person-nelle.

— Peut-être, lui dit Muo, pourrais-je ajouter une lettre à votre collection.

— Qui veux-tu dénoncer?

— Le Juge Di.

La Cigogne ne put s'empêcher d'éclater de rire. Avant de se replonger dans son travail, il dit :

— C'est le cas de le dire, je sais pourquoi le Juge Di t'a fait venir avec ces livres de Freud.

Ce fut au tour de Muo de rire de bon cœur.

— Dites-le-moi.

— Il cherche un criminel, une espèce de psychanalyste qui organise des assassinats dans les morgues de la ville. Peut-être les livres de Freud lui fourniront-ils la clé...

Le rire de Muo se figea. À nouveau, une vive douleur le secoua, des mollets jusqu'aux chevilles, et remonta vers ses reins, lorsqu'il comprit la situation.

— Le Juge Di ne va quand même pas le faire fusiller ?

— Au moins, c'est le cas de le dire, il le condamnera à perpétuité.

— Voulez-vous me dire où sont les toilettes ? demanda Muo en s'efforçant de garder son calme.

— Au fond du couloir, à gauche.

Dès qu'il fut sorti du bureau, il fonça en boitant vers l'escalier pour ne pas risquer de croiser le Juge Di dans l'ascenseur. Il dévala les marches quatre à quatre jusqu'au rez-de-chaussée du château de verre. Il était en cavale. « L'aéroport a certainement déjà été bloqué par le juge, pensa-t-il. La seule issue est de prendre un train. »

Malgré sa claudication, il esquissa en pensée un itinéraire de fuite : de Chengdu à Kunming, en train, et de Kunming à la frontière sino-birmane, en autobus. Là, trouver un passeur pour entrer à pied en Birmanie. Puis Rangoon-Paris en avion.

Une locomotive surgit des ténèbres, grandit dans un vrombissement nerveux et emplit tout le cadre de la fenêtre avant de s'éclipser. Puis des masses gigantesques, vacillantes, comme ivres, projettent leurs ombres sur la vitre. Des wagons de marchandises. Ce croisement avec un autre train s'achève sur l'image furtive de gardes armés, assis dans le wagon de queue, autour d'un abat-jour vert, seul point lumineux qui palpite faiblement.

Le reflet d'un homme âgé apparaît sur la vitre, d'abord flou et incertain, puis il s'éclaircit lorsque le train pénètre dans un tunnel, à la manière d'une photo dans un bain de révélateur. On voit, dans ce reflet, une topographie dentaire assez nette, un bout de langue qui tâte les récifs grisâtres et un trou noir ouvrant une brèche au milieu de la bouche qui semble énorme et modifie la physionomie du personnage.

« Mon reflet, constate Muo avec une fascination narcissique, les larmes au bord des yeux. L'image prémonitoire de ce que sera, vingt ans plus tard, Muo le grand-père, peut-être Muo le vieux prisonnier du Juge Di crevant comme un esclave dans une mine. Pour le moment, tout va bien. Rester en cavale, c'est rester en vie. »

Soudain, dans la vitre, il croit voir une fille qu'il a connue ou vue il ne sait plus où, une gamine d'à peine dix-huit ans, qui marque une pause en passant dans le couloir, devant son compartiment, et semble le reconnaître. Par réflexe, il enlève ses lunettes, enfouit son visage sous son capuchon, baisse la tête et feint de sombrer dans un sommeil fulgurant. Sans oser tourner la tête ne serait-ce qu'une seconde vers le couloir, il se fige dans cette attitude jusqu'à ce que le train sorte du tunnel. Elle n'est plus là. De nouveau, il respire, librement, à pleine poitrine, et se paye le luxe d'écouter ses voisins, qui bavardent avec ardeur.

Les Lolos! Le sujet de leurs bavardages est la minorité ethnique des Lolos — ou les Yi, en mandarin — qui vivent dans la région montagnarde qui défile au-delà de la fenêtre. Muo connaît peu ce peuple, si ce n'est la fameuse grande pèlerine, sorte de manteau en toile de chanvre que les hommes ne quittent pas de la journée et dans laquelle ils s'enveloppent la nuit pour s'étendre près du foyer creusé dans la terre au centre de leur maison. La vraie demeure d'un Lolo, a-t-il entendu dire, c'est sa pèlerine. À côté de lui, un ouvrier habitué à ce trajet raconte avec un sourire détaché, impersonnel, une aventure qui lui est arrivée un mois plus tôt, en plein jour, entre les stations d'Emei et d'Ebin. Le wagon dans lequel il se trouvait avait été victime d'un pillage, « monnaie courante » dans ce coin : une quinzaine de Lolos en pèlerine noire, de longs couteaux à la main, avaient fait irruption dans le wagon. Trois d'entre eux avaient bloqué la porte de gauche, deux ou trois autres celle de droite, pendant que le reste des bandits se ruait dans le wagon. Ils n'avaient pas crié. Aucun voyageur n'avait bougé.

Même les gamins n'avaient pas pleuré. Comme des contrôleurs de billets, les Lolos s'étaient divisés en deux groupes. L'un avait commencé par le début du wagon, l'autre par la fin. Le couteau sous la gorge, les voyageurs n'avaient pu qu'obéir comme des agneaux dociles et muets. Les poches des vestes, des pantalons, des chemises, les sacs à main, les cartables, les hottes des paysans, les valises, tout avait été fouillé par les Lolos, aux doigts durs comme des barres de fer. Ce qu'ils adorent, c'est faire claquer leurs doigts sur toi, ton visage, tes lunettes, ta poitrine, tes parties intimes. Ça fait très mal. Quand une valise était trop grande, ou trop chargée, ils la retournaient et faisaient tomber le contenu par terre. Le butin avait été d'autant plus considérable que les chèques bancaires ne sont guère utilisés dans le pays et que tout le monde voyage avec du liquide, parfois les économies d'une vie ou d'un foyer. L'opération avait duré une dizaine de minutes. Et savez-vous comment les Lolos sont partis ? En sautant du train, tout simplement. Ils n'ont même pas attendu qu'il gravisse une pente et ralentisse, non, ils s'en fichaient, ils ont sauté quand le train roulait à toute vitesse. C'était fou, fou, complètement fou.

« Je suis déjà poursuivi par les flics, se dit Muo, si en plus je me fais racketter par les Lolos, ce sera vraiment le bouquet. »

La terreur s'insinue dans son cœur. Il craint

pour les dollars cachés dans la poche secrète de son slip. Le paysage nocturne qui défile, somptueux et nostalgique tout à l'heure, lui paraît soudain hostile. Il a l'impression de traverser un pays étranger : montagnes hérissées, montagnes à pic, montagnes à perte de vue, toutes ressemblent, dans son souvenir, aux pèlerines des Lolos, grises, noires ou bistre. Les forêts, marais, gorges... qui se bousculent devant sa fenêtre, toutes ces ombres fantomatiques le guettent d'un œil empli de haine raciale, la plus implacable de toutes. Même les rares et faibles lueurs qui papillotent dans un hameau suspendu à flanc de montagne ou à l'intérieur de villages tapis au fond des vallées lui semblent haineuses.

Vite ! Vite ! Que le train quitte cette région !

La discussion de ses voisins s'enflamme. Il se lève de sa banquette et va vers le coin fumeurs.

La saveur des cigarettes n'est décidément plus la même depuis la chute de sa dent. La première bouffée le gêne par son arrière-goût inhabituel, son manque de saveur, de subtilité. Au lieu de glisser entre ses dents, de rouler dans sa bouche, de caresser sa langue et son palais, la fumée fuse par le trou central en un flot morne, indéfinissable qui coule directement au fond de sa gorge. Sa bouche n'est plus sa bouche, mais un canal, un robinet, une cheminée.

Entre les portes de deux wagons, ce coin est à l'abri des regards. Il sort sa dent, enveloppée dans une serviette en papier. En tâtonnant, il la remet à son ancienne place et enfonce la racine dans sa gencive. Le miracle se produit : elle y reste, coincée entre deux autres dents. Le trou a disparu.

Il retrouve le goût de la Marlboro, qu'il déguste à petites goulées, comme un plat fin. À côté, la porte des W.-C. claque dans le vent (un usager somnolent a oublié de la fermer) et laisse échapper une odeur fétide. Mais rien ne peut gâter son plaisir de fumer. De nouveau, le train pénètre dans un tunnel, une coupure de courant plonge le wagon dans l'obscurité et, dans ce noir provisoire, il voit une étincelle rouge, qu'il reconnaît aussitôt. Celle de sa première cigarette, dans sa lointaine adolescence. Treize ans. Non, quatorze. Un mégot de Jin Sha Jiang (le Fleuve des Sables d'Or, une marque à trente fens le paquet). Le début d'un poème qu'il avait écrit à l'époque pour faire l'éloge de son premier mégot, avec des mots maladroits et naïfs, résonne dans sa tête. Il l'avait appelé « Le Petit Binoclard ».

> *Ah, mon premier baiser*
> *Sur la belle fesse sensuelle*
> *D'un Fleuve des Sables d'Or*
> *Étincelant dans une nuit de février.*

Il savoure délicieusement l'écho vibrant du train dans le tunnel, la joie de sa denture restaurée, les réminiscences de son lointain passé, sans remarquer que la lumière est revenue. Tout à coup, il entend une voix féminine dire dans son dos :

— Bonjour, monsieur Muo !

Le silence se fait. Tout se fige dans l'effroi, l'air, le train, son corps, son cerveau. « Ça y est, un flic », se dit-il en sentant défaillir son âme.

La voix réitère son bonjour, accompagné par un mystérieux cliquetis. Le cliquetis de quoi ? D'un trousseau de clés ? Sûrement de menottes. « Ciel ! Mon vieux cœur bat à tout rompre. Je suis cuit », se dit-il. Levant les mains en l'air, il pivote, dans une lenteur théâtrale, s'attendant à voir une Jodie Foster chinoise lui braquer un pistolet sur la tempe, dans un *Silence des agneaux* à la sichuanaise. D'une voix grelottante, il dit :

— Emmenez-moi voir...

Il veut dire « le Juge Di », mais n'achève pas sa phrase. Il n'en croit pas ses yeux : c'est la fille qu'il a aperçue tout à l'heure dans la vitre.

Elle est plantée devant lui, la bouche grande ouverte. Trop grande. D'ailleurs, tout a l'air trop grand chez elle, son blouson en jean, son pantalon rouge à pois blancs, son sac à dos jaune vif, et même le pack de cannettes de bière Heineken qu'elle tient à la main et qui vibre au rythme du train. Voilà la source sonore du mystérieux cliquetis.

— Vous vous souvenez de moi, monsieur

Muo ? demande-t-elle. Vous m'avez fait une interprétation des rêves dans le marché aux femmes de
ménage.

— Je ne m'appelle pas Muo, dit rudement
Muo. Vous vous trompez de personne.

Sa phrase à peine achevée, il écrase, tête baissée, son mégot dans un cendrier fixé à la paroi du
wagon et, sans avoir le courage de la regarder en
face, il tourne les talons, l'air offusqué. Pour ne
pas paraître se sauver comme un voleur, il
s'efforce de garder l'allure et la dignité d'un gen-
tleman. Mais il est si troublé qu'il se trompe de
chemin et se retrouve englouti dans les W.-C. Il
claque la porte, empli de colère. « Je deviens
dingue, se dit-il, plié en deux, les mains appuyées
sur le rebord du lavabo comme si le vomi lui
montait à la gorge. Je suis complètement fou.
Bien sûr que c'est elle. Comment ai-je pu ne pas
la reconnaître, cette petite paysanne qui rêvait de
jouer dans un film. Je me déçois ! J'aurais dû
l'engueuler un bon coup : merde, conasse ! Comment oses-tu déranger une contemplation, la
chose la plus sacrée au monde, l'expression la
plus noble ? »

Alors qu'il crie ces injures, quelque chose jaillit
de sa bouche et tombe dans le lavabo. Il met
quelques secondes avant de comprendre que c'est
sa dent. Heureusement, le lavabo est bouché
depuis Dieu sait quand, et sa dent a coulé au fond
d'un bain noirâtre couvert d'écume blanche. À

l'issue d'une longue et patiente exploration suba-
quatique, il parvient du bout des doigts à la
retrouver. Il la nettoie, l'essuie, la nettoie de nouveau, l'essuie, mais persiste une odeur d'égout, de
train et de latrines, dont il semble impossible de la
débarrasser.

Soudain, c'est une clameur mêlée de bruits de
pas, de bousculade, de trépignements. Il colle son
oreille contre la porte des W.-C. et écoute. Des
contrôleurs haussent le ton et la petite rêveuse de
cinéma leur répond d'une voix frêle et pleurante.
Elle voyage sans billet. Le ton des contrôleurs
monte. Ils la traitent comme une voleuse surprise
en flagrant délit. Elle est impuissante à se défendre.
Elle n'a pas d'argent. Elle bredouille qu'en dix-
huit ans d'existence, c'est la première fois qu'elle
fraude. Et elle s'engage à ne pas récidiver. Ils lui
demandent de leur laisser en gage le pack de bières
Heineken. Elle leur explique, d'un ton suppliant,
que c'est un cadeau d'anniversaire pour son père,
l'équivalent de ce qu'elle a gagné en deux mois de
travail comme femme de ménage. Mais ils ne se
laissent pas amadouer. Ils ont vraiment envie des
bières. L'un d'eux essaie de les lui arracher des
mains. Elle résiste. De désespoir, un cri monte
dans sa gorge et explose, perçant, douloureux,
d'une terrible bestialité. (Longtemps après, chaque
fois qu'il a pensé à elle, Muo a entendu ce cri
résonner dans ses oreilles et ressenti la même
peur.)

Il ouvre la porte et sort des W.-C., désireux d'intervenir en sa faveur, sans savoir comment s'y prendre. Elle l'interpelle :

— Monsieur Muo, s'il vous plaît, expliquez-leur ce qui s'est passé tout à l'heure quand je me suis amusée avec mon billet. Vous êtes mon seul témoin. Je l'ai mis sur le bord de la fenêtre et un coup de vent l'a emporté.

Il confirme sans hésitation, sort de sa poche trois billets de dix yuans et les distribue aux trois contrôleurs.

— C'est pour vous, mes amis, dit-il. Chacun un billet et on n'en parle plus.

Vagues. Les voix des passagers du train semblent venir de très loin, d'aussi loin que le *Narcisse noir*, le navire décrit par Conrad, ou que celui de Marlow traversant le cœur des ténèbres pour retrouver Kurt. Des voix floues, somnolentes. Les hommes bavardent, glanant dans le vaste champ des anecdotes. Leurs voix flottent, s'échangent, tantôt se rapprochent avec des éclats de rire, des toux, un éternuement spectaculaire, tantôt baissent, s'éloignent et meurent dans un soupir ou un bâillement. On ne sait plus qui raconte, qui écoute.

Vague. Le bruit des roues que Muo perçoit, vautré sous le siège d'une banquette en bois, les oreilles collées contre le plancher du wagon.

294

Quand le train entame une longue pente montagneuse, il entend les roues patiner sur les rails et résonner comme un tonnerre qui gronde sourdement, ou éclate parfois à crever les tympans, transformant sa couchette secrète en un nid d'oiseau au cœur de l'orage. On croirait voir les roues sillonnées d'illisibles étincelles. Mais lorsque le train dévale une montagne, dévorant la nuit, le bruit des roues est adouci, huilé, à peine perceptible. L'écho de la montagne est lointain, flou, comme murmuré dans une conque nacrée collée contre une oreille : c'est une rumeur de vagues calmes, régulières, qui lèchent sur un rivage un lit de pierres polies, gris-bleu, dans la lumière matinale. Le plus beau, c'est quand le train s'arrête dans une gare. Tu entends un soupir parcourir les roues, l'une après l'autre, comme une respiration pendant le sommeil. On dirait que quelqu'un vit au-dessous de toi. C'est un souffle. Tu sentirais presque sa tiède haleine.

Par bribes, le bavardage d'insomniaques parvient aux oreilles de Muo. Selon l'un d'eux, dont la voix basse évoque les conteurs d'antan, chaque chaîne de montagnes, chaque pays montagneux engendre un peuple particulier, comme chaque océan ses marins. Les Lolos de cette région sont tous doués pour sauter des trains. C'est un don physique, non le fruit d'un entraînement. Un talent inné qui, chez certains, touche au génie quand ils exécutent ces sauts spectaculaires, acrobatiques, qui leur permettent de monter dans un train a priori inaccessible, roulant à pleine vitesse, ou d'en descendre. Par ce talent, les Lolos se distinguent des autres peuples. Le plus étonnant, c'est quand ils prennent d'assaut les convois de marchandises, car ceux-ci, sans portes ni marchepieds, sont fermés par des barres de fer cadenassées. Tu vois les Lolos marcher le long de la voie, nonchalants, tranquilles, l'air un rien fatigué ou ivre. Le train passe. Et soudain, l'un d'eux se met à courir. Après quelques pas, il prend son élan et saute. Un mouvement de toute beauté, dont la courbe parfaitement calculée s'achève sur une des barres de fer que ses mains agrippent, le corps plaqué contre la paroi du wagon, sa grande pèlerine noire claquant dans le vent. De sa poche il sort un marteau, brise le cadenas, enlève les barres de fer, fait coulisser la lourde porte et entre. Quelques instants après, il réapparaît sur le seuil, un téléviseur dans les bras. De nouveau, un saut pour descendre. Un saut en chute libre, ou plutôt une envolée lyrique, avec sa pèlerine qui flotte dans l'air, et son butin dans les bras. Comme un skieur, il touche terre sans tomber, le plus loin possible de son tremplin. Il donne le téléviseur à ses compagnons, qui le rejoignent. Ils le lui attachent sur le dos, avec des cordes, et tout le monde s'en va. Parfois, des policiers se lancent dans une course-poursuite et tirent sur eux, mais quand ils galopent dans la montagne, même avec un téléviseur sur le dos, personne ne peut rattraper les Lolos. Les balles des fusils deviennent aveugles ou arrivent trop tard, ratant ces cibles mouvantes, ondoyantes, magiques comme des oiseaux.

— Vous êtes là, monsieur Muo ?

Il fait si noir qu'il n'y voit rien. Son esprit accuse deux secondes de flottement, puis il identifie la voix : c'est la fille de tout à l'heure, la rêveuse de cinéma du marché aux femmes de ménage. Disparition immédiate et totale du sommeil. Se rappelant le désastre qu'il a connu précédemment, dans un train de nuit au décor similaire, il décide de rester silencieux. Fugitif certes, mais vertueux. Un ascète.

Elle répète deux ou trois fois le nom de Muo. De peur de réveiller les autres voyageurs, elle chuchote. Mais même ce chuchotement ne peut étouffer sa gaieté, sa nature affectueuse. Muo, le fugitif-ascète, essaie de simuler un ronflement, mais sa respiration change trop souvent de rythme et de ton. Bien qu'il ne la voie pas, il sait qu'elle est en train de se glisser dans sa couchette secrète.

— Pas mal ce petit coin, dit-elle.

Le manque de hauteur et d'espace l'oblige à avancer à quatre pattes. Dans l'obscurité, elle le heurte. Ils crient tous les deux.

— Pas si fort, dit-il.

— Ça craint rien. Nos voisins dorment.

— On peut se tutoyer. Qu'est-ce que tu veux?
Sa voix est froide comme la glace.

— Tu aimes les jujubes? Je t'en ai apporté quelques-uns.

— Pas si fort, répète-t-il, se barricadant derrière ses vœux d'ascète.

Il ne veut pas sourire, même s'il sait qu'elle ne le voit pas. Il ajoute :

— Garde-les pour ton père.

— J'en ai encore, t'inquiète pas. Prends. Ils sont propres. Je les ai lavés.

— Donne-m'en juste un.

Mais dans le noir, elle ne trouve pas sa main.

— Où est ta main?

Après quelques tâtonnements, un jujube change de propriétaire. Muo le glisse dans sa bouche avec précaution, pour qu'il ne touche pas sa dent du milieu.

— Tu en veux encore un?

— Attends.

Dégustation nocturne. À petits coups, il mâche le fruit charnu, frais, juteux.

— Je veux te montrer un livre que j'ai acheté, dit-elle. Tu me diras ce qu'il vaut. Tu as du feu?

Il craque une allumette et la fille apparaît devant lui, si proche, à la lueur de la flamme, le dos courbé, les coudes appuyés sur le sol. « Qu'est-ce qu'elle est jolie », constate-t-il.

Une autre allumette est nécessaire pour éclairer le livre dans la main de la fille : mince, usé, lustré, avec, sur la couverture, six caractères chinois qui disent : *Grammaire élémentaire de la langue française*. Certaines pages sont cornées et, dans les marges, quelqu'un a noté des commentaires.

Muo reste muet et immobile, frappé par une réaction de son corps qui le scandalise : son pénis est en érection. La première depuis son dépucelage. Il est incapable de dire quand c'est arrivé; pendant la dégustation du jujube ou l'exhibition du manuel?

L'allumette finit de se consumer, une longue et douce flammèche tombe sur la couverture du livre, rebondit et retombe sur l'imperméable en plastique qui lui sert de natte. Habilement, elle étouffe l'étincelle.

— Ça vaut cinq yuans ou pas? demande-t-elle, à nouveau engloutie par le noir. Je l'ai acheté d'occasion. Pour impressionner mon père. Il a payé le lycée à mon frère, mais pas à moi.

— Comment tu vas l'impressionner, puisque tu ne connais pas cette langue?

— Je lui répéterai ce que tu nous as dit au marché des femmes de ménage : le français est une langue dont tous les mots n'existent que pour plaire aux femmes. Comment tu as dit ça? Pour faire la cour aux femmes. Je m'en fous de ne pas savoir cette langue. Tout ce que je veux, c'est faire enrager mon père. Il veut me présenter un fiancé. Le fils du chef du village. Un type que j'aime pas.

— Lui est peut-être amoureux de toi.

— Je veux pas qu'il m'aime.

Sur ce, elle se tait. Bien que Muo ne la voie pas, il sent qu'elle le regarde.

— Muo, pourquoi tu te caches?

— Quoi?

Qu'elle est maligne! Pris de court, il fait tant d'efforts pour trouver une réponse que la peur le gagne et que son érection s'évanouit.

— Tu te caches, dit-elle, parce que tu as peur de la police.

— Tu veux savoir la vérité? Tu jures de ne jamais rien dire à personne? Je quitte le pays. Et comme je déteste les adieux, j'ai choisi d'embrasser une dernière fois la terre de Chine couché sous un banc, dans un train de nuit. Je suis un patriote.

— Tu mens.

— Tu connais la Birmanie? C'est là que je veux aller. Un pays formidable où l'on passe son temps à mâcher des noix d'arec dont on crache par terre le jus rouge comme du sang. Il y a des temples partout. J'entrerai dans un temple. Je deviendrai moine. Là-bas, un moine bouddhiste est autorisé à manger de la viande. J'adore la viande.

— Ne me fais pas rire. Un temple ne prendra jamais un interprète de rêves comme toi. Tu t'enfuis. Ça se voit. Tout à l'heure, tu as même nié que tu étais Muo.

300

Elle change de sujet.

— Je peux m'allonger à côté de toi? J'ai un coup de barre.

— Vas-y, mais prends un bout d'imper. Le sol est sale.

Il ne dit plus un mot. Il l'entend qui mâche des jujubes invisibles dans l'obscurité. Elle mastique comme une gamine ou une paysanne, en faisant avec sa bouche un bruit qui résonne si fort que Muo est persuadé qu'on l'entend à l'autre bout du wagon. Peu à peu, le bruit de mastication ralentit et laisse bientôt place à une respiration qui témoigne qu'elle s'est endormie. Vague le bruit du train qui rue au-dehors. Vagues les voix des voyageurs qui discutent. Vagues les ronflements. Soudain, il la réveille et lui demande :

— Je ne sais même pas comment tu t'appelles.

— Tout le monde m'appelle la petite sœur Wang. Pourquoi tu me demandes ça? Tu vas descendre?

— Non. Je vais te poser une question, mais, si tu ne veux pas répondre, je comprendrai.

— Dis.

— Est-ce que tu es vierge?

— Quoi?

— Vierge. Qui n'a jamais fait l'amour avec un homme.

— Oui, je suis vierge.

Dans le noir, il l'entend pouffer de rire.

— Sérieusement? demande-t-il.

— Bien sûr.

— Si tu acceptes de nous sauver, mes amies et moi, je t'emmènerai en France.

— Qu'est-ce que je dois faire?

— Un magistrat de Chengdu, le Juge Di, a mis deux de mes amies en prison. Maintenant, c'est moi qu'il cherche. On lui a proposé de l'argent. Il a refusé. Il en a déjà trop. Ce qui l'intéresse, c'est de rencontrer une fille vierge.

Il achève sa phrase et attend — il croit même l'entendre — qu'elle pousse un cri déchirant, à crever le tympan, comme tout à l'heure, face aux contrôleurs : un glapissement terrifiant, presque bestial. Mais rien. Pas un mot. Il n'entend pas même le souffle de sa respiration. Un accablement indicible pèse dans l'air, au point qu'il perd espoir et s'étonne, un sourire crispé au coin de sa bouche édentée, de ne pas la voir partir. Soudain, elle lui demande d'une voix hésitante :

— Tu m'emmèneras vraiment en France, après?

— Oui.

— J'accepte...

Dans l'obscurité, il croit s'évanouir. Oubliant le fugitif-ascète, il la prend dans ses bras avant qu'elle n'ait fini sa phrase.

— Merci, marmonne-t-il d'un ton paternel. Mille fois merci. Je t'apprendrai le français.

Alors, des vers de Hugo, Verlaine et Baudelaire, qu'il avait depuis longtemps oubliés, lui viennent à la bouche et se bousculent sans qu'il puisse les retenir. Il les laisse franchir ses lèvres qui, à tâtons, couvrent de baisers les cheveux, les yeux, le nez de la jeune fille. Elle garde la tête baissée, dans le noir. Mais elle ne le repousse pas. Brusquement, il l'embrasse sur la bouche, fougueusement. Ah! ce jujube sauvage gonflé de sève!

— C'est quoi? murmure-t-elle. Quelque chose est entré dans ma bouche. Ça venait de la tienne.

— Ma dent! crie-t-il si fort qu'un jet de salive s'échappe à travers sa denture dévastée. Ne l'avale pas!

2

La Tête du Dragon

Chengdu, le 5 octobre

Ma très chère Vieille Lune, mon splendide Volcan,

As-tu conservé ton goût pour les énigmes? Ta longue incarcération ne l'a-t-elle pas entamé? Ma chère championne de devinettes de la 75ᵉ promotion de notre université, la plus intelligente de toutes les étudiantes, la grande rivale d'Œdipe qui a gagné, t'en souviens-tu, lors du concours de fin de première année, une pastèque de cinq kilos rouge et juteuse qu'on a partagée avec les huit colocataires de ta chambre de dix mètres carrés. On n'avait pas de couteau. On s'est rués sur ce pauvre fruit, on s'est battus, on a ri, chacun avec une cuiller à la main. L'année suivante, tu as gagné un dictionnaire que tu m'as offert, le dictionnaire des termes argotiques dans les romans des Ming, un livre rare que j'adore feuilleter, que j'ai tellement lu et relu que je pourrais écrire une nouvelle à la manière d'un auteur de cette dynastie.

Voilà une énigme à déchiffrer : pourquoi écris-je cette lettre — j'ignore pour l'instant quelle en sera l'épaisseur — dans une langue étrangère dont son admirable destinataire ne comprend un traître mot : le français ?

Une petite énigme qui tinte du doux son du bonheur, clair comme une pièce de monnaie. J'ai sursauté en voyant que le premier mot tracé par ma main engourdie était en français ; j'étais sidéré par l'ingéniosité de ce geste spontané. Elle m'enivrait. Elle forçait mon respect, voire mon admiration pour moi-même. Vraiment. Je regrette que ce ne soit pas arrivé plus tôt et je me réjouis d'imaginer les matons de ta prison chargés de censurer les lettres. Quelle tête feront-ils devant la correspondance en français d'un infatigable épistolier, amant fou et mystérieux ? Le budget restreint et le nombre croissant des prisonniers obligeant, je suis sûr qu'ils n'engageront pas de traducteur pour déchiffrer cette missive cabalistique. (À Chengdu, les trois ou quatre seuls professeurs qui comprennent la langue de Voltaire et de Hugo sont à l'université du Sichuan. « Dites-moi, monsieur le professeur, il faut compter combien par page traduite ? — Dans les cent, cent vingt yuans. C'est le tarif. »)

Désormais, ma chère Vieille Lune, mon splendide Volcan, une langue étrangère nous unit, nous réunit, nous attache en un nœud qui s'épanouit, sous ses doigts magiques, en deux ailes de papillon exotique. Une écriture alphabétique de l'autre bout du monde. Ses signes orthographiques, apostrophe, accents aigu, grave ou circonflexe, lui donnent une dimension ésotérique. Tes codétenues, j'imagine, seront jalouses de toi, qui passeras ton temps à lire mes lettres d'amour, cherchant à en deviner le sens. Te souviens-tu, à l'époque où nous étions étudiants, de ces merveilleux moments où nous écoutions ensemble nos poètes préférés : Eliot, Frost, Pound, Borges... Leurs voix, chacune avec sa personnalité et sa beauté sonore, nous envoûtaient, nous faisaient rêver, nous sublimaient, bien que ni toi ni moi ne comprissions un mot d'anglais ou d'espagnol. Ces accents, ces phrases incompréhensibles restent pour moi, encore aujourd'hui, la plus belle musique du monde. La musique des élites, des romantiques, des mélancoliques. Notre musique.

En écrivant ces mots, sais-tu ce qui me vient à l'esprit et me submerge ? Un vif regret, non pas d'avoir appris cette langue, mais de ne pas en savoir d'autres, plus difficiles, qu'encore moins de gens comprennent. Le vietnamien, par exemple. Je me suis initié à cette langue, à ses six tons, à sa grammaire pleine de confusions et de subtilités. Imagine, si je t'envoyais des lettres en vietnamien, même si le Juge Di était prêt à payer très cher un traducteur, il lui serait tout simplement impossible d'en trouver un, même à l'université du Sichuan. Ou une autre langue encore plus cabalistique, le catalan. Qui peut déchiffrer une lettre en catalan dans notre province de cent cinquante millions d'habitants ? Tu sais ce que je voudrais faire ? Apprendre des langues connues pour leur ésotérisme, le tibétain, le mongol, le latin, le grec, l'hébreu, le sanscrit, les hiéroglyphes égyptiens. Je voudrais pénétrer dans ces sanctuaires clos, m'agenouiller avec trois bâtons d'encens allumés et prier pour nous deux dans ces langues du saint des saints.

On était deux, la petite sœur Wang, son pack de bières à la main, et moi, Muo le fugitif au sourire béat et à la denture dévastée, recherché par le Juge Di et la police, Muo qui venait d'abandonner son projet de fuite en Birmanie, et qui, après quelques heures de train, était sorti de sa cachette dure comme le roc pour faire demi-tour avec sa nouvelle recrue, son sauveur potentiel, une véritable et ô combien précieuse vierge.

Il était 3 heures du matin quand nous sommes descendus du train, dans la gare de Meigou. Le quai en terre battue était couvert de flaques d'eau laissées par une récente averse. Une gare minable, encaissée entre deux montagnes sombres. Quand le train Chengdu-Kunming, mon train, a redémarré et disparu dans la nuit, le long écho des coups de sifflet du chef de gare s'est étiré un moment, s'est répercuté entre les rochers, pour enfin mourir dans le vent, le bruissement des feuilles d'arbres, le clapotis confus d'un fleuve invisible.

Le plus urgent était de contacter le gendre du maire de Chengdu, tu te souviens, ce type dont je t'ai souvent parlé, avec qui le cauchemar des vierges a commencé, il y a quelques mois. Lui seul pouvait trouver un arrangement avec le Juge Di, mais il fallait attendre le matin pour l'appeler puisque, restaurateur le jour, il passe la nuit dans une cellule de prison, comme toi, son portable éteint.

Meigou est le nom du fleuve qui coule au pied des montagnes et contourne la petite ville du même nom, non loin de la gare. De gros et longs troncs d'arbres abattus dans les forêts de haute altitude, charriés par le courant, s'y heurtent, s'y bousculent dans un tourbillon, avec des bruits bizarres, un peu étouffés, sur un rythme fantomatique. Quand tu marches le long du fleuve, tes pas te semblent ceux d'un autre. Ta respiration, les phrases que tu prononces prennent un rythme différent. Tu as peur, comme si tu pénétrais dans un pays inconnu, peuplé d'ombres et de bruits hostiles, et étais toi-même un fantôme intrus. À l'entrée de la ville, sur le pont, il y a une stèle ancienne, dont les inscriptions encore lisibles, en chinois et en lolo, racontent que le fleuve prend sa source au sommet de la montagne du même nom, au nord de la ville. Une source très profonde,

d'une limpidité divine. Lors des grandes séche-
resses, il suffit d'y jeter des ordures pour qu'il
pleuve aussitôt des cordes dans toute la région.

Nous avons eu de la chance. Dans la rue principale de la ville, un karaoké était encore ouvert. Je
n'aurais jamais cru que dans une bourgade si éloignée, si petite, si pauvre, on trouverait un karaoké
ouvert à 3 heures du matin, le Shanghai Blues.
Extraordinaire. J'aurais voulu que tu voies la
petite rêveuse de cinéma chanter. Son joli visage
rayonnait de trois lumières : la jeunesse, la coquetterie et l'amour de la musique. Il faisait chaud, à
l'intérieur. La salle était sombre, on ne voyait pas
les autres clients. Elle a enlevé son blouson et s'est
avancée vers l'écran, comme une star sur une
scène. Pour une fille de la campagne, elle n'est pas
timide. Son torse fluet, qui remplit mal son tee-
shirt, sa poitrine plate, ses bras graciles, tout son
corps joliment maigrichon a quelque chose d'adolescent que même mon œil de myope sait apprécier. Plus je la regardais, plus elle me faisait penser
à toi. Je ne dis pas qu'elle te ressemble, mais il y a
un écho de toi dans son profil, notamment la
courbe de son crâne, son front dégagé, ses yeux
étirés, sa façon de gratter de temps à autre la
racine de ses cheveux coupés au ras des oreilles,
comme les tiens. Dans sa voix aussi, il y a un écho
de la tienne : basse, un peu cassée. Pour imiter une
chanteuse noire de blues, vous n'avez pas votre
pareille. Elle connaît pas mal de chansons popu-

laires, qu'elle a dû apprendre en faisant le ménage chez des gens qui avaient un studio de karaoké. Certaines des chansons qu'elle choisit étaient des catastrophes, mais une était vraiment bien : « Je n'emprunte ce petit chemin qu'une fois tous les mille ans. » La mélodie, les paroles, sa voix, ça m'a tué. Même moi qui ne suis jamais dans le ton, j'ai pris un micro et j'ai chantonné avec elle, massacrant la chanson. Je l'ai félicitée. Elle était radieuse. Elle sait qu'elle a une jolie voix et chante bien. Sous le charme, je lui ai dit que, comme nom d'artiste, « Petit Chemin » lui allait mieux que « Petite Sœur », que c'était plus chic. Elle a répété plusieurs fois les mots « Petit Chemin ».

— D'accord, a-t-elle dit, l'air sérieux. À partir de maintenant, tu m'appelleras par ce nouveau surnom.

Superstitieux comme je suis, chaque fois que je repense à ce qui s'est passé le lendemain je me demande si la chanson était prémonitoire. Un chemin rarissime, qu'on n'emprunte qu'une fois dans sa vie, jamais deux.

Le patron du karaoké, un trentenaire sympathique, avait l'air d'apprécier Petit Chemin. Quand les autres clients sont partis, il lui a demandé si elle aimait danser. Elle a dit qu'elle connaissait le hip-hop, qu'elle avait appris en travaillant chez des gens dont le balcon donnait sur la cour d'un lycée professionnel. Tous les jours, elle regardait les élèves danser le hip-hop pendant la récréation et avait fini par en connaître les figures. Le patron s'est proposé de jouer les D.J. pour l'accompagner. Il a mis sur la platine un titre de Cui Jian, le rocker chinois des années 80 : « Je ne possède rien dans ce monde. » Les cris rauques, désespérés de Cui Jian se sont modernisés sous les doigts magiques du D.J. improvisé, ils étaient plus âpres, plus rythmés. À vrai dire, ce D.J. amateur est le meilleur que j'aie jamais vu. Ses doigts ne bougeaient pas constamment les boutons, il laissait d'abord Cui Jian pousser ses cris déchirants, puis il attaquait. Il jouait avec les boutons un peu comme un musicien de jazz joue de la batterie. Entraînée par la musique, le sourire aux lèvres, Petit Chemin a traversé la salle à petits pas en tournant gracieusement sur elle-même. D'abord ses épaules ont ondulé, puis ses bras, ses jambes, ses hanches, toutes les parties de son corps se sont soudain désarticulées, disloquées, et chacune, comme en transe, envoûtée, a été prise de mouvements convulsifs. Changement de disque. Le D.J. a mis celui d'un rappeur chinois sur la platine. Tu connais sûrement le fameux poème du roman *Le rêve dans le Pavillon rouge*, qui commence par « Tout le monde adore l'argent ». En rap, c'est magnifique. Petit Chemin a fait une culbute en arrière. Dans le saut, son tee-shirt a dévoilé une partie de son ventre, si maigrichon qu'on lui voit les côtes. C'était le signe d'un changement de rythme et de figures.

Les mains plaquées au sol, la tête en bas, elle a pivoté sur les bras. Les jambes en l'air, pliées ou tendues, elle a tourné, tourné, de plus en plus rapidement, et pof! sa tête a remplacé ses bras comme pivot et son corps, quel corps, fluet mais vigoureux, s'est dressé en l'air, tout droit, les pieds en haut. Je l'ai applaudie. Et, avant qu'elle ne se lance dans d'autres figures, je me suis amusé avec eux. « Le grand-père va vous faire une danse révolutionnaire », leur ai-je annoncé. Et j'ai dansé quelque chose qui remonte à loin, tu sais, cette danse qu'on a apprise à l'école, une danse presque grotesque, qui met en scène le valet d'un méchant propriétaire terrien qui va arracher les loyers aux paysans pauvres. (Sûrement à cause de ma laideur physique, durant toute mon adolescence, ce rôle ingrat m'a été dévolu. Il est devenu mon image de marque, mon emblème, et m'a plongé dans une solitude telle que j'ai failli devenir homosexuel.) Avec ma ceinture en guise de fouet et ma dent manquante, je me suis bien tiré d'affaire : démarche de crabe, pirouettes, sauts, claquements de fouet, mais à la fin, en exécutant une cabriole, je me suis mal reçu sur le sol et je me suis cassé la figure. Tu sais avec quel disque le D.J. m'a accompagné? Le ballet révolutionnaire *La fille aux cheveux blancs*. Je te jure. Il y a tous les genres de disques au Shanghai Blues de Meigou : depuis les Beatles, U2, Michael Jackson, Madonna, jusqu'à *Soleil rouge de notre cœur*, *L'Orient rouge* ou des discours du président Mao chantés par des stars de Hongkong sur de la musique électronique.

Par chance, j'ai pu joindre le gendre du maire du premier coup, juste après le petit déjeuner. Il était dans un taxi, ce prince des condamnés à mort, en train d'exécuter sa fichue peine. J'ai eu l'impression qu'il était surpris de m'entendre, mais il ne l'a pas montré. Il m'a longuement écouté. À la fin, je lui ai demandé s'il pensait qu'une rencontre entre le Juge Di et une deuxième vierge, Petit Chemin, pourrait changer la situation ou permettrait au moins de faire libérer l'Embaumeuse.

Suivit un moment de silence. J'ai cru qu'il réfléchissait. Soudain, sa voix est revenue :

— Ça va, ta vie sexuelle ?

La question m'a pris de court.

— Ça va, ai-je dit avec modestie. J'ai même fait quelques progrès en ce domaine.

Il a ri. Pas d'un rire homérique, mais je l'ai entendu rire.

— Bravo ! Écoute, selon le vieux Sun, le prisonnier le plus malin que j'aie jamais vu, la vie se résume à trois choses : manger, chier, baiser. Si tu remplis ces trois fonctions, tout va bien.

— C'est une définition amusante.

— Viens le plus tôt possible avec la fille. Comment elle s'appelle ? Petit Chemin ? Joli nom. Dès que vous serez arrivés, appelle-moi. Entre-temps, j'aurai arrangé le coup avec le juge.

Puis il a ajouté une phrase, pas dans notre dialecte, mais en mandarin. J'ai eu l'impression qu'il imitait un de ses codétenus :

— Muo, dit-il, t'es vraiment un sacré pavé dans la mare.

Sur ce, il a raccroché. Mon cœur bondissait de joie. J'avais envie de crier, c'était idiot. Je savais que mes parents étaient déjà à l'hôpital, pour les piqûres du matin, mais comme je n'avais personne d'autre à appeler, je leur ai passé un coup de fil. Bien sûr, ils n'étaient pas là. Mais ça m'a calmé. J'ai décidé de me concentrer sur le nouveau voyage. Et c'est là qu'on est tombés sur la « Flèche bleue ».

La Flèche bleue, tu sais, cette marque de camionnettes chinoise, était garée à l'entrée de la ville. Elle était couverte de boue, la peinture tombait de partout, on aurait plutôt dit une flèche jaune, tellement elle était méconnaissable. Derrière la cabine du chauffeur, la remorque sans bâche était si cabossée qu'on avait dû attacher le battant arrière avec une corde. Petit Chemin et moi avons rencontré le camionneur dans la gargote où nous prenions notre petit déjeuner : un type d'un âge indéfinissable, qui aurait pu avoir trente ou cinquante ans, barbu, ou plutôt mal rasé, voûté, le visage jaune, qui, de temps à autre, était secoué par des accès de toux grasse. Quand il avait toussé, il se raclait la gorge, crachait des cochonneries par terre, devant toi, puis mettait le pied sur son crachat et le frottait de la semelle, tout en bavardant. C'était une caricature de routier, dont il n'hésitait pas à mettre les défauts en évidence.

Comme le seul train à destination de Chengdu s'arrêtait à Meigou dans cinq ou six heures, et que tout retard risquait de compromettre les plans du gendre du maire, j'ai décidé de partir avec la Flèche bleue. Après de courtes tractations et un billet de vingt yuans, le camionneur a accepté de nous prendre à son bord.

La guimbarde progressait par bonds, le long de la route la plus cahotante du monde. Toute ma vie, je me souviendrai de cette traversée des Monts du Grand Froid. La banquette était éventrée et recollée par endroits avec du ruban adhésif. Tu croyais être assis directement sur les ressorts qui grinçaient comme ceux d'un vieux matelas et t'éjectaient, à chaque secousse, vers le plafond de la cabine. Pire qu'une barque balançant entre les vagues, au milieu de la mer. Le plus comique était la radio, dont tous les boutons de réglage avaient disparu, et qui résistait mal aux secousses. D'un coup, le son s'interrompait, puis il repartait timidement, hésitant, tremblotant, s'interrompait de nouveau pendant un long moment, au point qu'on finissait par l'oublier, et, soudain, il braillait à tue-tête, dans l'anarchie la plus totale. Le hasard voulut qu'il y eût cet air révolutionnaire, tu sais, *Pulvérisons les ennemis américains*, qui raconte l'histoire d'un soldat cruellement blessé qui fonce, mitrailleuse à la main, vers le front américain, sous une pluie de balles qui sifflent à ses oreilles, parmi les éclats d'obus qui explosent à ses pieds, dans un feu et un bruit d'enfer. Parfois, tu avais l'impression qu'il était tombé, atteint par une balle, la radio se taisait, on n'entendait plus qu'un crissement sinistre symbolisant peut-être son agonie. Mais une nouvelle secousse, et ça repartait. Comme ressuscité, le soldat se remettait à chanter, et la mitrailleuse à éjecter des douilles vides. Grandiose ! J'ai remarqué que la vitre de la portière gauche, du côté du chauffeur, ne fermait pas complètement, il restait une ouverture de cinq centimètres par laquelle le vent s'engouffrait. Du coup, je n'ai pas allumé de cigarette, de peur que la fumée ou des cendres ne voltigent dans le visage de Petit Chemin, assise à côté de moi. Je n'aurais jamais pu deviner quelles graves conséquences allait avoir cette ouverture apparemment anodine. La vie est pleine de pièges, vraiment.

Le camionneur m'a demandé de raconter des blagues salaces, car il n'avait pas dormi la nuit précédente et, bercé par les secousses de cette « putain de route », il risquait de s'endormir au volant.

— Tu sais, des blagues qui font bander, me dit ce taré.

Froidement, je lui ai répondu que mon métier me donnait accès aux rêves des gens, que certains avaient une forte coloration sexuelle, mais qu'ils n'étaient jamais drôles.

Si tu avais vu sa tête! Je me suis résigné. Je me suis efforcé de me rappeler les conneries qu'on racontait dans les douches collectives ou les vestiaires. Mais j'ai fouillé en vain tous les recoins de mon cerveau.

— Ce genre de blagues, dis-je, c'est un peu comme la psychanalyse.

— Ce qui veut dire? demanda-t-il, méfiant.

— Qu'il faut chercher dans l'inconscient.

À cet instant, des couleurs sont apparues sur le versant d'en face, des buissons d'azalées et de rhododendrons en fleurs, au milieu d'une forêt de sapins récemment ravagée par le feu.

— Je peux essayer? a proposé Petit Chemin.

— Une gamine comme toi, qu'est-ce que ça peut raconter? Une histoire de crèche? a dit le roi de la camionnette avec un sourire malsain qui se croyait séducteur.

Elle m'a demandé, à ma surprise, si j'avais encore des cigarettes. Elle en voulait une « pour se rafraîchir la mémoire ».

À vrai dire, elle n'a rien d'une paysanne. Tu ne dirais pas qu'elle vient d'une famille pauvre. Si tu avais vu comment elle s'y est prise avec la cigarette. Contrairement à moi, elle n'aspirait pas la fumée à pleins poumons, mais en tirait une juste quantité, la savourait, puis, par les narines, elle l'expulsait doucement, avec charme. Ses doigts fluets, aux ongles sans vernis, tenaient gracieusement la cigarette entre « la fleur à demi ouverte de ses lèvres ».

Voilà ce qu'elle a raconté : il y a longtemps, très longtemps, un moine, qui vivait en ermite dans une montagne reculée, éleva un orphelin qu'on lui avait confié à l'âge de trois ans. Le temps passa. Le gamin grandit sans contact avec l'extérieur. Quand il eut seize ans, son maître l'emmena voir à quoi ressemblait le monde. Ils descendirent de la montagne et, après trois jours de marche, atteignirent une plaine. Comme le jeune homme ne connaissait rien, quand ils croisaient un cheval, le moine lui disait : « Ça, c'est un cheval. » Et de cette façon, il lui montra une mule, un buffle, un chien... Une femme apparut et s'avança vers eux. Le garçon demanda à son maître le nom de cette créature.

« Baisse les yeux, dit notre conteuse en imitant la voix d'un vieillard. Ne la regarde pas, c'est une tigresse, l'animal le plus dangereux du monde. Ne t'en approche jamais, sinon, tu te feras dévorer. »

Cette nuit-là, alors qu'ils rentraient dans leur montagne, le vieux moine remarqua que le novice ne parvenait pas à s'endormir, mais se tournait et se retournait sur sa couche comme sur des charbons ardents. C'était la première fois qu'il le voyait dans cet état. Il lui demanda ce qui le tourmentait. Le novice répondit :

« Maître, je ne cesse de penser à cette tigresse qui dévore les hommes. »

J'ai ri. La petite avait le sens de l'humour. Mais notre fichu prince de la Flèche bleue n'a pas réagi. Je veux dire que cette jolie histoire n'a rien provoqué en lui. J'ai tenté de prolonger mon rire, histoire de le contaminer. Mais il est resté impassible. Alors j'ai fait semblant de rire comme un gamin, en lui donnant des claques sur l'épaule : rien à faire. Enfin, ce seigneur a prononcé son verdict :

— C'est marrant, mais trop végétarien à mon goût. Je préfère les blagues plus grasses.

J'ai regardé dehors. L'autoradio anarchique s'est remis à diffuser son programme musical. On se trouvait à une très haute altitude. Le fleuve Meigou, qu'on avait longé tout à l'heure, coulait dans le fond de la falaise et ressemblait à présent à un mince ruban jaune, avec de minuscules éclats miroitants. Le camionneur a annoncé qu'il allait nous raconter une blague.

— Je suis sûr, a-t-il dit, que vous crevez d'envie d'en entendre une des miennes.

C'est là qu'ont commencé les ennuis.

À travers mes lunettes, j'ai vu un tas de grosses pierres, aussi noires que les rochers alentour, au beau milieu du col où nous conduisait la route. C'était un monticule sombre, qui se détachait sur le fond bleu du ciel et la terre jaune du chemin.

— Putain ! a crié le chauffeur. Des Lolos ! Fermez vos vitres, vite.

Pendant que Petit Chemin exécutait son ordre,

il a essayé de remonter la sienne, mais il restait toujours une ouverture de cinq centimètres.

Au fur et à mesure que la camionnette s'est rapprochée du col, les pierres noires vues en contre-plongée se sont agrandies, sont devenues imposantes, superbes, presque royales ; les pèlerines flottaient dans le vent, comme les étendards d'antiques guerriers.

— Ce sont des bandits ? a demandé Petit Chemin.

— Des Lolos purs et durs, ai-je dit.

— Durs ? a ricané le chauffeur. On va voir qui est le plus dur : ces barbares primitifs ou ma Flèche bleue.

Et voilà ce qu'a fait ce représentant de la puissance moderne : il a appuyé à fond sur l'accélérateur, en klaxonnant sans arrêt pour chasser les Lolos. Mais impossible de grimper la côte à grande vitesse, la guimbarde était trop vieille, elle haletait, elle souffrait ; même les hurlements du klaxon qui retentissaient dans le lointain faisaient penser, au cœur de ces Monts du Grand Froid, aux cris prolongés et plaintifs d'un chameau fatigué dans le désert du Takla-Makan, désert de la mort, désert de l'infini.

Pas un Lolo n'a bougé. Leurs ombres étaient figées, bizarrement découpées sur la terre jaune. Lorsque la camionnette leur a donné l'assaut, s'est produit un étrange effet d'optique : elles se sont allongées sous les roues. J'ai crié au chauffeur de freiner. Petit Chemin aussi. Mais il avait l'air de ne pas nous entendre. Les Lolos sont restés immobiles. De vrais rocs noirs. Moment crucial. Attaque aveugle de la Flèche bleue. Violents cahots dus au sol inégal. Dans un bond, la camionnette s'est jetée comme un tigre sur les Lolos. Les ressorts de la banquette nous ont éjectés vers le plafond de la cabine.

J'ai fermé les yeux. Le chauffeur a freiné. Soulagement. La catastrophe avait été évitée d'extrême justesse. Les Lolos étaient une trentaine, entre dix-huit et trente ans, des jeunes gars longs, maigres, noueux, sûrement des champions de saut en train. Ils se sont rués sur le pare-brise et les vitres des portières, montrant le poing, insultant le chauffeur qui avait mis leurs vies en danger, avec des flots de mots lolos, incompréhensibles, mais aussi des phrases en chinois, pas en mandarin mais en sichuanais, comme « fumier », « on va te corriger », « on va te casser la gueule », etc. Leurs visages grouillaient devant la camionnette, des visages tannés par le soleil et le vent, si rudes qu'on les aurait dits taillés dans le bois. Leurs boucles d'oreilles brillaient. Puis ils ont reculé et se sont groupés autour d'un jeune homme qui semblait être le meneur et buvait de la bière au goulot. Il a tendu la bouteille aux autres, elle a circulé. On n'entendit plus qu'une vague rumeur.

Discrètement, le chauffeur a sorti son porte-monnaie pour le glisser sous ses fesses, entre les crins et les ressorts de la banquette rafistolée. Que faire de mes dollars cachés dans mon slip ? De toute évidence, il était trop tard.

Le meneur de la tribu s'est approché. Une longue balafre sillonnait son visage anguleux. Il avait un sale caractère, cela se voyait. Il a martelé le pare-brise avec sa bouteille de bière ; de la mousse blanche a jailli et coulé sur la vitre.

— Voilà un vieux cheval fatigué, a-t-il crié en sichuanais, avant d'éclater d'un rire triomphant, dévoilant ses dents noires et le fond de sa gorge.

Puis les autres, en chœur, ont traité la Flèche bleue de tous les noms.

— Pour qui tu te prends, salopard ? Nous écraser ? Si ta camionnette avait effleuré un seul de nos poils, je t'aurais aplati le nez sur la figure !

Humilié, le chauffeur n'a rien dit, mais une vibration a parcouru la banquette, sous la tension de son corps. J'ai vu qu'il posait le pied sur l'accélérateur. Il m'a fait peur, ce fou.

— Tu sais où tu es ? a continué la Balafre. Dans la montagne de la Tête du Dragon. Ouvre les yeux et regarde. C'est dans cet endroit que nous, les Lolos, avons massacré des milliers de soldats de la dynastie des Qin.

Sur l'accélérateur, le pied crispé du camionneur avait des spasmes perceptibles, comme s'il résistait aux ordres de son cerveau.

— On veut retourner dans notre village, a dit la Balafre. Tu nous emmènes ?

— Allez-y, montez dans la remorque, a dit le chauffeur sans jamais avoir affronté le regard noir du Lolo, pas une seule fois.

La camionnette s'est remise en marche.

Selon les dires de la Balafre, la montagne s'appelait la Tête du Dragon. Plus on avançait, plus on la découvrait : après le col fatidique, elle s'élevait et, de toute évidence, prenait la forme d'une bête préhistorique, étrange, rampante, avec un corps énorme, étendu d'ouest en est, qui semblait remuer dans la brume légère, comme en embuscade. Brusquement, ce prédateur a dressé la tête — était-ce un effet d'optique ? —, une tête orgueilleuse, splendide, menaçante, dont on distinguait le crâne rocheux, le front écaillé, le menton hérissé de fougères exubérantes poussant entre les rochers, suspendues à la falaise, flottant dans le vent. De loin, on aurait dit la grande barbe du dragon des bandes dessinées de mon enfance, ou de celui collé sur la porte de mes parents.

— Tu sais ce que ça veut dire, un pavé dans la mare ?

Le chauffeur m'a regardé comme si j'étais fou.

— Fais demi-tour dès que ce sera possible, et retourne à Meigou. Les Lolos ne peuvent pas nous empêcher de repartir en sens inverse.

— Tu es vraiment un sacré trouillard.

Le maître de la guimbarde poussiéreuse a rejeté mon idée salutaire. Ce que je n'aime pas chez les hommes, c'est que, dès qu'ils prennent un volant, ils deviennent pour la plupart arrogants, irritables, violents. Ce n'est pas seulement un volant qu'ils ont entre les mains, mais un pouvoir, une autorité régalienne. Même Petit Chemin était inquiète, ça se voyait, elle ne cessait de mettre la main sur sa bouche. J'aurais dû proposer un bon extra au chauffeur pour l'inciter à changer d'itinéraire. Chaque fois que je repense à cette histoire, je m'en veux. Je ne l'ai pas fait, non par radinerie, je te le jure, mais parce que j'avais besoin de mon argent pour la suite. J'allais peut-être devoir fuir en Birmanie. Qui sait ? Et tout compte fait, je n'avais plus beaucoup de fric.

La Flèche bleue peinait à escalader la Tête du Dragon. Elle s'est arrêtée plusieurs fois pour reprendre son souffle avant d'arriver au sommet. Là, ce fut le choc : deux autres Têtes de Dragons, cachées par la première, dont la ressemblance avec l'animal mythique était à couper le souffle, nous attendaient avec le même implacable mépris, au sommet de deux falaises de plusieurs centaines de mètres. Ah ! ces Lolos, ils finissent par me fasciner, quand je pense qu'ils passent leur vie entre ces montagnes. Moi, ça me donnerait le cafard. Rien que de les regarder, j'en avais l'estomac retourné.

— Dites donc, vous deux, a dit le roi de la Flèche bleue, vous savez ce qui s'est passé dans ma tête, tout à l'heure, face à ces barbares ?

Nous n'avons pas répondu. Il a insisté :

— À ma place, à quoi vous auriez pensé ?

Notre silence ne l'a pas découragé.

— Je vais vous le dire : je pensais à une blague bien grasse, vous pigez ? Celle que je voulais vous raconter.

Il m'a regardé comme s'il venait de me coller six à zéro sur un terrain de foot. Il a continué :

— Avec tous ces Lolos qui gueulaient comme des fêlés, j'en avais oublié ma blague. C'est ça que j'étais en train de chercher.

J'aurais voulu faire semblant de ronfler, jouer les aveugles ou n'importe quoi d'autre pour l'empêcher de raconter ses conneries à ce moment précis.

— Les Lolos crient, derrière, a fait remarquer Petit Chemin. Ils vont vouloir descendre en arrivant au sommet.

À cet instant, dans la remorque, un Lolo a frappé très fort sur le toit de la cabine. Mais le chauffeur s'en fichait, tout entier à son plaisir de conteur. C'était une blague autobiographique : il y a deux ans, il travaillait pour l'armée (il y est resté huit ans) comme chauffeur, à l'état-major d'un régiment de fantassins. Un jour, il a emmené un commandant communiste d'environ cinquante ans inspecter des troupes. Le voyage devait durer quatre jours. Le deuxième soir, ils sont descendus dans un hôtel miteux, dans une petite ville. Le commandant, qui avait du tempérament, a passé la nuit avec la seule putain de l'hôtel, grosse et moche. Il fallait vraiment être en manque pour en avoir envie. Le chauffeur a passé une nuit « végétarienne ».

La voix du chauffeur, entrecoupée de quintes de toux, était accompagnée par des coups en provenance de la remorque, où les Lolos tapaient des poings et des pieds sur le toit de la cabine. Alors que la camionnette atteignait le sommet de la deuxième Tête du Dragon, je lui ai dit de s'arrêter, puisque les Lolos voulaient descendre. Il a tourné la tête et m'a jeté un regard autoritaire.

— À quoi tu joues ? T'es vraiment un trouillard. C'est l'endroit qu'ils ont choisi pour nous attaquer, nous dépouiller jusqu'à la culotte. Ils me prennent pour un idiot.

Il a appuyé sur l'accélérateur. La Flèche bleue a foncé sur la route qui descendait à pic, et il a continué son histoire.

— Le lendemain, pendant le voyage, le commandant m'a annoncé que la putain lui avait coûté deux cent cinquante yuans et qu'il fallait trouver une idée pour mettre la note sur le compte de l'armée. A priori, ça semblait impossible. Mais lui, il était calme. J'ai une idée, qu'il m'a dit, tu vas écrire sur l'honneur qu'aujourd'hui, sur la route de ma tournée d'inspection, on a écrasé une vieille truie et qu'on a dû donner deux cent cinquante yuans pour dédommager son propriétaire.

Là-dessus, il s'est mis à rire. Il a commencé haut, en fausset, puis sa voix a monté et s'est déformée jusqu'à devenir insupportablement aiguë, saccadée, comme une plainte nerveuse.

— Tu as le sens de l'humour, tu sais ça, chef? ai-je lancé. Mais écoute! Il y a quelqu'un qui grimpe au-dessus de nos têtes. Je l'entends.

— Ah! Je n'en peux plus, j'étouffe, s'est-il écrié en continuant à hurler de rire.

Renversé sur le dossier de la banquette, il se tenait les côtes d'une main et maintenait le volant de l'autre.

— Il ne pouvait pas mieux dire : une vieille truie! Je suis sûr que la veille, en baisant la putain, c'est ça qu'il voyait : une vieille truie.

À cet instant, la cabine s'est brusquement assombrie, comme lors d'une éclipse de soleil, brutale, violente, maléfique. Un manteau noir, non, la pèlerine noire d'un Lolo, tenue par une main invisible, essayait de couvrir le pare-brise. Cet écran noir et mouvant a stoppé net le rire du chauffeur, et nous a coupé le souffle.

— Je t'avais dit que quelqu'un était au-dessus de nous.

— Arrête la camionnette, a supplié Petit Chemin en mettant la main sur sa bouche.

Mais le chauffeur ne s'est pas avoué vaincu, au contraire. Il a marmonné des injures, en maintenant la vitesse et en bougeant la tête pour trouver les angles que la pèlerine n'obstruait pas. Tu te souviens? Je t'ai dit que c'était un fou. Un fou qui avait fait huit ans d'armée, huit ans d'entraînement à la guérilla, avec des vieux tacots, sur des pistes cahotantes.

À l'occasion d'une des innombrables secousses qui nous projetaient vers le plafond, l'autoradio, silencieux depuis un moment, est soudain reparti et le *Boléro* de Ravel a retenti à tue-tête. La malchance pour l'ancien militaire de chauffeur et pour nous, c'est que la route ne descendait plus mais escaladait en zigzag la troisième Tête du Dragon. La Flèche bleue, haletante, a ralenti. Incontestablement, ce changement fut interprété par les Lolos comme un signe favorable à un nouvel assaut. Une tête est apparue en haut du pare-brise. Quoique à l'envers, on pouvait facilement la reconnaître, à cause de sa vilaine balafre. C'était lui, le meneur de la tribu, qui s'était aventuré sur le toit de la cabine pour jouer de sa pèlerine noire. Ses camarades, debout dans la remorque, devaient le tenir par les pieds.

La Balafre orientait sa pèlerine à son gré, pour obturer la vue du camionneur. Un sale caractère, une haine millénaire, un mépris racial, un goût marqué pour la violence et le sang, tout cela se lisait dans ses yeux et était servi par ses muscles d'acier. En un sens, il me faisait plus peur que le Juge Di. Ravel l'accompagnait. Quelle musique ! Les trompettes de Jéricho, les trompettes des Lolos sonnaient, assourdissantes.

— Ne fais pas de bêtise !

Ma voix était tremblante.

— Je t'emmerde, saleté de Lolo! lui a crié le chauffeur à travers la vitre.

Comme un boxeur qui esquive les coups, ce fou se penchait tantôt vers la gauche, tantôt vers la droite. Parfois, on était dans le noir, on n'y voyait plus rien, il roulait à l'aveuglette. Sa tête surgissait à l'endroit où la Balafre ne l'attendait pas, il retrouvait de la visibilité et rétablissait la Flèche bleue d'extrême justesse, sur le bas-côté. Il essayait d'exploiter la moindre convexité de la piste, chaque motte de terre, chaque pierre pour tenter, par une forte secousse, de provoquer la chute fatale de son adversaire.

De temps en temps, je tournais la tête vers Petit Chemin. Tous les deux exclus du combat, nous avions le même regard effrayé, perdu, engourdi, presque absent. Le *Boléro* rythmait chaque geste de la Balafre qu'il transformait en une chorégraphie minutieusement réglée, une danse de la pèlerine noire. Sur cette musique, les deux ennemis se lançaient des injures, d'obscures menaces, mais personne n'entendait vraiment l'autre.

Profitant de la force du vent qui venait de face, la Balafre réussit à coller sa pèlerine sur la vitre ; on aurait dit qu'un rideau était tombé. Un rideau noir avec une bordure de soleil. Dans une acrobatie à couper le souffle, le chauffeur fou a résisté : le corps presque à l'horizontale, la tête sur mes genoux, les bras en l'air, les mains cramponnées au volant, au-dessus de lui, il regardait la route à travers la lisière lumineuse mais extrêmement mince de ce rideau noir. Enfin, le vent s'est calmé. La pèlerine s'est remise à flotter. Le chauffeur s'est redressé.

— Je t'aurai, putain de balafré, a-t-il juré en grinçant des dents.

Par réflexe, il s'est raclé la gorge et a lancé avec virtuosité un crachat par l'ouverture de la vitre de sa portière. Un geste de trop. Le geste fatal. J'ai vu un éclair dans le regard de la Balafre.

Un moment, la piste s'est élevée entre deux murailles de plusieurs dizaines de mètres de hauteur. Soudain, la pèlerine de la Balafre a disparu. Le flottement de nos esprits était perceptible dans la cabine. Parfois, les parois rocheuses s'écartaient, pour faire place à des champs de terre jaune plantés de maïs ou de blé chétif, ou à des versants abrupts sur les pentes desquels s'étageaient miraculeusement des rizières. Enfin, on s'est approchés du sommet de la troisième Tête du Dragon. À nouveau, une falaise à pic, de plusieurs centaines de mètres, hérissée d'arbrisseaux touffus, de rocs nus et d'ombres. Et dans sa profondeur, le fleuve Meigou, comme un lacet de chaussure jaune, dont on entendait l'écho du lointain courant, rythmé par la musique de Ravel.

Après le sommet, nous avons entamé, par un itinéraire zigzagant, la descente de la Tête du Dragon. Soudain, une ombre a traversé la portière, côté chauffeur et, dans un bruit de chute, deux mains ont agrippé la vitre par la fente de cinq centimètres. D'abord, il n'y a eu que les doigts, noueux comme des serres d'aigle, à la peau sombre, écailleuse. Sous leur pression, la vitre s'est ébranlée, prête à céder. Puis, sans le recours d'un point d'appui, un homme s'est hissé dans le vide et la Balafre est apparue derrière la vitre, décidément increvable. À cet instant, l'histoire des Lolos sauteurs de trains m'est revenue en tête.

Tout s'est passé si vite, avec une rapidité si fulgurante, une violence si époustouflante, que je ne me souviens plus maintenant s'il y a eu échange de mots entre lui et le chauffeur. Immédiatement, ce dernier a essayé de desserrer les serres d'aigle, d'abord d'une main, et comme il n'y parvenait pas, il les a frappées avec le poing, si fort que les coups ont résonné dans la cabine. La Balafre résistait. Il voulait entrer toute la main à l'intérieur pour atteindre la poignée de la portière. Mais la fente était trop étroite. Ses doigts étaient coincés. Le chauffeur a lâché le volant et a de nouveau essayé de les déloger. Pendant ce duel, la Flèche bleue s'est mise à tanguer anarchiquement. Le chauffeur l'a redressée. Puis il a aperçu un promontoire, dans le virage, qui formait une avancée. Il a appuyé sur l'accélérateur. La camionnette a foncé droit sur le rocher. Il pensait braquer à la dernière seconde pour que son adversaire percutât de plein fouet l'arête rocheuse et fût tué. Quel fou ! À quelques mètres du rocher, la Balafre a lâché la vitre, a sauté en l'air et a atterri, sain et sauf, sur un roc voisin, tandis que, le chauffeur ayant raté sa manœuvre, la Flèche bleue heurtait le promontoire. Avec un bruit énorme, la vitre du pare-brise a volé en éclats. J'ai à peine eu le temps de prendre Petit Chemin dans mes bras et de lui faire baisser la tête pour la protéger du choc. J'ai moi-même été touché à la tempe, à la poitrine et aux genoux, mais je n'ai pas perdu connaissance. Une pluie de verre est tombée sur nous. La camionnette, après avoir percuté le rocher, a rebondi, mais le chauffeur en avait perdu le contrôle, elle a heurté un arbre à droite de la route, au bord de la falaise, et a rebondi contre un autre rocher. Nouveau choc, mais plus amorti. Glissade vers la gauche. La falaise. À quelques mètres près, c'était la chute. Heureusement, elle s'est arrêtée, fumante, sans se renverser.

Mon corps était paralysé, je ne pouvais plus bouger, mais j'étais conscient. J'avais échappé à la mort.

Douleur féroce au crâne. Ma tête avait-elle été blessée dans le choc ? Resterais-je handicapé mental ? Des gens sont devenus idiots après un accident de voiture. La pire tragédie, la fin du monde. Faire un test. Tout de suite. Un test de mémoire, par exemple. Pose-toi une question. Année de naissance de Freud ? Cette question m'a surpris. Je ne savais pas quoi répondre. J'étais désespéré. Soudain, quatre chiffres me sont apparus.

— 1856.

J'ai continué, avec le ton sévère d'un professeur :

— Année de la mort de Freud ? — 1939.

Ce test autoprogrammé a été interrompu par des gémissements, près de moi. C'était Petit Chemin, la vierge de l'offrande. Des mots sans suite sortaient péniblement de sa gorge.

— Tu te souviens de ta date de naissance ?

Elle avait l'air de ne pas m'entendre. Elle gémissait. Elle disait qu'elle avait mal. Je ne savais que faire. C'était la première fois de ma vie qu'une fille hurlait de douleur entre mes bras. Comme un idiot, j'ai récidivé avec mon test de mémoire.

— Concentre-toi et dis-moi où tu es née.

— Ma jambe gauche est cassée.

Cette phrase a explosé comme une bombe à mes oreilles.

Puis la situation a empiré. Des Lolos ont donné l'assaut à la portière, dont la poignée était brisée, la serrure bloquée, et qui refusait de s'ouvrir. Ils voulaient sortir le chauffeur, mais celui-ci, la tête enfouie dans les bras, le corps appuyé contre le volant, semblait devenu un autre. Il n'était pas blessé, apparemment, mais il ne disait pas un mot et n'a pas riposté quand ils lui ont martelé la tête de coups de poing. Il s'agrippait au volant de toutes ses forces. Dehors, sur les rochers, la Balafre et quelques autres avaient ramassé de grosses pierres qu'ils tenaient entre leurs mains ou soule-

vaient en l'air. Dans un mauvais sichuanais sac-
cadé, ils l'ont condamné à mort :

— Ton crâne être écrasé par nos pierres, ta cervelle éclabousser la terre, ton cadavre de merde
jeter aux vautours, aux chiens et aux vers !

J'ai poussé des débris de verre et, à quatre
pattes, je suis sorti de l'épave par le pare-brise
cassé. Avant de sauter sur le sol, j'ai levé les bras et
crié :

— Au secours, ma fille a une jambe cassée.

Quoique fausse, cette paternité a rempli mes
yeux de larmes. Mais personne ne m'écoutait. Des
ruisselets de sang coulaient sur le plancher de la
remorque. Deux ou trois Lolos étaient gravement
blessés. L'un d'eux, la tête ensanglantée, la pommette et l'arcade ouvertes, a été descendu par ses
compagnons. Des paysans lolos, hommes, femmes
et enfants, surgis je ne savais d'où, arrivaient de
partout : des pèlerines noires, brunes, grises, beiges
bondissaient de tous côtés, certains Lolos descendaient des parois rocheuses à pic, courant, criant,
brandissant des pioches ou autres outils agraires,
comme transperçant d'imaginaires ennemis.
Rapidement, une foule de têtes noires en colère a
grouillé sur la piste autour de la Flèche bleue.

Je me suis approché de la Balafre, entouré de ses
compatriotes, et l'ai supplié comme un mendiant,
insistant que le plus urgent n'était pas de punir le
chauffeur, mais de secourir les blessés, « vos blessés
et ma fille ».

Un vieux Lolo s'est rué vers moi en se frayant un passage dans la foule. Il avait au moins soixante ans, et une « corne lolo », c'est-à-dire un ruban noir roulé sur la tête, à la manière d'une corne. Les autres lui ont dit que je n'étais pas l'auteur de l'accident dans lequel avait été blessé son fils. Mais il ne les a pas écoutés. Le poing crispé, brandi en l'air, il tremblait de colère. Mais il a été si lent à rassembler ses forces pour me frapper que j'ai eu le temps d'enlever mes lunettes. Tout ce que j'ai senti a été un coup horrible sur l'oreille droite. J'ai failli tomber tant son poing osseux était lourd. Je n'entendais plus rien qu'un bourdonnement dans ma tête. J'ai hurlé. Je l'ai traité de vieux crétin, ou quelque chose de ce genre. Il m'a donné un coup de pied dans le bas-ventre. Je ne m'attendais pas à un coup aussi traître de la part d'un vieux si traditionnel, avec sa corne sur le crâne. Ça m'a coupé le souffle. J'étais plié en deux, je n'arrivais plus à respirer.

Quelle honte ! Des larmes ont jailli de mes yeux et coulé sur mon visage. Des larmes chaudes de gamin lâche. Je me suis redressé et me suis entendu crier, pleurant, humilié, fou de rage :

— Pourquoi tu m'as frappé ? Pourquoi tu bats un Français ?

C'était médiocre. Je le savais. Je me haïssais. Mais j'aurais pu dire n'importe quoi pour sauver ma peau. Une fois le mensonge entamé, je n'ai pu m'arrêter.

— Je ne suis pas un Chinois d'outre-mer, mais un Français venu chercher sa fille adoptive. C'est un Français que tu as frappé. Tu sais où tu vas crever ? En prison ! Je t'avertis : le Juge Di va s'occuper de toi. Tu sais qui est le Juge Di ? Le roi des Enfers !...

Le mot « France » a circulé entre les Lolos, qui se le répétaient de bouche à oreille. Certains d'entre eux le connaissaient, d'autres non.

— Tu peux nous le prouver ? m'a demandé la Balafre, méfiant.

— Je ne te crois pas, a dit le vieux à la corne.

Puis il m'a ordonné :

— Dis-nous quelque chose en français.

J'ai exécuté la consigne. J'aurais pu l'injurier dans cette langue, mais je ne l'ai pas fait. J'ai juste dit, je m'en souviens encore :

— La France est située à l'ouest de l'Europe. Ses plus anciens habitants s'appelaient les Gaulois. Actuellement, on trouve encore une marque de cigarettes de ce nom. La plus grande contribution que le peuple français a apportée à la civilisation mondiale, c'est l'esprit chevaleresque...

Voilà le baratin que je leur ai servi, comme un professeur dans un amphithéâtre. Je ne les ai pas regardés pendant mon discours. J'étais calme ; les yeux plissés, je contemplais les trois sommets, les trois têtes, sombres et sauvages, des dragons. Les Lolos m'écoutaient. Posant leurs pierres par terre, ils se sont assis dessus et se sont laissé bercer par les mots, la prononciation, l'accent, l'intonation, le rythme de mes phrases, avec une certaine curiosité, et même du respect. Aucun ne m'a soupçonné de les insulter. De ma poche, j'ai tiré mon portefeuille, j'ai sorti ma carte de séjour et l'ai présentée à la Balafre. Bien sûr, je n'ai pas dit la vérité.

— Voilà ma carte d'identité française, ai-je affirmé.

Il a lâché sa pierre pour l'inspecter comme un douanier, en me comparant avec la photo. Puis il l'a passée aux autres. Pendant qu'elle circulait entre leurs mains sombres, calleuses, maculées de terre, je lui ai montré mes autres cartes : carte de crédit, carte d'étudiant, carte de bibliothèque, etc. Dans un coin de mon portefeuille, quelque chose a attiré son regard.

— Qu'est-ce que c'est ?

— Ma carte Orange. À Paris, ça sert à prendre le métro.

Je la lui ai tendue. Ses yeux se sont allumés. C'était un roi du saut en train, ça se voyait.

— Le métro, c'est un train qui roule sous la terre, dans des tunnels.

— Que dans des tunnels ?

— Que dans des tunnels.

Il m'a regardé comme si je venais d'un autre monde.

— Jamais en plein air ?

— Que dans des tunnels. Des kilomètres et des kilomètres de tunnels creusés sous la terre.

— C'est pas un pays pour nous, a-t-il conclu.
Il ne manquait pas d'humour.

Les autres, sûrement des virtuoses du saut en
train eux aussi, ont éclaté de rire en l'approuvant.

— Ça c'est sûr, c'est pas un pays pour les Lolos.

Sont-ils vraiment les bandits féroces que le
camionneur prétend qu'ils sont? Pas sûr. Au
moins, une chose est certaine : ils n'attaquent pas
les Occidentaux, même les faux qui n'ont ni les
yeux bleus, ni les cheveux blonds, ni un grand nez.
Les Lolos ont certaines vertus. Ils sont che-
valeresques, à leur manière, mondialistes, mais
aussi prudents ; ils ne veulent pas courir de risque,
sachant que la police chinoise ne plaisante pas
avec la sécurité des touristes et que le moindre délit
entraîne la peine capitale.

Après leur avoir remis deux cents yuans pour
leurs blessés (j'ai payé à la place du camionneur),
le Français, sa fille adoptive et leur chauffeur fou
ont été autorisés à partir en laissant sur place
l'épave de la hardie Flèche bleue, que le chauffeur
viendrait récupérer plus tard. Mieux encore, la
Balafre et ses compagnons ont arrêté, avec des
pierres, la première voiture qui passait, le minibus
d'une centrale hydraulique. « Emmenez-les vite à
l'hôpital, la fille a une jambe cassée. » On aurait
dit que toute la montagne criait.

Pendant le trajet, je suis resté à genoux à côté de
Petit Chemin allongée sur la banquette, pour tenir
à deux mains sa jambe blessée, parce que le

338

moindre cahot la faisait hurler de douleur. Peu à peu, le monde est redevenu normal, sans plus de cris, de menaces ou de pleurs, mais avec le soleil, le bruit du moteur et de l'air conditionné, le raclement de gorge de notre chauffeur. (« Ah ! j'en ai presque chié dans ma culotte, tellement j'ai eu peur », m'a-t-il dit.) Comme un immense oiseau argenté, le minibus volait sur la piste jaune, entre les rochers noirs, les bois sombres, les herbes vertes, les azalées en fleur. Un oiseau en liberté, léger comme la lumière.

L'ex-roi de la camionnette a raconté au conducteur sa blague sur la truie. Par hasard, mon regard a traversé la vitre arrière du minibus. À l'extérieur, vus du versant où on était, les Monts de la Tête du Dragon n'étaient plus cette bête énorme allongée d'ouest en est. Orientés nord-sud, trois sommets se dressaient au-dessus des ombres vertes des bois : celui du milieu était en forme de cône et les deux autres, moins hauts, plus doux, ressemblaient aux seins splendides et ombrés de noir d'une déesse crépusculaire. Me revint ce poème que nous avons lu ensemble, toi et moi, mais dont j'ai oublié le titre et l'auteur :

> *Et le soleil haut sur l'horizon caché*
> *Dans un banc de nuages*
> *A mis du safran sur le bord des nuages*
> *Dove sta memora.*

3

La chaussette volante

Durant les jours et les nuits qui suivent l'événement de la Tête du Dragon, Petit Chemin voit dans ses cauchemars un énorme cobra couleur d'araignée, lové sur lui-même, qui dresse sa tête à cinquante mètres du sol, ouvre sa mâchoire à dents de scie, la saisit par-derrière et lui mord la jambe ; ou une flèche qui vibre dans l'air et se précipite sur elle, avec sa pointe argentée, signe qu'elle est empoisonnée. Elle entend, en rêve, la vibration d'un arc invisible qui résonne et se propage comme une note de violoncelle. La flèche lui transperce la jambe. Toujours la gauche. Quelquefois, le reptile et la flèche se confondent avec un os dépourvu de chair, un os phosphorescent, son tibia fracturé, tel qu'il apparaît sur les radiographies.

Des radios prises dans le meilleur hôpital du Sichuan : l'hôpital de la Chine de l'Ouest, réputé pour son département de chirurgie ostéologique, qui occupe un bâtiment de dix étages, avec des

milliers de lits et plusieurs blocs opératoires entièrement équipés de matériel américain, allemand et
japonais.

À cinq cents mètres au nord, c'est le palais de
justice : par la fenêtre de la chambre de Petit Chemin, on peut voir ce château de verre, souvent
nimbé d'un épais brouillard, surtout le matin. Le
Juge Di n'est pas là. Selon le gendre du maire, tous
les grands magistrats du pays sont à Pékin pour
deux semaines de colloque.

— À mon retour, a-t-il dit au gendre du maire
par téléphone, je recevrai avec plaisir le cadeau de
ton ami psychanalyste.

(— Le Juge Di était si excité, a rapporté à Muo
le gendre du maire, qu'à l'autre bout du fil j'ai
senti ses doigts boudinés de tireur d'élite s'échauf-
fer, chatouillés par l'envie de vérifier au plus vite la
virginité de la fille.)

Des cheveux argentés, une blouse blanche
impeccablement amidonnée, des lunettes à fine
monture fixées par une chaînette autour de son
cou, le docteur Xiu, médecin-chef du département
de chirurgie ostéologique, incarne l'autorité. Sa
réussite de la première greffe de doigts, à la fin des
années 60, lui valut une renommée nationale. Le
bruit court qu'aujourd'hui encore, à soixante ans,
il s'entraîne chez lui (dans sa cuisine ?) à ressouder
les membres sectionnés de lapins morts.

Suivi d'une cohorte de médecins et d'infirmières, il fait une visite matinale dans une dizaine de chambres du huitième étage, dont celle de Petit Chemin. Le lendemain de son hospitalisation. Il fait un signe de tête à peine perceptible quand on lui présente Muo, le père adoptif venu de France. Il examine les radios et livre un diagnostic rapide, sûr, définitif : une fracture du tibia, nécessitant une opération avec pose de broches, dans les jours à venir. Puis une attelle pendant deux mois, et une nouvelle intervention pour retirer les broches. Raccourcissement prévisible de l'os fracturé qui entraînera chez la patiente une probable et irréversible claudication.

Le visage de Petit Chemin s'assombrit, pâlit, puis rougit un peu. Elle demande au docteur Xiu s'il veut dire qu'elle sera boiteuse à vie. Il évite de lui répondre directement et, sans la regarder dans les yeux, lui tend les radios :

— Regarde, ma petite, ce n'est pas brillant.

Muo a l'impression que tout se fige autour de lui. Déjà le docteur Xiu et sa cour s'évaporent, laissant place aux commentaires condescendants et fatalistes des autres malades, de leurs parents et d'une infirmière qui vient prendre les commandes du déjeuner. À les écouter, Muo comprend ce qui s'est passé et quelles en sont les conséquences.

Il se précipite vers la porte pour rattraper le docteur Xiu.

— Je vous en supplie, docteur. Aidez-moi. J'ai

déjà acheté les billets d'avion pour ma fille et pour moi. On doit impérativement être à Paris dans deux semaines.

— Soyez sérieux, monsieur. Vous qui venez de France, vous connaissez sans doute mieux que moi l'œuvre de Flaubert, *Madame Bovary*. Le docteur Bovary y est considéré comme un excellent ostéopathe parce qu'il a remis la jambe cassée de son futur beau-père, le père d'Emma, en quarante jours. Dans notre domaine, de grands progrès ont été faits. Mais la fracture du vieux Français était simple, sans complication d'aucune espèce. Celle de votre fille est beaucoup plus grave. L'os est brisé en deux. Tout ce que je peux faire pour vous, c'est assurer moi-même l'intervention, et tout mettre en œuvre pour que les séquelles soient le moins visibles possible.

Chaque nuit, le gendre du maire retourne à la prison provinciale nº 2 et dort dans une chambre particulière.

La prison est un bâtiment en briques noircies, construit dans la forme de l'idéogramme chinois « ri » = 日 (le soleil, ou le jour). Les traits horizontaux du haut et du bas représentent les parties sud et nord du bâtiment. Le sud est entièrement occupé par une imprimerie où travaillent les prisonniers déjà jugés, le nord par une conserverie où travaillent les détenus provisoires. Les traits verticaux, à l'est et à l'ouest, représentent les dortoirs des trois mille détenus. Chaque partie a quatre étages. Quant aux espaces vides, entre les usines et les dortoirs, ils sont formés par les cours de promenade. Le trait du milieu comprend seulement un rez-de-chaussée. Ce sont les cellules des détenus privilégiés qui, contrairement aux autres, n'ont ni crâne rasé ni matricule. (Normalement, dès que vous entrez en prison, l'administration vous attribue un numéro, 28543, par exemple. Et ce numéro est votre seule identité jusqu'à la fin de votre peine. On ne vous appelle plus par votre nom, mais 28543. Quand un gardien entre dans votre cellule, il crie : « 28543, viens bouffer ! » ou : « 28543, interrogatoire ! »)

En ce soir d'octobre, vers 10 heures, dans la cellule 518 du cinquième étage de l'aile est, le matricule 28543, surnommé « le Kalmouk », est assis sur sa paillasse, absorbé par la fabrication d'une « chaussette volante », dont chaque prisonnier connaît le secret.

Le Kalmouk a le privilège de travailler deux jours par semaine en dehors de la prison, dans un des restaurants que gère le gendre du maire.

Au stylo à bille, il écrit sur un bout de papier le message que son patron et ami lui a dicté :

« Le gendre du maire cherche un médecin capable de remettre une jambe cassée en dix jours. »

Il fourre le papier au fond d'une chaussette et,

pour lui donner du poids, il y glisse un tube de dentifrice à moitié vide. Puis il noue un cordon autour de la tige de la chaussette et le serre pour la fermer comme une bourse. Enfin, il y attache un autre cordon, plus épais et plus long, dont il vérifie la résistance avec ses dents.

Maintenant, il chante à tue-tête un air d'opéra révolutionnaire, « Le bas salaire de mon mari n'affecte en rien mon idéologie », code secret qui annonce le lancement d'une chaussette volante.

Un de ses codétenus qui, debout derrière la porte, surveille le couloir lui fait signe de la tête. La chaussette à la main, le Kalmouk monte sur les épaules d'un autre, le plus costaud de la cellule, qui le hisse jusqu'à la fenêtre à grillage dont les mailles de fer sont si serrées qu'on ne peut y passer le poing. Pourtant, avec habileté, centimètre par centimètre, le Kalmouk réussit à passer sa main dehors, puis son poignet et enfin, après de nouveaux efforts, son avant-bras. Au bout de sa main, la chaussette pend dans le vide.

Ses doigts, comme ceux d'un marionnettiste, la font osciller avec lenteur ; elle glisse devant les fenêtres grillagées des cellules du quatrième étage. Une autre main surgit et l'attrape au passage. Le Kalmouk attend. Les doigts immobiles, il chante un autre air révolutionnaire :

L'amoureux communiste est vraiment étonnant.
Comme une bouteille Thermos,

Il est froid en dehors,
Mais brûle au-dedans.

Tel un pêcheur à la ligne, il sent vibrer la chaussette volante au bout du cordon, signe qu'un autre a réceptionné le message, alors il tire et la récupère. Quand il l'ouvre, il n'y a toujours que le petit mot et le tube de dentifrice. Il referme la chaussette et la relance dans le vide, où il la laisse de nouveau se balancer, avec la précision d'un métronome, devant les fenêtres du troisième étage. Un étage plus bas. Fenêtre après fenêtre... Elle est de nouveau saisie. Parfois, le vent s'en mêle, la chaussette se met à s'agiter anarchiquement, à décrire dans l'air des courbes irrégulières comme un moineau qui volette et s'écrase contre une fenêtre. Parfois encore, la chaussette (qui est en nylon) s'accroche à une maille du grillage ou à l'aspérité d'une brique, et il est impossible de la décoincer.

Une heure s'écoule. Enfin, dans la chaussette qu'il remonte, le Kalmouk trouve un autre billet :

« Le matricule 96137, cellule 251, en connaît un. Cent yuans pour le renseignement. »

4

Le Vieil Observateur

Une radio crisse dans la main d'un homme, sur-nommé le Vieil Observateur, qui la lève vers la lumière du jour. Une main sauvage, à la peau sombre, rugueuse, écorchée, décharnée jusqu'à l'os, aux doigts déformés, tordus comme des racines d'arbre, aux ongles épais, anguleux (cou-pés à la faucille ?), couleur de cendre, avec de la terre (ou de la crotte ?) enfouie dans les crevasses.

Quelques lueurs à travers les taches blanches que les os de Petit Chemin ont imprimées sur le négatif dissipent l'ombre sur le visage du Vieil Observateur. Les yeux de Muo assiègent ses rides, profondes comme des ravins, creux terribles de la vieillesse, ses moustaches blanches et clairsemées, ses lèvres minces, son nez aplati. Il guette le moindre mouvement des muscles de ce visage, une expression, une lueur dans ses yeux. Tous deux sont assis sur un tronc d'arbre, dans la boue à peine sèche, devant la maison forestière du vieux, perchée sur une montagne de deux mille mètres

347

d'altitude, à l'écart du sentier principal, dans une clairière entourée de bambous géants. Au-dessus de la porte à deux battants est accrochée une planche peinte en blanc sur laquelle est écrit : « Observatoire des excréments du panda de la Forêt des Bambous. »

Le vieil herboriste continue à considérer le cliché d'un regard absent, proche de l'abrutissement. La radio d'une jeune fille, future étoile de la danse, qui doit, selon son faux père adoptif, participer dans dix jours au concours national de ballet, tinte dans le vent. Les feuilles de bambous bruissent autour d'eux.

Le visage de Muo s'assombrit quand il constate que l'autre tient le cliché à l'envers. Révélation cruelle. Il lui arrache la radio des mains, la place dans le bon sens et lui montre du doigt la tête du tibia.

Du même regard absent, l'homme reprend son examen, sans expression particulière, comme s'il ne remarquait pas le changement.

— Comment appelez-vous le gros os cassé en deux ? demande Muo dans un sursaut de courage.

— Je ne sais pas.

— S'il vous plaît, ne vous payez pas ma tête. J'ai fait quinze heures d'autocar pour venir ici. Vous ne connaissez pas le nom de « tibia » ?

— Non.

— Un de vos anciens codétenus, le n° 96137, prétend qu'il y a dix ans, avec un cataplasme, vous

348

lui avez ressoudé un tibia qu'il s'était brisé à l'imprimerie de la prison.

— Je ne me rappelle pas.

— 96137, ça ne vous dit rien ? Un condamné à perpétuité. Vous aviez imposé une condition à votre intervention : sa famille devait payer les frais de scolarité de votre fille, qui était écolière, et vivait avec sa mère, dans votre pays natal.

— Je n'en garde aucun souvenir.

Il pleut des cordes lorsque Muo, après avoir quitté l'Observatoire des excréments du panda, descend la piste pour rejoindre la départementale où un car passe deux fois par jour. Il s'abrite sous un rocher. Puis, comme il se fait tard et qu'il est trempé, il décide d'élire domicile dans le dortoir collectif des ouvriers célibataires d'une manufacture de meubles en bambou.

Cette usine de style moyenâgeux n'est guère éloignée de l'Observatoire, et tout le monde connaît le vieux, ce voisin solitaire, taciturne, écrasé par son passé, condamné à cinq ans de prison pour avoir tenté de franchir clandestinement les frontières du pays. Il a, paraît-il, essayé de passer à Hongkong, après les événements de 1989. (Il a nagé toute une nuit dans la mer. Il voyait déjà les lumières de Hongkong. Mais il a échoué.)

Selon les ouvriers, son travail consiste à faire des tours dans la forêt où vit le dernier panda de la région, un des mille derniers pandas au monde. La bête, encore plus solitaire que lui, ne se montre presque jamais. Il doit en ramasser les crottes, et les faire parvenir aux autorités régionales qui les analysent et décident s'il faut apporter une aide alimentaire ou médicale à l'animal.

La pluie a cessé, mais des gouttes d'eau continuent de tomber des arbres sur les tôles ondulées. Derrière les dortoirs, un ruisseau gazouille. À l'intérieur, les ouvriers jouent aux cartes, les lumières des lampes à pétrole palpitent, la fumée est étouffante. Muo met de l'eau à bouillir dans une bouilloire en cuivre cabossée, sur un foyer creusé à même la terre. Le feu crépite. Il s'endort, en chien de fusil, sur un banc en bois, à côté de la bouilloire qui siffle. Il fait un rêve, dans lequel il entend « Bei Le », un nom très ancien, avec ses deux syllabes à l'éclat sonore, dans un palais somptueux (la Cité interdite, ou le palais de justice en verre de Chengdu ?) où, sur son trône, l'Empereur, vêtu de jaune, donne son audience matinale à ses ministres, ses généraux et courtisans. Bei Le est le meilleur connaisseur de chevaux du pays.

En âge de se retirer de la cour, il présente à l'Empereur un certain M. Ma pour le remplacer.

— C'est un génie, Excellence, dit-il. Il connaît les chevaux mieux que moi. Nul autre que lui n'est plus apte à me succéder.

L'Empereur, curieux, fait venir ce M. Ma à la capitale, lui ordonne de se rendre aux écuries impériales, et de sélectionner parmi des centaines et des milliers de chevaux la meilleure monture.

L'Empereur est un tyran violent, capricieux et imprévisible. Pour M. Ma (ses traits, son corps, ses habits rappellent fortement ceux du Vieil Observateur des excréments du panda), la moindre erreur sera fatale. Il se rend aux écuries, inspecte les chevaux et en choisit un, sans hésitation. Quand il présente son choix à l'Empereur, celui-ci et toute sa cour éclatent de rire : la bête est non seulement dépourvue de la fameuse touffe de poils blancs sur le front, signe classique de la pureté du sang et de la noblesse de la race, mais c'est une petite jument chétive, sombre et laide. L'Empereur convoque le vieux Bei Le et lui dit :

— Comment as-tu osé me tromper, moi le souverain suprême du pays ? Ton crime mérite la mort : l'homme que tu m'as présenté ne sait pas même distinguer un étalon d'une jument.

Avant d'être exécuté, le vieux Bei Le demande à voir le choix de M. Ma. Quand il voit la jument, il pousse un très long soupir.

— M. Ma est vraiment un génie. Je ne lui arrive pas à la cheville, dit-il à l'Empereur.

En effet, deux ans plus tard, après que le tyran a été tué dans un soulèvement populaire, la jument est adoptée par son successeur et elle se révèle être la monture la plus rapide du pays, capable de parcourir mille lis par jour, tel le cheval ailé de la légende.

Muo se réveille à l'instant où il se rend compte que l'Empereur n'est autre que le Juge Di, Bei Le le gendre du maire, et Ma le plus grand connaisseur de chevaux de tous les temps, le Vieil Observateur des excréments du panda. Le nouvel Empereur, au milieu de gardes en armure, laisse alors tomber son déguisement et sa fausse barbe et se révèle être Muo lui-même ; le cheval ailé, caché dans la peau d'une jument, se confond avec la radio du tibia cassé.

« Si pour M. Ma l'apparence n'a aucune importance, se demande Muo, que cherchait à voir le Vieil Observateur dans une radio tenue à l'envers ? »

Au petit jour, il remonte la piste jusqu'à l'Observatoire. Le vieux, une hotte sur le dos, est sur le point de partir en tournée.

— Je peux venir avec vous ? Ce serait pour moi l'occasion de voir un panda à l'état sauvage et non dans un zoo.

— Pour faire des photos idiotes ?

— Non. Je n'ai pas d'appareil.

— Je vous préviens que vous allez perdre votre temps.

Muo ne se souvient plus où il a lu cette phrase : les hommes d'action sont tous taciturnes. En ce sens, le Vieil Observateur des crottes du panda est un grand homme d'action. Quand il lui parle, Muo a l'impression que le vieux a envie de se mettre les doigts dans les oreilles. Au début, il interprète son attitude comme une marque de dédain. Mais plus ils pénètrent dans la Forêt des

Bambous, si touffus qu'on ne voit pas le soleil et qu'il faut, pour avancer, que le vieux coupe les branches qui leur barrent le chemin, plus il réalise que ce silence lui est imposé par son travail. Tout ce qu'on ne voit pas, il l'entend. Son oreille, large, pleine de poils, est excellente. Tout à coup, il s'arrête, écoute et dit avoir repéré le panda dans un bois de pins. Ils s'y dirigent et, après vingt minutes de marche rapide, arrivent dans une pinède où ils trouvent les traces de l'animal, fraîches et nettes sur le sol mouillé, élastique, entre des aiguilles rousses et des pommes de pin pourries, à l'odeur humide et parfumée. Des empreintes larges comme la paume d'une main, avec l'orteil séparé des autres doigts et tourné dans une autre direction. Sur certaines empreintes, mieux dessinées, on distingue la forme du talon et des griffes.

— Vous l'avez entendu marcher depuis l'autre versant de la montagne, à plus d'un kilomètre de distance ?

Comme le vieux reste impassible devant ce témoignage d'admiration, Muo continue :

— Je suis déjà presque aveugle, mais, aujourd'hui, j'ai appris grâce à vous que je suis aussi sourd.

Sans répondre, le Vieil Observateur se baisse, prend un mètre dans sa hotte, se penche vers le sol et, tel un tailleur mesurant une étoffe, il détermine la longueur et la largeur de l'empreinte.

Muo rompt le silence :

— Vous ne voulez pas soigner les gens parce que vous n'avez pas de diplôme de médecin et que vous avez peur de payer très cher la moindre de vos erreurs. Mais je vous garantis, je vous jure, et je peux vous l'écrire noir sur blanc, que si vous ne réussissez pas à remettre la jambe de cette future étoile de la danse, je ne vous en tiendrai pas rigueur.

Comme s'il n'avait rien entendu, le Vieil Observateur étale son mètre et mesure avec minutie la longueur de la foulée entre deux empreintes. C'est une petite foulée, on dirait que l'animal a couru. Puis il se redresse et suit les empreintes laissées dans la boue.

Muo lui emboîte le pas. Mais le vieux marche vite, comme s'il voulait le semer dans le bois, pour le punir. Il franchit des ruisseaux ou saute entre des rochers, des falaises, avec une habileté qui rappelle à Muo celle des Lolos. Il peine à le suivre. Parfois, il ne le voit plus. Il est condamné à chercher lui-même les traces de pas du panda sur le sol humide. Il arrive que les foulées se multiplient dans un grand désordre comme si, troublée par la faim ou autre chose, la bête s'était empêtrée ou avait joué, par malice, au jeu des fausses pistes. Peut-être l'animal se moque-t-il du Vieil Observateur, son unique partenaire, en laissant ces empreintes qui bifurquent, font de brusques volte-face, tournent le sens précédent en dérision, errent, se divisent et s'éclipsent au bord d'un torrent.

Muo finit par retrouver le vieux sous un arbre. Il semble étudier quelque chose. Un humble bouleau. Ordinaire. Autour, des lianes ont été broyées, des feuilles piétinées. L'écorce argentée et lisse du bas du tronc a été grattée, décortiquée, arrachée par endroits. On sent son odeur anisée.

— Ce n'est pas si facile de me semer, dit Muo tout essoufflé. Mais ne vous inquiétez pas. J'ai une dernière phrase à vous dire, et après je vous laisse tranquille.

Sans lui accorder un regard, le Vieil Observateur approche son nez de l'écorce. Les narines dilatées, il renifle l'arôme acidulé de la sève.

— Je vais vous faire une confession.

Il se tait et ravale l'élan qui le pousse à révéler la vérité : que le rétablissement de cette jambe cassée peut changer la vie de plusieurs personnes, y compris la sienne.

Il ne dit rien, convaincu que le mot « juge » signifie pour cet ancien prisonnier l'effroyable désespérance, la torture, le fer, le feu et le sang.

— Depuis dix ans, j'étudie la psychanalyse en France, reprend-il. Je vais vous proposer un marché : si, en dix jours, vous remettez la jambe de cette fille, je vous enseignerai de A à Z cette nouvelle science qui a révolutionné le monde.

Pour la première fois, le vieux tourne la tête et, d'un coup d'œil, semble le jauger.

— Une science fondée par Freud, qui révèle le secret du monde.

— Et c'est quoi, ce secret ?

— Le sexe.

— Vous pouvez répéter ?

— LE SEXE.

Le vieux est pris d'un fou rire. Il s'efforce de le contenir, mais le rire éclate, le saisit, le secoue. Il manque tomber au pied du bouleau.

— Il faudrait faire venir M. Freud, dit-il en montrant du doigt le tronc écorcé. Il nous expliquerait pourquoi le panda se frotte contre cet arbre.

— Il a peut-être faim. Freud nous dirait qu'il souffre de frustration matérielle.

— Pas du tout, jeune homme. Le panda voulait juste s'arracher les couilles.

Ahuri, presque émerveillé, Muo reste cloué devant cette preuve d'autocastration, une notion qu'il a étudiée dans les livres. Le soleil darde ses rayons, projetant des mouchetures léopard sur le tronc silencieux, radieux, enchanté. Il est déçu de constater que, comme d'habitude, sa propre interprétation était erronée. Il se le reproche, tandis que le Vieil Observateur s'éloigne sur le sentier.

Une bonne heure plus tard, c'est un nouvel étonnement. Les innombrables papillons d'espèces différentes, tous plus beaux les uns que les autres, qu'ils ont rencontrés en chemin depuis le matin n'ont pas éveillé le moindre intérêt chez le Vieil

Observateur, mais à cet instant, il stoppe net et fait signe à Muo de s'arrêter sans bruit. Sur le sentier boueux encadré par les bambous, il a aperçu un papillon anodin, minuscule, au-dessus de touffes de centaurées noires et de tanaisies jaunes, connues pour pousser dans l'eau et la boue. Avec le sourire satisfait de l'entomologiste qui a enfin trouvé l'espèce qu'il cherche, le vieux annonce :

— On va rentrer de bonne heure à la maison.

Méfiant, ne sachant quel nouveau tour le vieux lui prépare, Muo essaie de concentrer son attention, afin de se montrer un digne et brillant disciple de Freud. Ils suivent silencieusement le papillon bleu-noir à rayures grises tirant sur le blanc. Son vol est lent, souvent au ras des mauvaises herbes, des champignons vénéneux, des faisceaux de fibres qui traversent le sentier tacheté de soleil, dans la boue duquel Muo s'enfonce parfois jusqu'aux chevilles. À force de fixer son regard sur le papillon, il finit par ne plus le voir. Ses taches et rayures se confondent avec les fougères qui posent leurs dents sur les racines tordues, noueuses et blanches des bambous et les lichens vert sombre.

Brusquement, le papillon accélère le battement de ses ailes, il tournoie, il plane, fébrile, il semble plus beau, plus épanoui, comme grisé par quelque chose. Une odeur exquise ? Le parfum d'une femelle ? Juste au moment où Muo veut faire un commentaire freudien à ce sujet, l'insecte, à sa grande déception, descend dans un fossé et se pose sur un tas de matières fécales. Il est excité, ses ailes palpitent.

— Quelle chance ! dit le vieux en sautant dans le fossé.

Il observe la fragile créature et lui dit doucement :

— Bon appétit, mon petit. Toujours aussi friand de merde de panda.

Cette image à peine croyable ébranle Muo au plus profond de lui-même : les excréments d'une bête, un papillon, un vieux prisonnier. Il y a, dans cette trinité hors du temps, quelque chose de sublime, de presque éternel. Sa vie, ses livres, ses dictionnaires, ses cahiers de notes, ses émotions, ses angoisses lui paraissent futiles et superficiels. De même la trahison de son sexe, son escroquerie dans la montagne des Lolos, et surtout sa prétention à revenir en Chine jouer les sauveurs.

La vapeur humide qui flotte dans la forêt dépose sur les excréments un verni brunâtre. Le papillon parti, le Vieil Observateur sort ses outils, ramasse les crottes et les met dans un sac plastique. Muo le regarde ranger le tout dans sa hotte.

Ils rebroussent chemin jusqu'à l'Observatoire. Le vieux sort une natte de bambous tressés, l'étale sur le sol devant sa maison, et y éparpille les excréments recueillis pour les exposer au soleil. Puis il rentre dans la maison et en ressort avec d'autres sacs en plastique pleins de matières fécales, chacun avec une date.

— Ma maison est trop humide, il faut les faire sécher tout le temps, dit-il. Le centre n'envoie quelqu'un les chercher que tous les quinze jours.

Les crottes du panda sont étalées sur la natte. Le vieux les sépare les unes des autres et les range par ordre chronologique. Elles sont encore colorées, mais à cause de l'humidité, elles sont devenues spongieuses et on y voit même des vestiges de feuilles de bambou mal digérées. Après les avoir étalées, il dit brusquement :

— Vous seriez prêt à passer votre vie avec une paysanne ?

— De quoi parlez-vous ? Je ne vois pas où vous voulez en venir.

— Si je réussis à remettre la jambe cassée de la danseuse dans un délai de dix jours, accepteriez-vous d'épouser ma fille ?

5

Le concombre de mer

Depuis son arrivée à Pékin, à l'hôtel quatre-étoiles La Nouvelle Capitale où se tient le colloque des juristes et magistrats chinois, le Juge Di mène une vie sage, presque ascétique, et suit le strict régime à base de concombres de mer que lui a prescrit un sexologue, en vue du festin charnel que le psychanalyste Muo lui offrira à son retour.

Pour ce grossier vorace, la privation du plaisir quotidien que constitue l'ingestion illimitée de nourriture se révèle un supplice cruel, insupportable, qui le consume à petit feu, tant sur le plan physique que métaphysique. Enfant déjà, il avait une réputation de goinfre. Avant chaque repas, sa mère mettait de côté un œuf, un morceau de viande, une cuisse de poulet, qu'elle cachait pour les donner, après le repas familial, à sa sœur la plus chétive qui, incapable de disputer la nourriture à son ogre de frère, connaissait de sérieux problèmes de croissance. À cette époque, le grand talent du futur Juge Di tenait à l'index et au majeur de sa main droite, qui maniaient divinement les baguettes (c'est ce même index de fer qui, plus tard, appuiera sur la détente des fusils sans jamais défaillir). En plongeant ses baguettes dans une marmite, il pouvait pêcher d'un seul coup une livre de nouilles, sans laisser de rescapée pour les autres. D'un seul coup, jamais deux. Du pur génie. Comme sa famille était modeste et peu cultivée, ils n'avaient pas d'assiettes. La mère laissait la nourriture dans les marmites, poêles ou casseroles qu'elle posait directement sur la table, et dans lesquelles chacun piochait. Lorsque les baguettes du futur Juge Di se promenaient au-dessus des récipients graisseux, noircis, d'où s'élevait une vapeur épicée, ses frères et sœurs, le cœur battant, se précipitaient pour lui livrer une féroce bataille, sans pitié ni merci, mais ils perdaient chaque fois. Devenu adulte et tireur d'élite dans les pelotons d'exécution, il conserva cette suprématie dans les casernes où les soldats mangeaient, accroupis autour d'une cuvette collective en fer, remplie d'une nourriture grossière.

À cette époque, il aimait se promener seul dans la ville, et se rendre à La Marmite de l'âne : il allait directement à la cuisine où un énorme quartier d'âne bouillait toujours dans une immense marmite. Le cuisinier connaissait ses habitudes : sans un mot, il prenait un croc, le plongeait dans la marmite et en sortait le morceau de viande, gras, écumeux, fumant. Avec un couteau épais et lourd, il le découpait dans un bol rempli de bouillon auquel il ajoutait de la ciboulette finement hachée, du poivre et du sel. Après quoi il posait la question rituelle, sorte de code entre eux deux :

— Aujourd'hui, j'ajoute du sang d'âne ?

Si le Juge Di répondait par l'affirmative, cela signifiait qu'il avait exécuté un ou plusieurs condamnés à mort. Le cuisinier prenait alors le bol, sortait de la cuisine et, assis sur un tabouret bas, tranchait des morceaux de sang caillé qui flottaient sur le bouillon comme des carrés de gélatine rouge. Le juge adorait — et adore encore — savourer ces morceaux de sang tendres, fondants. Puis il mangeait la viande, avalait le cartilage sans mastiquer, comme un affamé, croquait l'os d'une côte, et en suçait la moelle avant de lamper la soupe à grand bruit. Quelques années plus tard, alors que sa vie resplendissait sous le soleil (pas celui de Mao, comme le dit la chanson la plus populaire qu'un milliard de Chinois ont chantée pendant un demi-siècle : « Le rouge se répand dans le ciel, à l'est. Le soleil se lève. C'est lui, Mao, notre président... », mais le soleil de l'Occident, celui du capitalisme à la communiste), il a endossé le costume de juge et, nimbé de l'aura du pouvoir, de l'argent, du charme indiscret de la bourgeoisie, il s'est initié à la gastronomie occidentale, une serviette blanche autour du cou, dans un cliquetis de fourchettes, de couteaux, de cuillers, d'assiettes changées d'innombrables fois, avec une scrupuleuse attention à la règle. Lapin chasseur, chou frisé à la duchesse, rognons sauce madère, saumon à la crème... Pour lui, cette cuisine exotique est un spectacle, du cinéma, un « show » (il a appris un peu d'anglais et adore le mot « show », qu'il prononce « sou », avec un fort accent dialectal). Il a découvert que, dans la cuisine des Occidentaux, tout est « sou », comme dans leur civilisation, et même quand ils déclarent la guerre, c'est avant tout pour faire un « sou ». Lui, c'est le contraire. Ce qu'il aime, c'est le concret, pas le « sou »; il condamne des gens. Chaque soir, en rentrant chez lui, à la pensée qu'il a encore brisé des vies, des familles entières, il se sent rajeuni. Son pas est plus déterminé. Quand il entre dans sa villa et monte l'escalier, ses pieds tapent si fort sur les marches qu'on dirait qu'une armée de soldats envahit la demeure. Sa femme, entendant le bruit de ses pas, sort de sa chambre et se jette sur lui en criant d'une voix traînante d'opéra chinois :

— Tu es rentré, monsieur le juge ?

(Note de l'auteur aux lectrices chinoises qui se préparent au mariage : ici, l'appellation de son époux par le titre officiel de sa fonction me semble excessif, atypique, surtout dans l'intimité. En revanche, la question posée est particulièrement ingénieuse. Voilà la clé de l'art conjugal qui maintient la solidité de nos familles, depuis des milliers d'années : ne posez jamais de questions gênantes. Ne demandez jamais à un homme d'où il vient ni ce qu'il a fait. Jamais. Constatez seulement le fait, sous forme de question, témoignant non seulement de votre sollicitude envers lui, mais aussi que son retour est une sorte de merveilleux miracle que vous ne parvenez pas à croire. Sous le coup de l'émotion, vous avez tout juste la force de constater le fait du bout des lèvres, tellement il tient du merveilleux. Idem pour la vie sociale. Si vous abordez une personne en train de déjeuner, ne lui demandez pas ce qu'elle mange, la question pourrait la mettre mal à l'aise au cas où elle aurait choisi un plat bon marché, mais demandez seulement : « Vous mangez ? » C'est très subtil, et c'est parfait.)

Dans la cuisine occidentale, le Juge Di apprécie la charcuterie. Il lui arrive d'aller prendre un petit déjeuner au Holiday Inn, le meilleur hôtel de sa ville. Le buffet y est installé dans un jardin rectangulaire, où il mange à volonté du saucisson, dont il est particulièrement friand, mais aussi du jambon, des côtelettes panées, de la poitrine fumée, du salami, de l'andouille. Pour lui, ce sont des amuse-gueules sympathiques, mais insuffisamment consistants pour un déjeuner ou un dîner, surtout quand il s'agit de rassasier la faim à la fois physique et morale que lui donnent les condamnations qu'il prononce. Ces moments sont encore plus intenses, plus excitants que l'exécution d'une peine capitale où le tireur se contente d'appliquer les ordres et la volonté des autres. Le plaisir de tuer est unique et très masculin, mais au cours des séances au tribunal, à la jouissance masculine du pouvoir, dont la vie et la mort sont les enjeux, s'ajoute le plaisir du jeu, assez féminin, plein de candeur innocente, de cruauté enfantine, dans lequel il est un chat qui tient une souris entre ses pattes : il la relâche un peu, pas trop, juste pour lui donner une lueur d'espoir. La souris, qui n'ose croire à sa chance, frémit et se contracte. Le chat desserre encore son étreinte, comme une invite. La souris glisse alors vers un coin de mur. Le chat attend, la surveille et, à la dernière seconde, quand la souris croit enfin à sa liberté, il plante sur elle ses impitoyables griffes et paf!, le jeu est terminé. Après une telle stimulation, tout son corps, ses organes, ses muscles exigent d'être rassasiés, comme certains hommes, après l'amour, ont besoin de manger et plongent dans le frigo avec une fébrilité boulimique.

Voilà pourquoi il est devenu un fervent amateur des entrailles de cochon. Après une séance au tribunal, ou une interminable partie de mahjong, il consomme à outrance des cœurs, poumons, estomacs, rognons, foies, intestins, langues, queues, oreilles, pieds et cervelles de cochon. Aux frais du tribunal, il emploie même un cuisinier à demeure qui peut lui préparer vingt-quatre heures sur vingt-quatre une spécialité de Shanghai — dont le cuisinier est originaire —, « la marmite d'entrailles à l'alcool », cuite à petit feu avec du gingembre haché, des fleurs d'osmonde, de l'anis étoilé, de la cannelle, du tofu grillé et moisi, du vin jaune et du riz glutineux qu'on utilise normalement comme ferment alcoolique. Il lui semble maintenant, dans sa chambre d'hôtel à Pékin, avoir rêvé ce régal. Les parois de la marmite en terre suintant de graisse lumineuse, les morceaux d'entrailles informes, rouges, visqueux, gras, poreux, saturés d'épices et d'herbes au goût brutal, salé-sucré, à fort relent d'alcool, dont chacun ressemble à une ruche où des vers distillent la moisissure, tout cela le fait baver d'envie.

Le concombre de mer que lui a conseillé le sexologue pékinois est aux antipodes de son plat favori : c'est un mollusque invertébré de la famille de l'oursin et de l'étoile de mer, qui vit au fond de l'océan, accroché aux récifs de corail. C'est un mets rare, cher, et exotique puisqu'on le trouve plutôt dans l'océan Indien ou dans le Pacifique Ouest, où des pêcheurs de corail descendent dans les profondeurs sous-marines où ils fouillent, à l'aveuglette, les buissons coralliens au milieu des récifs, pour arracher à leurs arêtes épineuses ce faux légume des mers. Le plongeur remonte ensuite à la surface et le fait sécher sur la plage. Le concombre de mer, qui ressemble à un mille-pattes, frémit à l'air, fond au soleil et se transforme en une matière visqueuse. Le pêcheur doit immédiatement le saupoudrer de sel pour le solidifier ; sa forme est alors celle d'un sexe masculin de dix à quinze centimètres, à couleur de peau humaine, sur lequel sinuent comme des veines, des sillons, des rides et des bosselures. Pour le cuisiner, on le jette dans une casserole d'eau bouillante où il gonfle avec un bout en forme de gland.

En raison de son aspect phallique, le concombre de mer siégeait, dans l'ancienne pharmacopée chinoise, à une hauteur sublime, sur un trône isolé. À la cour impériale, il servait de fortifiant aux empereurs épuisés par leurs milliers de concubines. Sous la dynastie des Tang, on le nommait « virilité marine » et, quelques centaines d'années plus tard, il prit le nom officiel qu'il porte encore aujourd'hui : « ginseng de mer ». Sa démocratisation fut extrêmement longue. À l'époque dynastique, les empereurs en offraient parfois, en petite quantité, à des ministres ou généraux dont ils voulaient s'assurer la fidélité lors d'une crise politique ou d'un conflit militaire. Au début du XXe siècle, après l'effondrement de la dernière dynastie, He Gonggong, un eunuque cuisinier (les mauvaises langues prétendent qu'il était un eunuque coiffeur), ouvrit le restaurant La Vertu joyeuse, à côté de la porte nord de la Cité interdite, et, pour la première fois dans l'histoire des aphrodisiaques chinois, l'odeur du ginseng de mer franchit les murailles du palais pour flotter sur Pékin. Mais il fallut encore attendre cent ans et l'avènement du capitalisme à la chinoise pour que progressât sa démocratisation, et que l'on pût trouver du ginseng de mer de qualité moyenne dans les banquets des nouveaux riches.

Le seul inconvénient, c'est que ce mets rare, ce remède fabuleux n'a aucun goût. Les efforts de générations de cuisiniers impériaux, qui ont essayé toutes sortes d'épices, n'ont rien pu y changer : le concombre de mer est fade, horriblement fade, fade à donner la nausée. On s'imagine combien le Juge Di peut souffrir de l'administration d'un tel régime. Le matin, un garçon du restaurant d'en face le rejoint dans sa chambre avec un récipient en métal chromé, hermétiquement fermé, contenant un bol de bouillon de riz au ginseng de mer. Le bouillon, dans lequel on ajoute de l'eau régulièrement, réduit pendant des heures, jusqu'à ce qu'on ne puisse plus distinguer un seul grain de riz, selon la recette des meilleurs restaurants hongkongais. Mais le ginseng de mer reste toujours aussi insipide. Le midi, le même garçon rapporte le même récipient, qui contient cette fois du « ginseng de mer à l'huile rouge », soit de l'émincé de concombre de mer au jus de carotte, un des plats impériaux qui figuraient déjà au menu de La Vertu joyeuse de He Gonggong. Mais le goût demeure inchangé : tristement fade. Le soir, dans le même récipient, c'est de la soupe de ginseng de mer aux champignons parfumés et pousses de bambou. Fade à pleurer.

Toutefois, les premiers effets positifs se manifestent au quatrième jour de ce régime. Le Juge Di sent une tiédeur animer son sexe, glacial depuis l'incident de la morgue.

« Il faut que j'avance mon retour à Chengdu », se dit-il, hilare.

6

Le loriot

Bien que les cataplasmes concoctés par le vieil
herboriste, observateur des excréments du panda,
soient placés dans une boîte de conserve, un pot
de confiture et un flacon hermétiquement fermés
et aussi anodins que des pots de sel, de poivre et
de piment en poudre, leur apparition sur la table
de chevet de Petit Chemin suscite la colère des
médecins et infirmières du département d'ostéo-
logie de l'hôpital de Chengdu. Ces adeptes d'un
dogme monothéiste dont le dieu suprême est le
bistouri avertissent, oralement puis par écrit, la
jeune patiente et son tuteur Muo de la lourde
amende et de l'expulsion qui les menacent s'ils
ne jettent pas immédiatement ces produits dou-
teux, charlatanesques, scandaleux et antiscienti-
fiques.

Cette interdiction, ce manque de tolérance et
la pression du temps les conduisent à s'installer au
Cosmopolitan, un hôtel modeste, calme, presque
vide, de la banlieue sud. Un couple de paysans

enrichis par la culture des fleurs en serre a transformé sa maison en hôtel de huit chambres, avec,
dans le hall, un autel au dieu de la richesse, et, sur
les murs, des horloges à l'heure de New York,
Pékin, Tokyo, Londres, Paris, Sydney et Berlin.
Dans la cour, entre l'entrée et le bâtiment, trône
une grande cage, non pas de ces cages en osier
qu'on accroche aux murs par un clou, ni de celles
en bambou qu'on suspend aux branches des
arbres, mais une cage en fer de deux mètres de
haut, en forme de pagode, peinte en vert foncé,
dans laquelle un oiseau somnole sur son perchoir.
C'est un loriot. Il se réveille et chante quelques
notes en voyant les deux nouveaux clients franchir le seuil de l'hôtel et traverser la cour, la fille
sautille sur une jambe, appuyée sur des béquilles.
L'homme à lunettes, chargé de bagages, lui propose son aide, mais elle, avec un dédain majuscule, la refuse, et accélère ses sauts. On dirait une
noble demoiselle blessée, suivie par son vieux
valet myope et maladroit.

Muo trouve qu'elle a changé depuis quelques
jours. Elle est devenue capricieuse, irritable, bou-
deuse. Elle lui fait subir ses sautes d'humeur.
Quand il lui demande : « Que veux-tu manger, à
midi ? » Elle répond : « Je m'en fous ! » Puis, plus
un mot. Elle se mordille les lèvres, tortille une
mèche de ses cheveux autour d'un doigt, et lui
jette un regard rancunier, voire méchant,
d'enfant gâtée. Il accepte patiemment ce renver-

sement de leurs rapports : tous les malades sont irritables. La douleur change l'humeur. Elle ne peut, avec une jambe fracturée, garder son éclat, sa vivacité, sa malice, sa petite coquetterie de rêveuse de cinéma, alors qu'au moindre mouvement elle est prise de violents élancements.

La chambre de Petit Chemin, au premier étage, est si sombre que même en plein jour l'ampoule nue du plafond doit être allumée. Les murs suintent d'un manque malsain de luminosité.

Elle est allongée sur le lit, la jambe gauche hors d'une couverture. Muo entre, portant une cuvette d'eau chaude qu'il pose par terre. Il s'accroupit et retrousse délicatement jusqu'aux genoux le pantalon de la fille : sa jambe est très enflée, la peau luit d'une étrange brillance, légèrement phosphorescente, tachetée de marques noires.

— J'ai plus de bleus qu'hier, dit-elle. Je déteste ça. Ça fait une vilaine carte du monde sur ma jambe.

Muo sourit. C'est vrai que ces taches qui se répandent, s'accusent, se confondent, se dispersent et vont du bleu au noir en passant par toute la gamme des violets, chacune avec une configuration particulière, plus ou moins étendue, prennent parfois la topographie d'un territoire.

— Je vais commencer par l'Afrique noire, dit-il.

Il sourit à nouveau, content de cette phrase qui

cache son embarras devant cette jambe meurtrie qui le culpabilise. Il glisse des serviettes sous le mollet, imbibe une compresse d'eau chaude et tamponne une tache, au milieu de la carte, une tache affreusement noire, veinée de violet, de bleu et de rouge, qui ressemble à une tortue sacrifiée, suspendue, son long cou vers le bas, sa tête triangulaire plongée dans l'océan.

Au cœur de ce continent ténébreux, il y a un affaissement, une perceptible dépression, avec deux plis nets, étagés. « C'est là que le tibia est cassé en deux », se dit Muo. En subtil infirmier, il contourne ce foyer de douleur.

— On raconte que l'exploit le plus spectaculaire réalisé par le Vieil Observateur concerne un chasseur défiguré. L'os fracturé de sa pommette gauche s'était tant tassé qu'il formait un creux. Non seulement le vieux a réussi à ressouder l'os mais aussi à le faire remonter jusqu'à ce que le creux disparaisse.

— Comme ça, sans opération ?

— Seulement avec le même cataplasme qu'il m'a donné pour toi. Dedans, il y a des herbes magnétiques comme des aimants qui attirent les fragments d'os.

Après avoir lavé la jambe malade, il sort de sa poche un trousseau de clés auquel est accroché un canif avec lequel il soulève le couvercle de la boîte de conserve. Une odeur de vase, fétide, pestilentielle, une odeur de mousse, de boue, de marécage s'en échappe par bouffées et empuantit la chambre.

— Ça pue, dit Petit Chemin. On se croirait au fond du vieux puits de mon village.

La boîte de conserve, qui a depuis longtemps perdu son étiquette et dont on ne sait rien du contenu original, est remplie d'un onguent noir, pâteux, un peu mou.

— C'est la première étape, selon le vieux.

Avec son canif, il prélève de l'onguent dans la boîte, l'étale sur une compresse qu'il plie plusieurs fois et qui perd sa blancheur immaculée. Puis, avec délicatesse, il applique la compresse sur la jambe de Petit Chemin, et l'enveloppe de bandelettes de gaze.

Dans la nuit, il est réveillé par la jeune fille qui frappe contre la cloison entre leurs chambres.

— Tu as mal ? demande-t-il dans le noir, approchant sa bouche si près du mur qu'il effleure la peinture de ses lèvres.

— Oui, mais c'est pas grave. Tu peux aller nourrir ce pauvre oiseau ? Il a faim.

— Quel oiseau, ma princesse boiteuse ?

— Le loriot dans la cage.

Il dresse l'oreille : un rat court au plafond. Un papillon de nuit se cogne contre la vitre de sa fenêtre. Une grenouille coasse. Un coup de klaxon résonne au loin. Dans la cour, les sifflements du loriot, métalliques, aigus, stressés, retentissent comme les plaintes d'une scie dans l'air de la nuit.

— Ça s'entend que c'est un loriot domestique, dit Petit Chemin de l'autre côté de la cloison. Les loriots sauvages ne crient pas comme ça.

— Ils crient comment ?

En guise d'imitation, elle émet quelques sifflements qui évoquent des pépiements de moineau, ce qui fait rire Muo et le réveille définitivement. Il se lève, prend des biscuits dans son sac et descend dans la cour où il les émiette pour nourrir l'oiseau. Elle avait raison, le loriot est affamé. Il descend du perchoir avec une telle précipitation, pour se jeter sur Muo, qu'on dirait une flèche d'or jaillie dans la pénombre. Muo est éclaboussé par l'eau de l'abreuvoir. Accroché par les griffes aux barreaux de sa cage, les plumes tombantes, moins lustrées sur le corps que sur ses ailes, le loriot frémit de plaisir en picorant dans la main de Muo. Il dévore les biscuits jusqu'à la dernière miette puis, sans un signe de gratitude, il s'écarte et retourne sur son perchoir. Rassasié, sans un regard pour son bienfaiteur, il lisse les plumes de ses ailes, dont il est apparemment très fier. Déçu, Muo s'en va quand, soudain, une voix qui parodie la voix humaine s'élève de la cage. Frappé de surprise, il revient sur ses pas. Le coquin narcisse répète des mots incompréhensibles, inarticulés, avec lenteur. Cela dure peut-être deux secondes, pendant lesquelles il émet une dizaine de syllabes distinguées, claires comme un diamant.

Le lendemain matin, Muo se renseigne auprès

des propriétaires de l'hôtel. La patronne lui dit que les parents du loriot, des oiseaux d'espèce noble, appartenaient à un pasteur chrétien. Nombre d'amateurs venaient le voir avec leurs propres loriots et lui proposaient argent et autres présents juste pour pouvoir poser leur cage à côté de la sienne, afin que leurs volatiles écoutent les siens, subissent leur influence, soient éduqués par eux, et parviennent à chanter comme eux. Mais le pasteur a toujours refusé. Quand il est décédé, les parents du loriot n'ont pas survécu longtemps. Le petit orphelin a grandi et, de temps en temps, il lance une phrase transmise par ses parents. Une phrase en latin, paraît-il. Que le pasteur prononçait à la fin de chaque messe. On dit que c'est la dernière phrase du Christ.

Comme ses collègues occidentaux, Muo le psychanalyste a étudié la Bible, mais cette dernière phrase du Christ lui échappe. Il en prend note solennellement, sur un nouveau cahier, et se promet de chercher l'origine sacrée de l'énigme. Mais il oublie.

Malgré l'épaisseur des bandelettes, l'odeur de vase persiste pendant trois jours dans la chambre de la princesse boiteuse. Chaque fois qu'elle veut prendre une douche, son infirmier fidèle, servile et myope, à genoux près de son lit, enveloppe sa jambe dans un plastique transparent qu'il fixe avec de gros élastiques roses ; l'odeur du cataplasme lui fait tourner la tête.

Au quatrième jour, quand il enlève les bandelettes noircies et lave la jambe pour y appliquer un nouvel onguent, il constate que les marques de meurtrissure se sont éclaircies. L'Afrique n'est plus noire, mais gris plus ou moins foncé, livide par endroits, et sa superficie, comme celle des autres continents, a considérablement diminué. La tortue suspendue a perdu son long cou. Il ne reste que sa tête triangulaire, formant un minuscule îlot sur l'océan.

L'excitation et la joie s'emparent de la patiente, tandis que Muo ouvre le pot de confiture, deuxième étape du remède. Le pot en verre dépoli, vieilli, a perdu tout éclat. Le nouvel onguent, brun sombre, dégage une odeur étrange, qui frappe par son hétérogénéité. C'est un mélange chaotique de graisse, d'opium, de cire, d'encens, d'écorce d'arbre, de racines, d'herbes, de champignons vénéneux, d'encre, d'éther, de résine et de légers relents de fumier. En étalant la pâte sur la compresse, il y trouve des débris de feuilles d'arbre et de pieds de champignon.

— C'est vrai que ton vieux ramasseur de merde a réparé une pommette cassée qui faisait un creux sur un visage ?

— Oui. Et tu sais quelle a été la clé de sa réussite ? La radio, m'a-t-il dit. Il a senti qu'il existait un fil tissulaire invisible qui n'avait pas rompu, qui liait encore les bouts d'os brisés. Son onguent a réussi à aspirer — voilà son mot : aspirer — les os, pour les ressouder.

— C'est pareil pour mon tibia?

— Il me semble que oui.

— Où il a appris tout ça? Il te l'a raconté?

— Dans sa jeunesse, pendant son apprentissage d'herboriste, il a fréquenté un médecin traditionnel de sa ville. Celui-ci n'avait pas son pareil pour guérir les cataractes en plantant une aiguille d'acupuncture sur un certain point des gencives. Il a proposé de lui transmettre son secret à condition qu'il épouse sa fille. L'apprenti a accepté et a hérité du précieux secret. Des années plus tard, pendant la Révolution culturelle, il s'est réfugié dans les monts Emei, où il est tombé dans un fossé en cueillant des plantes médicinales, et s'est cassé une jambe. Un moine bouddhiste la lui a remise en dix jours. Ils sont devenus amis et il a échangé son secret d'acupuncteur contre celui d'ostéopathe du moine.

Deux autres journées ont passé. D'abord, le gendre du maire a donné l'alarme : le Juge Di avait décidé d'avancer son retour. Une catastrophe. Heureusement, l'alerte a été levée quelques heures plus tard, et tout est rentré dans l'ordre.

L'état de la jambe de la princesse boiteuse s'améliore d'heure en heure.

— Un courant d'air sort de mon tibia, je le sens par chaque pore, dit-elle. Tout à l'heure, j'ai eu l'impression qu'un ver rampait sous les bandages, de ma cheville à mon genou. Et maintenant, il redescend doucement le long de ma jambe.

La troisième et dernière application de cataplasme s'effectue au sixième jour, conformément aux indications du Vieil Observateur. Après le lavage des restes de l'onguent précédent (Muo l'infirmier connaît par cœur chaque détail de cette jambe), c'est la mise en place des serviettes sous le mollet, le débouchage du flacon (elle veut enlever le bouchon avec ses dents, mais il refuse catégoriquement. « Le vieux m'a dit y avoir mis de la poudre de vésicule de paon ; c'est déterminant mais toxique, sinon mortel. Dans le temps, les nobles mongols et mandchous se suicidaient en en avalant »).

Débouché par un canif prudent, le flacon exhale une odeur d'explosif, rude, sauvage, piquante. La pâte, d'un vert sombre, est plus dure, plus compacte, plus difficile à étaler sur la compresse que les précédentes.

— C'est quoi, le nom du poison ?

— De la vésicule biliaire de paon.

— C'est beau. Tout est beau chez un paon, même si je ne sais pas ce qu'est la vésicule biliaire.

— Un petit sac noir qui se trouve dans le foie. Tu as dû en voir si tu as déjà vidé un poulet.

— J'aime bien les paons. Ce sont de vrais rois...

— Il paraît que la mort provoquée par la vésicule du paon est douce, heureuse, indolore. Ça me rappelle un vers ancien : « Mort dans les gerbes constellées d'une énorme queue de paon. »

Une tête d'homme apparaît, longue, anguleuse, sombre comme un fusil.

Le Juge Di ? La lumière de la cour est éteinte. Difficile de l'identifier. Peut-être mes lunettes ne me conviennent-elles plus. Peut-être ma vue at-elle encore baissé. Si ça continue, je finirai par être aveugle à la fin de ma cavale.

Le cuir d'une paire de souliers crisse sur les graviers de la cour. De nouvelles chaussures italiennes qu'il a achetées à Pékin ? Ou qu'une de ses victimes, plus chanceuse que moi, lui a offertes ?

Les pas ébranlent l'escalier comme si y montait une armée triomphante. L'homme ne marche pas, il soulève un pied, marque une pause et le fait retomber sur les marches en tapant de toutes ses forces. Les pas résonnent dans le couloir et s'arrêtent devant la chambre de Petit Chemin. Coups à la porte, qui s'ouvre en grinçant. Un grincement traînant, aigu, accompagné par la voix du juge qui parle de lui à la troisième personne

— Voilà le Juge Di, mademoiselle.

— Entrez, s'il vous plaît. Asseyez-vous, Monsieur le Juge.

— Pas de micro ou de caméra cachée?

(Bruits de pas qui font le tour de la chambre et s'approchent du lit. Apparemment, il s'agenouille pour inspecter sous le sommier.)

— Tu sais d'où revient le Juge Di? De Pékin. Il voulait rentrer plus tôt. Mais rien à faire. (Bruits d'une chaise en bois sur laquelle il s'assoit.) Les organisateurs du colloque lui ont réclamé un discours. Tous les juristes et magistrats de Chine voulaient l'entendre raconter comment il s'est fait passer pour mort afin d'élucider une affaire criminelle au funérarium de Chengdu. Une histoire palpitante, dont on dit qu'elle sera adaptée en téléfilm.

— Vous y jouerez votre propre personnage, monsieur?

— Pourquoi pas? Si on veut être réaliste jusqu'au bout... Mais dis donc, mademoiselle, tu as l'air mal en point.

— C'est vrai. Je ne suis pas très en forme. Je viens de subir une opération.

— Tu vois, les yeux du Juge Di sont perçants. Rien ne leur échappe. Comment tu t'appelles?

— Petit Chemin.

— Ce n'est pas beau. Aujourd'hui, notre patrie est riche et prospère, on ne marche plus sur les petits chemins. On avance à pas fiers, déterminés, sur le grand chemin ensoleillé du socialisme.

Change de nom. Le Juge Di t'appellera Grand Chemin.

(Silence. Elle a raison de ne pas répondre. Où est-elle ? Assise sur le lit ? Debout contre le mur ? Le tyran se lève.)

— Viens, Grand Chemin. Prends ma veste. Mets-la sur un cintre et pends-la dans l'armoire.

— Il n'y a pas d'armoire. Je vais l'accrocher sur la porte.

(Pour la première fois, les pas de Petit Chemin s'éloignent de la cloison et se dirigent lentement vers la porte.)

— À quoi tu joues ? Tu marches comme une petite vieille aux pieds bandés. Approche, que...

(Brusquement, elle pousse un long gémissement qui interrompt le juge.)

— Ah ! Voilà l'effet que te fait le beau, viril et séduisant Juge Di ! Il te trouble tant ?

— Excusez-moi, c'est les Lolos.

— Incroyable ! Une Lolo ! Grand Chemin des Lolos, voilà ton nom complet. J'adore regarder les filles lolos danser. Elles sont toujours si pleines d'entrain, de rythme, de joie. Vas-y, danse !

— Je ne peux pas.

— Ne fais pas la timide ! Toutes les Lolos savent faire ça, le bras lancé en avant. Viens, on va danser ensemble, comme les amoureux à la fête des torches, chez toi. Qu'est-ce que c'est que cette odeur ? Tu sens l'explosif. Viens, on va danser « La montagne d'or de Pékin ».

(À peine entonne-t-il les premières notes de cette chanson révolutionnaire qu'elle s'écroule, trahie par sa jambe convalescente.)

— Qu'est-ce qui se passe ? Tu te rends compte de ce qui t'arrive ? Tu as gâché une chance de danser avec le Juge Di. Il commence à perdre patience. Va prendre une douche et viens le rejoindre au lit.

(Elle se lève, sans doute difficilement puisqu'elle gémit. Bruit de ses pas. Grincements du lit, sur lequel se jette le Juge Di. Marmonnements. Puis un nouveau fracas, et les cris de la fille qui tombe encore.)

— Ne joue pas la comédie au Juge Di. Ça ne l'amuse pas.

— Ce n'est pas de la comédie. Ma jambe gauche a été fracturée dans un accident.

— Comment ça ? Ce putain de psychanalyste a osé me refiler une boiteuse ! Quelle humiliation ! Le Juge Di ne couche jamais avec des boiteuses !

(Il se lève d'un bond, lance une suite de jurons et d'insultes. Puis il claque la porte avec une force telle que tout s'ébranle. Enfin, ses pas furieux s'éloignent dans l'escalier et Muo s'éveille de son rêve.)

Durant quelques instants, dans une semi-somnolence, l'esprit flottant, il se demande s'il s'agit bien d'un rêve. Les cris enroués du loriot dans sa cage-pagode le rassurent. Il colle son oreille contre la cloison et entend Petit Chemin respirer régulièrement de l'autre côté. Quel soulagement. C'était un cauchemar.

« Quelle belle image ! » pense Muo en regardant une radio sur laquelle les deux fragments de tibia sont enfin réunis en une seule tache lumineuse dont la force, le potentiel de révolte à la fois sauvage et mythique, évoque un étendard de pirate.

Au début de l'après-midi, Petit Chemin est allée avec lui à l'hôpital passer une radio. Comme il fallait attendre le résultat pendant trois heures, elle est partie la première, avec deux cents yuans qu'il lui a donnés.

— Va dans les magasins et achète ce qui te plaira. Ce sera mon cadeau.

« Où est-elle maintenant ? se demande-t-il en quittant l'hôpital, la radio à la main. Encore dans les magasins ? Qu'est-ce qu'elle a acheté ? Du rouge à lèvres ? Des boucles d'oreilles ? Un vêtement ? Une paire de chaussures ? »

Pendant un moment, il marche dans les rues sans avoir conscience que ses pieds touchent terre. Il flotte. Il vole. Il plane. Il descend la plus grande avenue de la ville, « le chemin du peuple », et tourne à gauche pour longer le fleuve de la Soie satinée jusqu'au vieux Pont du Sud. Il sourit à ceux qu'il croise, hommes, femmes, enfants, vieillards, et même aux policiers qui l'ont tant fait trembler. Il a envie de les arrêter tous pour leur montrer la radio qui témoigne de l'exploit du Vieil Observateur, ce pur miracle.

« Si un jour je me marie (avec qui ? Volcan de la Vieille Lune ? Ma voisine l'Embaumeuse ? Petit Chemin ? En cet instant euphorique, je suis amoureux des trois, et même des quatre, si on compte la fille du Vieil Observateur que je ne connais pas encore. Si elles sont consentantes, je les épouserai toutes, en dépit de mon faible physique et de ses défaillances). Mais revenons au sujet : si je me marie un jour, j'accrocherai cette radio sur un mur du salon conjugal. Je la ferai encadrer, mettre sous verre, avec un éclairage discret, doux, tamisé, pour que tous admirent ce chef-d'œuvre. »

Fin d'un doux après-midi. Soleil voilé. Un souffle chaud, une odeur confuse montent des flots pollués, sombres, boueux du fleuve. Qu'il a rétréci, ce fleuve de la Soie satinée de son enfance, jadis si limpide, miroitant et large qu'il n'a jamais pu le traverser à la nage. Que de bons moments passés avec les copains, allongés sur l'îlot à demi submergé au milieu des flots. Maintenant, il est un autre Muo, le fruit mûri d'une graine d'adolescent myope, maladroit, qui ne cessait de faire des conquêtes imaginaires. Enfant déjà, dans des rêves à répétition naïvement érotiques, il se voyait tomber amoureux de plusieurs filles : une cousine, son institutrice, la fille de la bonne, une camarade de classe... la liste de ses conquêtes fictives était très longue. Le destin a voulu que le Juge Di lui donne un coup de main, le pousse à progresser, à s'approcher de ses anciens rêves, à les réaliser concrètement, faisant, ainsi que le souhaitait Mao, se rejoindre romantisme révolutionnaire et réalisme prolétarien. Quel grand bond en avant ! Avec les communistes, on fait toujours de grands bonds, mais cette fois enfin, c'est vraiment en avant. Si le Juge Di n'avait pas cherché une vierge, il serait probablement resté puceau et aurait passé sa vie à se masturber intellectuellement avec des livres de psychanalyse en version française. Et le voilà simultanément amoureux de quatre femmes bien réelles, toutes admirables. Quand il scrute le visage des hommes de Chengdu qui le croisent à vélo ou à pied, il se demande si l'un d'eux a sa chance. Il ne le croit pas. Cela se voit à leur tête. Pour les gens normaux, aimer deux personnes en même temps c'est déjà un casse-tête. Quatre amours dans une parfaite synchronie, il doit être le seul. Tout en marchant, il déguste cette pensée qui ne s'était encore jamais présentée à lui sous cette forme.

« Quel regret que Volcan de la Vieille Lune ne soit pas dans le même centre pénitentiaire que le gendre du maire. (L'Embaumeuse n'y est pas non plus, d'ailleurs, mais, de temps à autre, elle sort de ma pensée, et jamais Volcan de la Vieille Lune.) Peut-être connaît-il dans la prison des femmes une détenue qui pourra servir d'intermédiaire et mettre en œuvre une "chaussette volante" pour moi? Une petite socquette en coton bleu — ou d'une autre couleur — encore tiède de la chaleur d'un pied anonyme, usée au talon et à la pointe du gros orteil, dans laquelle sera mis ce mot : "Message pour le 1479437 de la cellule 5005. Le Juge Di rentre demain. Tu pars après-demain." Ou bien, sans dévoiler l'affaire en cours par des paroles, je dessinerai une fille, mon Volcan de la Vieille Lune, qui atteint le point culminant d'un saut à la perche et franchit un mur de barbelés. En bas, j'ajouterai seulement : "J−2". À l'époque où nous étions étudiants, elle faisait partie de l'équipe d'athlétisme de l'université, et elle a gagné trois médailles de bronze dans les jeux inter-universitaires. Je me souviens de ses courses préparatoires, du nuage de poussière autour de ses pieds et de ses mollets, de son maillot qui soulignait la forme de ses hanches et de ses fesses, de la longue perche qui prenait appui sur la piste et fléchissait comme un arc, de sa tension nerveuse, de la volonté farouche qui raidissait son corps et l'éjectait en l'air. Chaque fois, je m'attendais à la voir rester suspendue, se diluer en une volute de fumée ou se transformer en hirondelle. »

Depuis peu, un cauchemar effroyable hante le sommeil de Muo, tous les deux ou trois jours. Il débute toujours par l'obscurité totale, une odeur d'eau croupie, étouffante, et la voix haletante d'un homme épuisé par l'effort : « Constipé comme je suis, je n'arriverai jamais à chier dans un seau collectif. » Puis c'est le bruit d'un bout de crotte qui tombe en clapotant, un bruit qui envahit la pièce obscure. La voix est celle de l'ancien directeur de la prison des femmes. Ils sont enfermés ensemble dans une cellule : le directeur, K. un médecin de cette même prison pour femmes et Muo. La raison de leur situation est qu'une détenue, le matricule 1479437 de la cellule 5005, incarcérée depuis deux ans à la prison municipale, est enceinte de trois mois. C'est Volcan de la Vieille Lune. Ils sont les trois seuls hommes à avoir eu un contact avec elle durant ces derniers mois. Le coupable de ce crime sans précédent dans l'histoire des prisons chinoises se trouve forcément parmi eux. Le directeur qui, pendant ses interminables selles, aime à se lancer dans de longues confessions a avoué qu'il a failli tomber amoureux d'elle parce que, physiquement, elle ressemble à Mme Tian, la grande danseuse de ballets révolutionnaires, idole de sa jeunesse. Il convoquait la jeune prisonnière dans son bureau, la forçait à s'habiller comme le rôle-titre du ballet *La fille aux cheveux blancs* et à porter une perruque blanche, en crins de cheval, résultat de vingt ans passés dans une montagne sans manger un grain de sel, pour fuir un propriétaire terrien désireux d'abuser de sa virginité. Le directeur de la prison passait le disque du ballet, mais Volcan de la Vieille Lune était incapable de danser. « Je n'ai ni la volonté ni les orteils de Mme Tian pour tenir sur les pointes. » L'histoire racontée par le médecin, toujours blotti dans un coin pour pleurer, était une autre version de l'éternel fantasme de la virginité. Il avait repéré le matricule 1479437 au cours d'un examen gynécologique. Malgré ses trente-deux ans, elle était encore vierge, phénomène qui tend à se raréfier aujourd'hui en Chine, et qui représentait un cas unique dans cette prison. Au début, elle ne fut pour lui qu'un objet de curiosité. Puis il lut, dans la réédition d'un livre ancien, la recette secrète de la « pilule rouge » que les alchimistes de la cour des Ming fabriquaient, pour prolonger la vie de l'Empereur, avec le sang menstruel des vierges. Huit cents ans plus tard, il voulut tenter l'expérience. Il convoqua la prisonnière et lui ordonna de lui fournir un flacon du sang de ses menstrues, sous prétexte d'avoir décelé quelque chose de suspect dans ses précédents examens et de vouloir établir un diagnostic plus précis. Le flacon n'arriva jamais sur son bureau, car la prisonnière souffrait d'aménorrhée depuis son incarcération. Toutefois, le médecin pénitentiaire fut arrêté chez lui, par un matin beau et serein, comme le dit la première phrase du *Procès*. Mais malgré leur perversité, ni le directeur ni le médecin ne pouvaient être les auteurs de cette grossesse, car en adeptes vertueux de la politique de l'enfant unique ils avaient vingt ans plus tôt répondu à l'appel du gouvernement et s'étaient rendus à l'hôpital pour se faire poser un « préservatif éternel », c'est-à-dire se faire ligaturer le canal déférent. Encore plus innocent qu'eux, Muo n'avait rencontré son amie qu'au parloir, sous la haute surveillance de gardiennes et en présence des autres prisonnières et de leurs parents. Chaque fois, ce cauchemar se terminait par le tintement d'un trousseau de clés, le grincement de la porte et l'entrée silencieuse d'un peloton de tireurs, ces ombres de la mort qui portaient sur la tête l'emblème de la Chine et dont les yeux brillaient du même éclat froid que leurs fusils.

La première fois qu'il se réveilla de ce mauvais rêve, Muo sentit le sang lui monter au visage. Il se leva et se mit à la fenêtre. Il était à l'hôtel Cosmopolitan. Dans la cour, la cage en forme de pagode. Gémissement lointain d'une voiture. Tache de lumière jaune sous le lampadaire. Il comprit mieux que personne que son inconscient venait de se manifester, sous forme onirique, et portait une accusation contre Volcan de la Vieille Lune. Selon la théorie de Freud, c'était le « début de la fin d'un amour ». Pourquoi maintenant ? Provoqué par quoi ? Par la présence de cette fille qui dormait de l'autre côté de la cloison, avec une jambe emmaillotée, qu'il veillait comme son ombre vingt-quatre heures sur vingt-quatre ? Un courant glacé — non, un pressentiment, un frisson prémonitoire — parcourut sa colonne vertébrale.

Personne ne peut vraiment comprendre un rêve.

Pas même Freud.

Une des lois de l'âme humaine est l'intermittence. Qui a dit cela ? Proust. *À la recherche du temps perdu* (l'équivalent français du roman chinois *Le rêve dans le Pavillon rouge*). Les artistes, cette race à part, ne comprennent pas non plus les rêves, mais ils les créent, les vivent, et finissent par devenir eux-mêmes le rêve des autres.

Muo l'agnostique, Muo le polygame fictif, Muo le polyglotte décide d'acheter quelque chose à Petit Chemin en passant devant le marché en plein air du Pont du Sud, où règne un bouillonnement d'odeurs, de voix, de couleurs. Le ciel s'assombrit. Cris des vendeurs qui baissent leurs prix, battements d'ailes des volailles affamées dans leurs cages, sauts des poissons qui s'échappent du lit de glace et tombent par terre, la bouche grande ouverte. Cannelle. Anis étoilé. Absinthe. Vermouth. Piments. Fruits exotiques. Fruits transgéniques américains. Légumes des fermes avoisinantes. Que faire entrer par surprise dans le cœur de Petit Chemin ?

On dirait une grosse goutte de peinture noire qui brille dans l'eau comme un têtard. C'est la vésicule biliaire d'un serpent à taches blanches. Le vendeur l'a mise dans un sac plastique transparent rempli d'alcool chinois. La vésicule est descendue au fond du sac, a ondulé, tourné sur elle-même, mais a gardé sa forme dans l'alcool.

Muo a fait ce choix non pas en écho à la vésicule de paon, incomparablement plus précieuse et meurtrière, mais à cause des vertus de la vésicule de serpent, bien connues de tous les Chinois. C'est un fortifiant très efficace en cas de fracture osseuse. Mais la légende selon laquelle cet organe donne un courage de kamikaze a aussi influencé son choix. Dans les deux cas, fortifiant ou stimulateur de courage, la vésicule du serpent à taches blanches passe pour être la meilleure.

Mais elle ne sera jamais dégustée par Petit Chemin, à qui elle est destinée : une heure après son achat, un mendiant aveugle, qui marche sur le trottoir, sent une odeur d'alcool lui flatter les narines. Centimètre par centimètre, il tâtonne avec sa canne sur les pavés et trouve un sac plastique abandonné sur le sol. Il se baisse, le ramasse et le renifle. L'alcool s'est échappé mais une chose minuscule reste à l'intérieur. Le sac à la main, il s'approche d'une boutique voisine et se renseigne auprès de la patronne qui vend de la nourriture, des boissons, des cigarettes, et a fait installer des lignes téléphoniques nationales et internationales pour arrondir ses fins de mois avec une cabine publique.

— Ça doit être au monsieur à lunettes, dit-elle en identifiant le sac d'un coup d'œil. Il est venu téléphoner. Son portable n'avait plus de batterie et il voulait appeler un hôtel en banlieue. Je lui ai dit que la banlieue, c'était le même tarif que la province. Il a payé. D'après ce que j'ai compris, il a appris une mauvaise nouvelle. Il est devenu tout pâle, et il a crié : « C'est pas possible !... Vous plaisantez... monsieur ! Dites-moi que c'est une plaisanterie ! » On a dû lui confirmer la nouvelle, car il a jeté le téléphone, puis il s'est lancé au milieu de la rue pour arrêter un taxi. Il a failli se faire écraser. Le taxi n'était pas libre. Il s'est mis à courir, mais il était si pressé qu'il a arrêté un cycliste. Il a sorti de l'argent et lui a acheté son vélo. Je ne sais pas combien il a donné. Ça devait être beaucoup, car le type n'en revenait pas, avec tous ces billets à la main. Le bonhomme à lunettes a sauté sur le vélo et est parti à fond de train. Il a laissé une enveloppe avec une radio à côté du téléphone. Quand il est entré, il avait le sac plastique à la main. Il a dû le faire tomber sans s'en rendre compte.

— Qu'est-ce qu'il y a dedans ? Ça fait un siècle que je ne vois plus.

— Faites voir. Qu'est-ce que ça peut être, ce petit machin noir ? Attendez, je vais chercher mes lunettes. Ma vue n'est pas très bonne...

— Vous êtes trop modeste. À vous entendre, je dirais que vous avez une nature extraordinaire.

— Il me semble que c'est une vésicule biliaire de serpent.

— Quelle chance !

L'aveugle reprend le sac, le plie en forme de cône et colle la pointe sur ses lèvres. Il redresse le cône et fait glisser la vésicule dans sa bouche. Il la déguste du bout des lèvres.

— C'est une vraie, bien amère.

La vésicule éclate entre ses dents jaunes et remplit sa bouche de jus sombre. Il se met à pleuvoir.

La pluie ruisselle sur les lunettes de Muo qui pédale presque à l'aveuglette. C'est à peine s'il voit la roue avant de sa bicyclette foncer dans les flaques d'eau, éclabousser les piétons, doubler un fantomatique cycliste, puis un autre, encore plus flou. À toute vitesse, il file vers la gare pour rattraper Petit Chemin qui, selon le patron du Cosmopolitan, est partie dans l'après-midi en boitillant légèrement.

— Elle portait une paire de lunettes noires qu'elle venait d'acheter, et aussi un pack de bières. Elle a dit qu'elle voulait rentrer chez elle et retrouver ses parents. Avant de partir, elle nous a donné quarante yuans pour acheter le loriot. Elle a ouvert la cage, l'a pris dans sa main, puis l'a libéré. Elle l'a regardé s'envoler jusqu'à ce qu'on ne le voie plus.

Pour le moment, Muo n'a pas le temps de chercher dans sa mémoire s'il y a eu des signes susceptibles d'annoncer son départ. Chaque seconde est précieuse. Le train en direction de sa région natale, celui qu'il a pris il y a deux semaines et dans lequel il l'a rencontrée, part vers 9 heures.

Mais plus la gare est proche, plus l'admiration pour la force de caractère de Petit Chemin le gagne. Un tel choix, déterminant pour le reste de sa vie, impose le respect.

« Si j'étais à sa place, se dit-il, je m'enfuirais moi aussi, je refuserais d'être spoliée de ma virginité par le Juge Di. »

Ses jambes ralentissent la cadence. La pluie se calme. Les verres de ses lunettes s'éclaircissent. Et soudain, pour se prouver à lui-même qu'il n'est pas complètement perverti, il fait demi-tour et repart en sens inverse.

« Quel soulagement ! se dit-il, se tournant et se retournant dans son lit pendant toute la nuit. C'est peut-être la volonté du ciel de me préserver de mes penchants polygames. La morale de l'amour unique est sauve. »

Alors, il croit entendre la voix familière du loriot, orphelin d'espèce noble, propriété d'un pasteur chrétien. Des syllabes distinguées, claires comme un diamant.

« Quel oiseau ! Un revirement l'a-t-il poussé à revenir ? Peut-être annonce-t-il un autre retour, celui de sa généreuse libératrice ? »

Le loriot et sa phrase mystérieuse rappellent à

Muo son plan de la jeune fille vierge. («Je le baptiserai le plan Hélia, se dit-il, du nom de la déesse grecque de la virginité. ») C'est demain, dans moins de vingt heures, qu'est prévu le rendez-vous avec le Juge Di.

En courant, il descend l'escalier. La cage en forme de pagode se dresse solennelle et solitaire, muette, vide de tout corps. Il sourit. Quelques secondes effroyablement calmes, puis l'explosion d'une crise enfantine : il secoue la cage de toutes ses forces, la cogne de la tête. des poings, essaie de la soulever, de la renverser, en vain. Il saute en l'air, comme dans un film de kung-fu, et lui envoie des coups de pied.

Il ne savoure pas longtemps sa colère, car son pied droit manque être désarticulé sous la violence du choc, et il s'épuise. Alors, Muo l'homme mûr, avec le sourire de béatitude de l'enfance revisitée, écarte la porte de la cage et pénètre à l'intérieur.

— Je suis un oiseau, dit-il en éclatant de rire.

Sa tête heurte lourdement le perchoir, ses lunettes glissent et tombent sans qu'il puisse les rattraper. Il se baisse et s'accroupit comme un gibier capturé.

Odeurs d'un autre monde : barreaux métalliques glacés, vernis craquelé, fiente, paille, abreuvoir, feuilles mortes, grains de maïs...

— Ma nuit de préparation, le simulacre de mon futur séjour en prison. Le vrai. Ah! ma tête tourne. La nausée m'assaille. Pourquoi ne pas me donner la mort ce soir ? Si l'autre jour, chez l'Embaumeuse, je m'étais jeté par la fenêtre, comme son mari, je me serais épargné de nouveaux et humiliants échecs. Si Petit Chemin arrivait à cet instant et me trouvait enfermé dans cette cage, me libérerait-elle ? Où est-elle, cette garce ? Dans le train ? A-t-elle acheté un billet, cette fois ? Probablement pas. La fraude, le sport des pauvres. Peut-être n'est-elle pas partie ? Elle se promène dans la ville avec un garçon, a trouvé un emploi de femme de ménage ou de serveuse de restaurant. Elle reviendra. Certains signes me disent qu'elle est amoureuse de moi. Peut-être s'est-elle enfuie parce qu'elle m'aime trop. Son amour est si fort que je le sens encore. Reviens, s'il te plaît. Qui vient se poser sur la barre de la cage avec ses ailes en verre nacré ? Une sauterelle ?

Soudain, il se rappelle la phrase que sa mémoire lui refuse depuis quelques jours. La dernière phrase du Christ en croix, que l'oiseau a répétée : « Allez, c'est terminé ! »

Quel regret de ne pouvoir, comme le loriot, la dire en latin. Muo, apprends le latin. Je l'apprendrai, plus tard. En prison. Je pourrai même en écrire des poèmes, ou mon testament.

Le lendemain, avant d'aller se constituer prisonnier, il va passer sa dernière journée de liberté chez ses parents; mais, vers 4 heures de l'après-midi, ils sont sortis faire des courses. Seul dans l'appartement, il entend frapper à la porte. Au début, il se méfie. Est-ce une hallucination? Mais le bruit reprend. Il ouvre la porte, une fille se tient sur le palier. Il a l'impression que c'est une paysanne. Sûrement une candidate pour la place de femme de ménage que sa mère a enfin décidé d'embaucher.

— C'est trop tard, dit-il.

Timide, rougissante, elle baisse la tête. Du pied droit, elle frotte son mollet gauche.

— Mon père m'a demandé de vous dire...

— Qui est votre père?

— Le Vieil Observateur.

Comme si une bombe explosait, Muo manque s'écrouler sur le parquet. Toute sa vie, il se souviendra de ce moment étrange. Embarrassé, il veut la faire entrer, l'inviter à prendre le thé, mais sa langue le trahit et il s'entend dire :

— Tu es vierge?

TROISIÈME PARTIE

PETIT CHEMIN

DU MÊME AUTEUR

Aux Éditions Gallimard

BALZAC ET LA PETITE TAILLEUSE CHINOISE. Prix Edmée de La Rochefoucauld 2000 et prix Relay du Roman d'Évasion 2000 (« Folio », n° 3565).

LE COMPLEXE DE DI. Prix Femina 2003 (« Folio », n° 4231).

COLLECTION FOLIO

Dernières parutions

Composé et achevé d'imprimer
par la Société Nouvelle Firmin-Didot
à Mesnil-sur-l'Estrée, le 23 mai 2005.
Dépôt légal : mai 2005.
Numéro d'imprimeur : 73390.
ISBN 2-07-030921-5/Imprimé en France.